길이 없으면 길을 만들며 간다

세계 최초로 교육보험을 창안한 기업가 대산 신용호

길이 없으면 길을 만들며 간다

정인영 지음

교보문고

−차례−

대산 신용호,
그가 걸어온 길

신용호는 전남 영암군 '솔안마을'의 거창 신씨 집성촌에서 신예범과 문화 유씨 매순 사이의 6남 중 다섯째로 태어났다. 스무 살에 자립하기로 결심한 신용호는 열일곱 살부터 홀로 천일독서와 현장학습 등을 실천했다.

음악가였던 셋째 형 신용원(왼쪽), 보험에 눈을 뜨게 해준 넷째 형 신용복(오른쪽)과 함께. 신용호는 맨손으로 일궈낸 중국에서의 성공을 뒤로하고 해방을 맞아 빈손으로 귀국할 수밖에 없었다. 하지만 이때의 경험은 '민족자본가'로서의 새로운 미래를 그리는 바탕이 되었다.

어려서 병마와 싸우던 신
용호는 고향의 월출산을
바라보며 건강을 기원했
고, 바위산의 전설과 정기
를 마음에 새기며 큰 꿈을
품었다.

해방 후 귀국한 신용호는 첫 사업으로
국민교육과 문화 발전에 기여하겠다는
의지를 품고 출판사 민주문화사를 세
웠다. 1946년 말 첫 책으로 해방 정국
을 주도하며 민중으로부터 추앙받던
여운형 선생에 관한 『여운형선생투쟁
사』를 출간했다.

세계 최초로 교육보험을 창안하고 교보생명을 창립하다

형편이 어려워 학교에 다니지 못하는 아이들을 보며 '교육보험'을 창안한 신용호는 1958년 8월 7일 개업식을 갖고 '대한교육보험주식회사'를 출범시켰다.

서울시 종로구 종로1가 60번지의 2층 본사에서 열린 개업식은 신용호 초대 사장을 포함한 임직원 46명이 참석한 가운데 희망찬 분위기 속에 열렸다.

서울시 종로구 종로 1가 60번지 대한교육보험의 첫 사옥. 신용호는 개업식에서 "25년 이내에 우리 회사를
세계적인 훌륭한 회사로 만들고 서울의 가장 좋은 곳에 가장 좋은 사옥을 짓겠다"고 약속했다.

신문에 실린 개업 안내 광고. 세계적인 보험회사를 향해 기나긴 여정의 첫발을 내디딘 대한교육보험의
첫 번째 상품은 '진학보험'이었다.

1959년 8월 14일 종로사무소에서 열린 제1회 보험모집현상 시상식. 창업 초기의 어려운 상황 속에서 실시한 보험 모집 현상금 제도는 직원들의 사기를 올리며 큰 성과를 거뒀다.

1960년 2월 1일 제1회 기관장 회의. '교육보험'을 세상에 처음 내놓은 신용호는 본사와 지사의 실적을 주 단위로 살피며 일선에서 진두지휘했다. 신용호는 '교육보험'이 자녀 교육에 희망을 걸고 있는 가난한 부모들에게 큰 도움을 줄 것으로 확신했다.

1962년 4월 19일 제4회 징수실무강습회. 정부의 '국민저축조합법' 제정으로 보험회사가 은행과 동등한 저축기관으로 지정되면서 대한교육보험은 도약의 계기를 맞았다.

1963년 1월 15일 사내교육. 신용호는 직원들에게 항상 자신의 인생관이자 대한교육보험의 사훈인 '성실'을 강조했다. 이는 창립 9년 만에 회사를 업계 정상의 자리에 오르게 하는 원동력이 되었다.

대한교육보험이 업계 정상에 오르고 신용호가 이사회 회장에 취임한 1967년은 나라가 경제 성장의 희망에 부푼 시기였다. 변화하는 경제 환경에 대비해야 할 때라고 본 신용호는 1970년 '제2의 창사운동'을 선포하고 새로운 미래를 향한 변화와 혁신을 추진했다.

보유 계약 2천억 원을 돌파한 1974년 5월, 5백여 명의 임직원 및 전국 기관장이 참석한 가운데 '대약진 총 궐기 대회'가 열렸다. 이 자리에서 신용호는 "창립 20주년까지 경영 전반에 걸쳐 큰 도약을 이룩한다"는 '제1차 5개년 계획'을 발표했다.

1975년 1월 10일, 상품 및 기관의 대형화를 꾀하는 촉진대회를 개최했다. 회사의 근간을 튼튼하게 다진 신용호는 그해 회장에서 물러나 명예회장에 추대되었다.

1985년 11월 7일 제1회 연도대상 수상자들과의 간담회. 장기 우수실적 직원을 우대하고 이들의 수입 증대를 촉진하기 위해 종합 시상제도를 도입, 매년 성대하게 시상식을 개최했다.

신용호는 창립 이래 축적해온 현장 경영의 노하우와 경영철학을 집대성한 '새경영'을 발표하고, 1987년 6월부터 내외야 간부와 사원을 대상으로 교육을 실시했다.

1995년 4월 3일 대한교육보험 창립 37년 만에 상호를 '교보생명'으로 변경했다. 상호 변경은 종합금융기업으로서 새로운 기업 이미지를 부각시키고 급변하는 경영환경 속에 시장의 저변을 확대하는 효과를 가져왔다.

대산 신용호의 철학과 예술혼이 담긴 건축물들

대한교육보험은 새로운 도약을 위한 '제2의 창사운동'을 본격적으로 추진하던 1970년 초부터 사옥 부지 확보를 위해 세종로 사거리 일대의 토지 매입에 착수했다. 장장 7년에 걸친 노력 끝에 총 1만 243㎡의 부지를 확보했다.

1976년 5월 초현대식 빌딩 설계 분야의 세계적 권위자인 미국 예일 대학교 건축대학의 시저 펠리 학장이 광화문 사옥의 건축 설계에 착수했다.

기본설계에 따른 시공은 대우개발이 맡아 1977년 10월 21일 기공식과 함께
역사적인 공사가 시작되었다.

공사는 순조롭게 진행되어 1979년 3월 상량식을 가졌다. 건축물을 사람들이 감상하면서
직접 사용하는 종합예술품이라고 인식한 신용호는 사옥에 자신의 건축철학과 대한교육보
험의 경영이념을 접목시키고자 했다.

今日부터 本新社屋에서 業務를 開始합니다
80.7.30

1980년 지하 3층, 지상 22층, 연면적 9만 4,810㎡의 웅장한 사옥이 완공되었다. 이에 본사를 광화문 사옥으로 이전, 7월 30일부터 업무를 개시했다. "25년 이내에 서울에서 가장 좋은 곳에 가장 좋은 사옥을 짓겠다"는 신용호의 개업식 약속은 3년 앞당겨진 22년 만에 실현되었다.

인재 양성을 '경영의 제1의'로 삼은 신용호는 21세기를 이끌어갈 인재 양성의 도장이자 임직원들의 심신 수련장으로 첨단 교육·연수시설 건립을 추진했다.

1983년 4월 5일 계성원 기공식. 신용호는 인재 양성이야말로 회사의 앞날을 좌우한다고 여겼다. 따라서 교육연수원을 '만물의 이치를 스스로 깨쳐 터득하고 마음의 근본을 새롭게 한다'는 뜻을 가진 '계성원啓性院'으로 명명했다.

계성원은 부지 선정 작업에 착수한 지 10년 만인 1987년 6월 1일 개원했다. 이로써 대한교육보험은 자타가 공인하는 국내 최고 수준의 연수시설을 보유하게 되었다.

백두대간에서 뻗어 내린 차령산맥의 정기가 맺힌 태조산은 고려 태조가 큰 꿈을 키운 천안의 진산이다. 계성원은 태조산의 부드러운 능선과 조화를 이룬 S자형으로 지어져 자연과 건축물, 그리고 인간이 하나 되는 이상적인 형태를 갖추었다.

개원 한 달 뒤인 1987년 7월 7일 제23차 세계보험협회IIS 서울총회 제2차 본회의가 계성원에서 개최되었 다. 세계보험업계 지도자들은 계성원의 연수시설을 둘러보고 "세계적으로 자랑할 만한 연수원"이라며 찬 사를 아끼지 않았다.

신용호는 창립 30주년을 맞는 교보생명의 도전 정신을 상징하는 예술적 건축물을 강남에 세우기로 결심했다. 현대 건축계의 거목 마리오 보타가 설계한 강남 교보타워는 평소 건축과 예술에 조예 깊었던 신용호에 의해 17번의 수정을 거쳐 최종 설계도가 완성되었다.

2003년 4월 29일 지하 8층, 지상 25층, 연면적 9만 2,717.58㎡ 규모의 강남 교보타워가 준공되었다. 쌍둥이빌딩 형태로 타워 사이의 공간을 투명한 유리 다리로 연결한 교보타워는 강남의 랜드마크가 되었다.

신용호의 아이디어로 1991년부터 게시하고
있는 '광화문글판'은 계절마다 좋은 글귀와
그림으로 시민들에게 희망과 용기를 북돋아
주는 메시지를 전하고 있다.

2003년 가을 신용호가 떠나던 날, 광화문글판에 걸린 천상병 시인의 시구가 사람들의 가슴을 적셨다. 끊임
없이 새로운 길을 찾아 나서는 도전은 대산 신용호의 삶과 정신이기도 했다.

사람은 책을 만들고 책은 사람을 만든다

1981년 6월 1일 교보문고 개장 기념식에서 삼성그룹 이병철 회장을 맞이하고 있는 신용호. 신용호는 광화문 교보빌딩의 완공을 앞두고 지하 공간의 활용 방법을 고민한 끝에 국가와 사회, 그리고 청소년의 미래를 위한 지식문화 공간인 교보문고를 설립했다.

더 좋은 수익을 내는 임대사업 건의를 뿌리치고 출범한 교보문고는 곧장 세종로의 명소가 되었다. 특히 청소년과 지성인의 사랑을 받으며 만남의 장소이자 지식과 문화의 광장으로 자리 잡았다.

신용호는 대학과 연구소, 기업체의 연구 활동에 도움을 주기 위해 수입은 물론이고 판매도 어려웠던 외국서적을 과감하게 수입하도록 독려했다. 창립 1주년을 앞둔 1982년 6월, 외국서적 대표서점으로서의 위상을 확고히 하고 국내 출판물의 발전을 도모하고자 각국 대사관과 해외 대학들의 협조를 얻어 '제1회 세계대학출판도서전'을 열었다.

신간이 늘고 방문 고객 수가 증가하자 매장의 개보수가 필요하게 되었다. 신용호는 제2의 창업을 한다는 생각으로 1년여에 걸쳐 대대적인 환경 개선공사를 진행하여 1992년 5월 30일 처음보다 세 배나 커진 완전히 새로운 모습의 교보문고를 재개장했다.

매장을 꾸미면서 많은 공을 들인 부분 중 하나가 출입구 벽면의 노벨상 수상자 초상화이다. 신용호의 아이디어로 만들어진 이 공간에는 책을 좋아하는 청소년들이 교보문고를 오가며 원대한 꿈과 희망을 갖기를 바라는 마음이 담겨 있다.

IMF 위기 극복의 지혜를 책에서 찾자는 취지로 1998년 5월 진행된 국민독서캠페인 '책으로 여는 세상'에 참석한 신용호와 김대중 대통령.

농촌과 한국문학, 그리고 참사람을 위한 공익사업

신용호는 창립이념을 구현하기 위해 장학사업과 청소년 지원사업을 전개했다. 성적이 우수함에도 불구하고 학자금을 마련하지 못한 학생들에게 장학금을 지급한 대한교육보험은 1965년 문교부장관 표창을 받았다.

1971년 3월 장학금 지급 후 학생들을 격려하는 신용호. '일하면서 배우고 배우면서 일하는 자세'로 이론과 실력을 스스로 쌓은 신용호는 교육에 대한 강한 믿음으로 국민교육진흥과 민족자본형성에 매진했다.

1991년 10월 대산농촌재단 창립총회에 참석한 신용호와 류태영 박사(오른쪽). 신용호는 농촌이 우리 삶의 뿌리요, 농업은 생명을 지켜주는 산업이라는 신념으로 우리나라 최초로 농촌과 농업을 지원하는 공익재단인 대산농촌재단을 설립했다.

대산문화재단 창립 이사회. 1992년 12월 신용호는 민족문화의 창달과 한국문학의 세계화를 지원하기 위해 대산문화재단을 창립했다. 대산문화재단은 문학 부문을 집중적으로 지원해 체계적이고 전문성 있는 사업으로 문화 발전을 이끌었다는 점에서 여느 문화재단과는 달랐다.

1998년 7월 22일 교보교육재단 개원식. 신용호는 1997년 4월 세 번째 공익재단인 교보교육재단을 설립했다. 그는 교육은 곧 국가 발전의 원천이자 민족의 미래라 여기며, 청소년이 바른 인성과 실력을 갖춘 인재로 자라날 수 있도록 다양한 교육 사업을 구상했다.

독서인구 저변 확대에 기여하고 대산문화재단을 통해 한국문학의 발전과 세계화에 노력한 공로를 높이 평가받은 신용호는 기업인으로서는 최초로 국민 문화예술 향상으로 국가 발전에 기여한 공적이 뛰어난 인사에게 주어지는 최고의 영예인 금관문화훈장을 받았다.

1996년 8월 6일 금관문화훈장 수훈식을 마치고 이수성 국무총리(왼쪽에서 네 번째)를 비롯한 문화체육부 장관과 교보생명 임원들이 함께 기념촬영을 했다.

'제2의 창사운동'을 준비하던 신용호는 1969년 9월 25일 보험인 최초로 국민훈장을 받았다. 정부는 수훈 사유로 교육보험 창안, 가계저축 증대 기여 등 네 가지 공적을 들었다.

1976년 세계대학총장회의는 세계 최초로 교육보험을 개발해 국민교육진흥에 기여한 공로를 높이 평가하여 '왕관상'을 수여했다. 학술적으로 최고 권위기관인 세계대학 총장들의 모임에서 그의 업적을 보험업계보다 먼저 평가한 것이다.

대한교육보험 창립 25주년을 맞이한 1983년, 신용호는 '세계보험대상'을 수상하며 한국 보험사에 길이 남을 경사를 맞았다. 이 상은 세계보험협회가 세계적으로 보험산업 발전에 기여하고 탁월한 공적을 세운 인사에게 수여하는 보험 부문의 노벨상으로 불린다.

세계보험대상 수상 이후 답례 인사하는 신용호 내외. 세계보험대상 시상식은 1983년 6월 27일 싱가포르 샹그릴라호텔에서 성대하게 거행되었다.

THE UNIVERSITY OF ALABAMA

1831

*Whereas the below named person
has provided valuable service to the insurance program
of this University*

YONG HO SHIN

*And whereas he has freely and graciously given of his time and talents
to the cause of insurance in this institution,
Therefore be it resolved that this individual is hereby named*

INSURANCE MENTOR

*In witness whereof we have set our hands
and caused the seal of The University of Alabama to be affixed
as of this date at Tuscaloosa, Alabama.*

1983년 앨라배마 대학교에서 추대한 '보험의 대스승' 추대 인증서

앨라배마 대학교 '최고 명예교수' 추대식에서의 존 비클리 교수와 신용호. 미국 앨라배마 대학교는 보험 산업 발전과 국민복지 증진에 기여한 공로로 신용호를 1983년에 '보험의 대스승'으로 추대한 데 이어 1994년에 '최고 명예교수'로 추대했다. 이는 보험학도들의 귀감이자 사표가 될 뿐만 아니라 세계적으로 추앙받는 보험인에게 주어지는 보험업계 최고의 명예이다.

세계보험대상 수상 13년 후 신용호는 세계보험협회로부터 '세계보험 명예의 전당'에 헌정되었다. 이로써 보험부문의 노벨상이라 불리는 두 상을 모두 수상하는 영예를 안았다. 1996년 7월 8일 네덜란드 암스테르담에서 열린 제32차 세계보험협회 정기총회에는 맏아들인 신창재 대산문화재단 이사장이 대신 참석하여 상을 받았다.

'세계보험 명예의 전당' 헌정 메달. 수상자에게는 노벨상 수상자를 칭할 때 사용하는 'Laureate'라는 칭호가 주어지고 사진과 공적, 경영철학이 세계보험 명예의 전당에 영구 보존된다.

1996년 6월 한국경영사학회로부터 제3회 창업대상을 수상했다. 창업대상은 한국 기업경영사의 모범적 철학을 가진 창업주를 대상으로 우리나라 사업 및 경제·사회 발전에 기여한 공로가 탁월하고 사회공익적 책임을 다한 창업가에게 수여하는 상이다.

1996년 연세대학교 상경대학 경영학과 학생들이 투표로 뽑는 '기업의 사회적 임무를 수행한 가장 존경하는 기업인'으로 선출되어 '제1회 기업윤리대상'을 받았다. 시상식 후 특강에 참석한 4백여 명의 학생들은 신용호의 경영철학에 큰 박수를 보냈다.

2000년 1월 아시아생산성기구APO가 아시아·태평양 지역의 생산성 향상에 크게 기여한 인물에게 수여하는 'APO 국가상'을 수상했다. 한국 기업가로는 처음으로 수상의 영예를 안았다.

1980년 안양cc에서 삼성그룹 이병철 회장과 골프를 치며 담소를 나누는 신용호. 신용호는 운동이 될 뿐만 아니라 맑은 공기를 마시며 산적한 과제를 여유 있게 생각할 수 있는 골프를 즐겼다.

1983년 4월 맏아들 신창재의 군의관 대위 임관식에서 장손 중하 등 3대가 함께한 모습. 신용호는 의학박사이자 서울대학교 의과대학 교수를 지낸 아들을 대견해했고 어려울 때는 헌헌장부가 된 아들의 모습에서 위로를 받기도 했다. 1996년 11월 입사해 수년간의 경영수업을 거쳐 교보생명 회장에 취임한 신창재에게 인생의 경륜과 지혜를 전수했다.

신용호는 사교모임에 관심이 없는 편이었지만 칠십지우회를 통해 여러 기업인들과 우정을 쌓았다. 세계보험대상 수상 후에는 칠십지우회 멤버들이 직접 기념 액자를 제작해 축하의 마음을 전했다.

신용호는 보험 관련 인사들과 활발히 교류하며 생명보험 산업 전반에 관한 폭넓은 의견을 교환했다. 세계보험협회의 설립자 존 비클리 회장은 업계 동료로서 신용호와 각별한 친분을 나누며 교류했다.

오랜 친구인 월전 장우성 화백과 환담을
나누는 신용호. 책을 사랑하고 문학과
예술을 사랑했던 신용호는 예술적 취향
이 마음에 맞았던 여러 예술가들과 격의
없는 만남을 가졌다.

허례허식을 싫어했던 신용호는 회갑은 물론 칠순도 차리지 않았지만 큰 수술을 받은 후 회복한 건강과 팔
순을 축하하고자 하는 가족과 회사 임원들의 뜻에 따라 1996년 9월 23일 송수연을 열었다. 장우성 화백,
조상호 전 체육부장관 및 세계보험협회 관계자를 비롯한 재계·관계·학계·문화계 인사 등 각계의 수많은
사람들이 참석하여 축하해주었다.

제1부

광화문 한복판에 우뚝 솟은 월출산

환갑을 갓 넘긴 나이에 신용호는 비로소 꿈을 이루었다. 그 꿈은 월출산처럼 우람하게 세상에 솟아올랐다. 뿌듯한 마음으로 초여름 석양빛을 받으며 세종로 사거리를 오가는 사람들을 내려다보았다. 그 속에 월출산을 힘차게 기어오르는 어린 시절의 그가 있었다. 그랬다. 어린 용호는 꿈과 희망의 무대인 교보빌딩을 바라보며 성큼성큼 다가오고 있었다. 그 순간 신용호의 가슴속에 담겨 있던 월출산도 용솟음치며 솟아오르고 있었다.

22층 건물을 17층으로 자르라

1979년은 암울했다. 금방이라도 폭우가 쏟아질 듯 잔뜩 찌푸린 하늘처럼 연초부터 불안한 정국이 계속되고 있었다. 폭풍 전야와도 같았던 정국은 재야단체와 학생들이 박정희 대통령의 장기 집권과 유신헌법에 정면으로 맞서면서 급속도로 냉각되었다.

거리에는 봄의 따사로운 햇살과 꽃향기가 가득했지만, 누구나 싸늘한 추위를 느끼고 있었다. 중국 당나라 시인 동방규가 읊었던 것처럼 '봄이 왔지만 봄 같지 않은春來不似春' 형국이었다. 하지만 대한교육보험(현 교보생명)이 광화문에 짓고 있는 사옥은 먹구름을 뚫고 하늘을 향해 거침없이 솟구치고 있었다. 광화문을 오가는 사람들은 교보빌딩의 위용에 고개를 들지 않을 수 없었다.

대한교육보험의 창업주이자 회장인 대산大山 신용호愼鏞虎는 새벽부터 광화문 공사 현장에서 작업을 독려하고 회현동 사무실로 돌아왔다. 22층까지 솟아오른 빌딩의 외장 공사가 마무리 단계인 터여서, 신용호는 물론이고 공사장의 말단 노동자들까지 가슴 깊이 뿌듯한 성취감을 느끼고 있었다.

신용호는 몇 가지 서류를 검토하고, 빌딩 조감도를 보며 회상에 잠겼다. 회사를 창업하며 '25년 안에 서울에서 가장 좋은 곳에 가장 좋은 사옥을 짓겠다'고 했던 약속을 비롯해 부지 매입과 설계까지 험난했던 일들이 주마등처럼 스쳐갔다.

창밖으로 해거름이 밀려왔다. 그와 동시에 북악산의 우람한 모습도 눈에 들어왔다. 순간 신용호가 항상 가슴에 품고 있던 월출산月出山도 장엄한 자태로 솟아올랐다. 그랬다. 월출산은 그의 삶이자 꿈이었다.

월출산 자락에서 태어나 월출산의 바람과 숲, 그리고 계곡에서 솟아나는 물을 마시며 자란 신용호에게 월출산은 고향이며 우주였다. 그가 서울에서 가장 좋은 곳에 가장 좋은 사옥을 짓겠다는 꿈을 꾸게 된 것도 항상 마음에 품고 있던 월출산을 세상에 쌓는 것이었다. 신용호가 쌓아올린 또 다른 월출산은 그가 아끼고 사랑하는 직원들의 일터이기도 하지만, 보험 가입자들에게 대한교육보험이 조성하는 꿈과 문화의 공간이 될 것이었다.

신용호가 가슴속의 월출산을 오르고 있을 때였다. 적막을 깨고 인터폰이 울렸다.

"회, 회장님! 청와대에서 손님이 오셨습니다."

"청와대? 어느 분이신가?"

신용호가 방문객에 대해 묻고 있는 사이, 둔탁한 발소리와 함께 사무실 문이 거침없이 열리더니 건장한 사내들이 성큼 들어섰다. 당황한 비서실 직원이 허둥대며 뒤를 따라오고 있었다. 검은 양복을 입은 사내들은 신용호에게 인사도 건네지 않고 자리에 앉았다. 사내들의 무례함이 언짢았지만 청와대에서 급한 용무가 있겠거니 여기며 이들을 정중하게 맞았다.

사내들 중 상급자인 듯한 사람이 명함을 건넸다. 청와대 경호실의 고위 간부였다. 그리고 쇳소리가 나는 목소리를 쏟아냈다.

"바쁘실 텐데 용건만 간단히 말씀드리겠습니다. 사옥을 17층으로 낮춰주십시오. 대통령 각하의 경호와 관련된 문제입니다."

순간 신용호는 자신의 귀를 의심했다. 22층까지 쌓아올린 건물을 17층으로 낮추라니. 빌딩이 두부모도 아니고 어떻게 5개 층을 잘라낸단 말인가.

"무슨 말씀이신지…… 저희 빌딩은 허가를 받아……."

"허허! 신 회장님. 대통령 각하의 경호와 관련된 사항입니다. 그리고 이건 경호실장님의 특별 지시입니다."

"아무리 그렇기로서니, 짓기 전에 그런 말씀이 있었다면 그에 따랐겠지만…… 이미 관련법에 따라 허가를 받아 짓고 있는데……."

"굴지의 보험회사를 경영하는 대기업 총수께서 말씀을 못 알아들으시지는 않으셨을 테고…… 아무튼 분명히 경호실장님의 지시를 전해 올렸습니다. 그럼 이만 일어서겠습니다. 조속히 조치해주십시오."

청천벽력 같은 폭탄선언에 신용호는 꼼짝도 할 수 없었다. 가슴속의 월출산도 우르릉우르릉 무너져 내리고 있었다. 창밖의 북악산도 어둠 속에 잠기고 말았다.

신용호는 한동안 멍한 상태로 앉아 있었다. 어린 시절 허리춤까지 내린 눈을 헤치고 들판을 쏘다니며 힘겹게 잡았던 꿩을 놓쳐버렸던 기억이 떠올랐다. 온종일 들일과 살림살이에 지친 어머니에게 꿩고기를 해드릴 수 있다는 기쁨에 들떠 있다가 꿩을 놓치는 순간, 하늘이 온통 시커멓게 변하면서 알 수 없는 배신감에 서러웠던 그때의 기분이 오롯이 되살아났다.

비서실의 연락을 받은 임원들이 하나둘 회장실로 들어섰다. 청와대에서 갑자기 찾아왔다면 필경 좋지 않은 일이라고 여겼기 때문이었다. 그도 그럴 수밖에 없는 것이 당시 청와대에서 기업체를 비공식적으로 방문하는 용건은 정치 자금과 관련한 것이 아니면, 인사 청탁 또는 납품업체 지정과 관련한 압력이 대부분이었기 때문이었다.

임원들은 신용호의 설명을 듣고 모두들 고개를 떨구었다. 살얼음 같은 정국도 정국이려니와 불과 몇 해 전 육영수 여사가 문세광의 총탄에 맞아 암살된 일이 있었기 때문에 대통령의 경호를 이유로 건물을 자르라면 자를 수밖에 없다고 판단했다.

더구나 청와대 경호실장의 특별 지시라는데야 어떻게 해볼 도리가 없었다. 당시 경호실장은 '소통령小統領으로 불리는 일인지하 만인지상一人之下 萬人之上의 권력자였다. 그는 청와대의 국기 하강식에 장관들은 물론이고, 군 장성들까지 배석시키는 막강한 권세를 부리고 있었다. 서슬이 퍼런 유신시대, 헌법까지 무시하는 권력이 마음만 먹으면 못할 것이 없었다.

이를 잘 알고 있기에 임원들은 모두 한숨만 내쉬었다. 누구도 섣불리 입을 열 수 없었다. 하지만 그중에서도 냉정을 찾은 임원들은 하루라도 빨리 설계를 변경해 17층으로 건물을 잘라내야 한다는 의견을 내놓기 시작했다.

"회장님! 안타까운 일이지만 어쩔 수 없지 않습니까. 청와대 경호실의 비위를 건드리고서 온전하게 회사를 운영할 수 있겠습니까."

"나머지 5개 층에 대한 문제는 나중에 이곳 회현동에다 별관을 지어 해결하는 방법도 있지 않겠습니까?"

"그거 좋은 생각입니다. 회장님! 거리도 가까우니 이곳에다 나중에 별관을 지으시지요."

"어차피 17층으로 낮춰야 한다면 하루속히 설계를 변경해서 공사를 마치는 게 좋겠습니다."

임원들의 이야기를 잠자코 듣고만 있던 신용호가 무겁게 입을 열었다.

"이 문제는 당분간 함구해주시고, 모든 문제를 나에게 맡겨주세요. 다만 공사는 문제가 해결될 동안 중단시키고, 얼마나 걸릴지 모르지만 공사 중단 기간에도 인부들에게 일당은 지급하도록 하세요."

신용호의 결연한 태도에 임원들은 불안감을 느꼈다. 그가 5개 층을 잘라내지 않을 것이란 예감이 들었기 때문이다. 체구는 작지만 뚝심과 강단으로 똘똘 뭉쳐 '작은 거인'으로 불리는 신용호가 결코 본래의 목표를 수정하지 않을 것이라는 게 그들의 판단이었다. 그럴 경우 청와대와의 마찰은 불을 보듯 뻔한 일이라, 회사의 장래가 어찌 될 것인지 염려하지 않을 수 없었다. 임원들은 모두 어두운 표정으로 자리에서 일어섰다.

임원들이 물러가고 나자 신용호는 눈을 감고 상황이 이렇게 된 원인이 무엇인지 곱씹기 시작했다. 이유는 크게 두 가지로 압축되었다. 하나는 교보빌딩을 짓고 있는 자리에 호텔을 지으라는 정부의 제의를 거절한 것이었다. 신용호가 어렵사리 부지 매입을 끝내자 정부의 고위 관계자가 호텔을 지을 것을 제의했다. 서울 중심가에 외국인 관광객을 위한 호텔이 턱없이 부족했고, 국제회의와 같은 대규모 행사를 열 수 있는 공간이 마땅치 않았기 때문에 정부로서는 대한교육보험의 광화문 부지 매입에 관심이 가지 않을 수 없었다. 하지만 그는 이를 일언지하에 거절했다. 국사를 논하는 중앙청 바로 앞에 숙박업을 하는 호텔을 짓는다는 것은 국가의 위상과 자긍심을 깎아내리는 행위라고 여겼다.

두 번째는 평소 그가 정치권과 불가근불가원不可近不可遠의 관계를 유지한 데다 급성장한 대한교육보험을 고운 시선으로 보지 않는 사람들의 농간이 개입되었을 소지가 있었다. 신용호는 정치권력과 기업의 결탁은 결국 소비자들에게 피해가 돌아간다고 믿었다. 정권의 비호를 받으면 일시적으로 기업을 키울 수 있지만, 그것은 신기루와 같아서 나중에는 기업의 부실을 소비자와 국민이 떠안아야 한다고 생각했다.

물론 다른 이유가 있을 수 있었다. 하지만 경호실이 주장하는 대통령의 경호와는 무관하다고 판단했다. 청와대 경내와 교보빌딩이 맞닿아 있는 것도 아니고, 이미 10년 전인 1970년에 정부종합청사가 19층으로 지어졌기 때문이었다. 정부종합청사는 지상 84미터로 청와대와 지척에 위치하고 있었다. 정부종합청사보다 불과 3개 층이 높고, 거리로도 청와대와 훨씬 더 떨어져 있는 교보빌딩을 경호상의 이유를 들어 낮추라고 할 근거는 없었다.

원인이야 어떤 것이든 유신정권의 권력자가 개입되었으므로 참으로 난감한 상황이 아닐 수 없었다. 그렇다고 가만히 앉아 있을 수도 없었다.

맨손으로 고향을 떠나 중국 대륙을 누비고 해방과 한국전쟁의 혼란한 세파를 겪으며 수없이 쓰러지고도 다시 일어나 오늘의 대한교육보험을 이룩한 그가 수많은 임직원과 회사의 꿈과 희망의 공간을 포기할 수는 없었다.

신용호는 늘 입버릇처럼 되뇌던 '맨손가락으로 생나무를 뚫는 각오'를 떠올렸다. 맨손가락으로 생나무를 뚫는 일은 불가능해 보인다. 그러나 인간의 의지는 불가능을 가능케 하는 위대한 힘을 갖고 있다. 수영을 전혀 못 하는 어머니가 수십 미터를 단숨에 헤엄쳐 가서 물속에서 허우적대는 자식을 구하는 것이 이를 입증한다.

신용호는 자신과 대한교육보험 임직원의 꿈을 지켜내기 위해 맨손가락으로 생나무를 뚫는 의지를 실천하기로 결심했다. 그것은 바로 절대권력자와의 싸움이었다. 싸워서 쟁취하지 않은 것은 자신의 것이 아니라는 격언처럼, 기업도 끊임없이 도전하고 싸우면서 성장해가는 것이 아니겠는가.

신용호는 모든 방법을 통해 경호실의 생각을 바꿔보려 했지만 청와대가 하는 일이므로 어쩔 수 없다는 대답만 들려왔다.

'청와대에서 결정한 일이라면 대통령에게 직접 사정해보는 수밖에 없지 않은가. 그래도 안 된다면?'

그래도 안 된다면 죽을 각오로 권력의 부당함을 고발해야 한다는 생각이 들었다. 기업의 뼈를 깎는 노력으로 이룩한 공든 탑이 권력의 부당한 힘에 무너질 수는 없지 않은가.

더구나 대한교육보험은 단순한 사기업私企業이 아니라, 수백만 가입자들의 재산으로 이루어진 기업이 아닌가. 5개 층을 잘라낸다는 것은 가입자들이 우리 회사와 창립자인 나를 믿고 맡긴 재산을 지키지 못하는 것과 다름없다. 고객의 재산을 온전하게 지켜내지 못한다면 보험회사의 가장 중요한 소임을 포기하는 것과 다를 게 무엇인가. 설계를 변경하고, 건물을 잘라내고, 공사를 다시 하는 데 드는 손해는 결국 가입자들에게 고스란히 돌아갈 수밖에 없다. 여기서 물러난다면 앞으로 누가 우리 회사와 나를 믿겠는가.

특히나 사옥은 25년 전, 회사를 창업하며 직원들에게 처음으로 약속한 것이었다. '서울에서 가장 좋은 곳에 가장 좋은 사옥을 짓겠다'라고. 창립자로서 직원들과 맨 처음 한 약속을 온전하게 지키지 못한다면 앞으로 누가 나를 믿고 따를 것인가. 아무리 생각해도 5개 층을 잘라낼 수는 없었다. 5개 층을 잘라내는 것은 고객과의 약속을 지켜내지 못하는 것이며, 회사의 목을 자르는 것이고, 자신의 꿈과 희망, 그리고 생명을 꺾는 것이라는 결론에 도달했다.

'마지막 승부수를 던져보자!'

이렇게 결심한 신용호는 옛 선비들이 임금에게 상소문을 올렸던 비장한 심정으로 대통령에게 편지를 썼다. 선비들은 사약을 받을 각오를 하고 위정자의 잘못을 바로잡지 않았던가.

'저는 나라의 법이 정한 대로 대한교육보험주식회사를 설립한 뒤 헌법에 바탕을 둔 관련 법령을 털끝만큼도 어기지 않고 국민교육진흥과 민족자본형성을 위해 힘을 기울여왔으며, 각하가 주시는 표창도 여러 차례 받았고 국민훈장까지도 받은 사람입니다.

현재 완성 단계에 있는 저희 회사의 사옥 건축은 관계법에 따라 허가를 받아 티끌만 한 위법도 없이 공사를 진행하여 준공을 눈앞에 두고 있습니다. 그런데 최근 청와대 경호실에서 22층 건물을 17층으로 자르라고 합니다. 각하의 경호상 그렇게 해야 한다는 것입니다. 처음 짓기 시작할 때부터 그런 지시가 있었다면 저로서는 반드시 그 지시에 따랐을 것입니다. 하지만 준공이 다 된 지금 법적으로 아무 하자가 없는 건물을 5개 층이나 잘라내라는 명령을 받고 보니 암담할 뿐입니다. 이제 와서 건물을 자르라고 하는 것은 국가와 대통령께서 만든 법을 자르라는 것과 다름없다고 생각합니다. 이는 결과적으로 법을 무시하는 행동을 합법화시켜주는 것이 되며, 이후로 남발될 유사한 불법 행위를 무슨 명분으로 막을 수 있겠습니까.

저는 이 나라와 각하, 그리고 법의 권위를 위해서도 그렇게 할 수가 없습니다. 저희가 합법적으로 쌓은 사옥을 자르라면 건물을 자르는 대신 죽을 각오로 부당함에 맞서겠습니다.'

편지를 쓰고 나니 홀가분했다. 온몸의 기운이 빠져나간 것 같기도 하고 무언가 알 수 없는 기운이 자신을 감싸는 것 같기도 한 묘한 느낌이었다. 어린 시절, 알 수 없는 병마로 시달리다 월출산이 몸속으로 빨려 들어오는 꿈을 꾼 뒤 병석을 훌훌 털고 일어났던 그때처럼 온몸에서 뜨거운 열기가 뿜어져 나왔다. 더불어 이 일로 어떠한 고초를 겪게 되더라도 결단코 후회하지 않을 것이란 생각이 들었다. 초연한 심정으로 박정희 대통령에게 직접 편지를 전달할 수 있는 인물을 만났다.

편지가 통상적인 민원서류로 접수되면 대통령에게 전달되지 않을 수도 있다고 보았기 때문에 직접 전달해줄 수 있는 길을 찾았던 것이다. 반드시 대통령에게 직접 전달해달라는 간곡한 당부를 하고 신용호는 광화문으로 향했다.

문이 굳게 닫힌 공사 현장을 바라보며, 만일 대통령까지도 자신의 뜻을 거절한다면 신용호는 세종로 사거리에서 내외신 기자들을 불러 성명을 발표하기로 결심했다. 죽기를 각오하고 권력의 부당함에 저항한다면 결단코 사옥을 잘라내지는 못할 것이라고 판단했다. 자신은 희생되더라도 사옥을 지켜야 한다는 절박한 심정이었다.

며칠 뒤, 편지를 대통령에게 전달하고 교보빌딩과 자신에 대해 대통령과 면담을 나누었다는 소식을 접한 신용호는 사무실에 칩거하며 결과를 기다렸다. 입술이 바짝바짝 타들어가는 초조한 시간이었다. 건물을 자르라는 청와대의 지시를 무시하고 공사를 중단한 채 버티고 있는 회장을 지켜보는 임원들의 속도 시커메졌다. 회장의 무모한 고집이 회사의 운명을 폭풍 속으로 내던지는 결과를 초래할 수도 있다고 여겼기 때문이었다.

하루하루 숨 막히는 시간을 보내고 있던 중, 건물을 17층으로 자르라고 통보했던 청와대 경호실의 고위 간부가 신용호를 찾아왔다. 그를 보는 순간 가슴이 뛰었다. 그는 앉자마자 어색한 미소를 띠며 사과했다.

"각하로부터 꾸중을 들었습니다. 계획대로 사옥을 준공하십시오. 걱정을 끼쳐드려 미안합니다."

신용호는 가슴을 쓸어내렸다. 벌떡 일어나 만세를 부르고 싶은 충동을 간신히 참았다. 거대한 철벽이 걷히는 순간이었다. 맨손가락으로 생나무를 뚫는 그의 집념과 의지력이 잘려나갈뻔한 교보빌딩을 위기에서 지켜내는 데 성공한 것이다.

이처럼 큰 고비를 여러 차례 극복한 끝에 지상 22층 지하 3층, 연건평 2만 7,765평의 사옥이 완공되었다. 세종로 사거리에 우뚝 솟은 교보빌딩은 우리나라 최초로 건물의 기둥을 모두 원형으로 세우고, 기둥 색과 벽의 타일 색깔을 중후한 적갈색으로 하여 안정감과 친근감을 강조해 사람들의 시선을 끌었다.

기본 설계 단계부터 실내에 정원을 들인 자연친화적 건축철학이 반영된 로비의 그린하우스는 신용호가 직접 디자인하고, 그 안에 들어설 식물도 직접 골랐다. 그린하우스는 면적이 3백 평이며 높이가 빌딩 5층에 달한다. 이곳에는 선비의 지조를 상징하는 송죽매란松竹梅蘭을 비롯하여 우리 땅이 원산지인 활엽수·상록수 등 150여 종을 심어 도심의 빌딩 안에서 1년 내내 선비 정신의 고고함과 자연의 푸르름을 느끼게 했다.

완성하고 보니 남쪽에서만 자라는 대나무의 위용이 돋보였다. 그는 영암 고향집 근처에 무성하게 자라던 대나무를 대하는 것 같아 흐뭇했다. 때마침 불어오는 오뉴월 살가운 바람에 세종대로쪽 사옥 마당에 심은 느티나무의 푸른 가지가 너울거렸다. 우리나라 곳곳에서 자라나는 느티나무는 동리 입구에 서서 마을을 지키고 휴식처를 제공하면서 마을 사람들과 슬픔과 기쁨을 함께한 나무였다. 신용호는 이 나무들을 '민족의 나무民族樹'라고 이름 지었다.

1981년 6월 1일, 드디어 사옥 준공식과 교보문고 개업식이 열렸다. 국내외 유명 인사들과 임직원들이 참석해 성대하게 거행되었다. 신용호는 행사가 끝나고 손님들이 모두 돌아간 뒤 사무실 창가에 앉았다.

'창업식 때 직원들에게 약속한 대로 회사를 한국 최고의 보험회사로 키웠고, 서울에서 가장 좋은 자리에 가장 좋은 사옥을 지었다. 직원들과 나 자신에게 했던 약속을 지켰다!'

환갑을 갓 넘긴 나이에 신용호는 비로소 꿈을 이루었다. 그 꿈은 월출산처럼 우람하게 세상에 솟아올랐다. 뿌듯한 마음으로 초여름 석양빛을 받으며 세종로 사거리를 오가는 사람들을 내려다보았다. 그 속에 월출산을 힘차게 기어오르는 어린 시절의 그가 있었다. 그랬다. 어린 용호는 꿈과 희망의 무대인 교보빌딩을 바라보며 성큼성큼 다가오고 있었다. 그 순간 신용호의 가슴속에 담겨 있던 월출산도 용솟음치며 솟아오르고 있었다.

월출산 정기로 살아난 소년

긴 겨울이 물러가고 산과 들에 봄기운이 촉촉하게 젖어들고 있었다. 엊그제 내린 봄비로 담장 밖의 개나리가 노란 꽃을 피웠고, 동구 밖 넓은 들판의 보리밭도 푸른 생기를 띠기 시작했다. 병고에 시달리는 어린 용호를 말없이 지켜주던 월출산도 봄비로 운무를 깨끗이 씻어내고 손에 잡힐 듯 선명하게 다가와 있었다.

용호는 봄볕이 쏟아지는 마루에 앉아 월출산의 장엄한 모습을 바라보고 있었다. 오랫동안 괴롭히던 병마가 거짓말처럼 물러가면서 몸에 생기가 돌고 식욕도 살아나고 있었다. 봄기운은 기나긴 병고의 터널을 빠져나온 용호의 가슴에도 찾아와 있었다.

여덟 살부터 열 살까지 3년 동안 용호는 죽음의 문턱을 여러 차례 드나들었다. 저렇게 앓다가 죽을 거라는 마을 어른들의 체념 섞인 수군거림 속에 소리 없이 눈물을 흘리며 하루하루를 견뎌왔다. 그런 용호의 창백한 얼굴을 감싸며 어머니 유씨는 월출산 정기가 너를 죽게 놔두지 않을 것이라고 절규했다.

며칠 동안 혼수상태에 빠졌던 용호가 숨을 헐떡이며 깨어나자 유씨는 약사발을 건네며 용호의 손을 꼭 잡았다. 그러곤 하염없이 눈물을 쏟아냈다.

"질경이풀을 달인 물이란다. 어서 먹고 기운을 차려라."

병든 아들에게 길가에 아무렇게나 자라는 질경이를 달여 먹이는 유씨의 심정은 절박했다. 하지만 가난한 집안 살림으로 변변한 약 한 첩 지어주지 못하는 유씨의 가슴은 미어졌다. 뿌리에서 잎이 피는 질경이는 짓밟히고 짓뭉개지면서도 살아나는 강인한 잡초로 천식에도 좋다고 했다. 질경이풀을 달인 물은 숨을 헐떡이는 아들이 질경이처럼 병마를 이겨내고 다시 일어서기를 간절히 바라는 유씨의 소망이 담긴 약이었다. 그렇게 어머니의 정성스런 병구완을 받던 용호는 지난 정초에 갑작스레 고열로 혼수상태에 빠졌다.

유씨는 장롱에 깊숙이 간직했던 약봉지를 풀었다. 겨우내 바느질을 해 얻은 돈으로 산 약이었다. 약재상 의원은 인삼과 갖가지 약초가 들어간 소아청심환이라며 위급한 일이 생길 때 먹이라고 했다.

유씨는 환약을 물에 개어 정신을 잃은 아들의 입에 한 숟갈씩 떠먹였다. 그러면서 천지신명과 월출산의 산신령에게 아들의 소생을 간절히 기도했다. 유씨의 정성이 하늘에 닿았던지 용호는 몸을 뒤척였다. 옆에서 초조하게 지켜보던 둘째 아들 용율이 동생의 온몸을 주물러주었다.

아들의 소생을 확인한 유씨는 부엌으로 향했다. 부엌문을 굳게 걸어 잠그고 지난겨울 받아서 항아리에 고이 간직했던 납설수臘雪水로 정성스레 몸을 씻었다.

옛날부터 우리 선조들은 눈이 내리면 돈이 내린다 하여 빈 그릇을 모조리 동원하고 심지어는 이불보까지 마당에 깔아 눈을 받았다. 겨우내 자주 내리는 눈이지만 동지 후 세 번째 미일未日인 납일에 내리는 눈을 으뜸으로 여겼다. 이를 납설이라 하고, 이 눈을 녹여 만든 물을 납설수라고 한다.

납설수로 술을 담그면 쉬지 않고, 차를 끓이면 맛이 더 좋으며, 약을 달이면 효과가 더 좋고, 씨앗을 납설수에 담갔다가 논밭에 뿌리면 가뭄을 타지 않는다고 했다.

납설수를 귀히 아껴 아들의 약을 달이는 데만 사용했던 유씨가 이 물로 몸을 닦은 것은 용란龍卵을 뜨기 위해서였다. 정월의 첫 상진일上辰日에 아무도 길어가지 않은 우물물을 뜨는 것을 '알뜨기'라고 한다. 천상에 있는 용이 하강해서 우물에 알을 낳는 날이기에 용알(우물물)에는 용의 정기가 스며 있다고 믿었다.

유씨는 달빛을 밟으며 우물가로 향했다. 정성스레 용알을 뜨면서 이

물을 마시고 아들이 병마에서 벗어나기를 갈망했다. 어머니의 정성 덕분인지 위험한 고비를 넘긴 용호는 차츰 얼굴에 화색이 돌았다. 그리고 봄기운이 가득한 어느 날, 월출산이 품에 빨려드는 꿈을 꾸고서 자리를 털고 일어났다.

월출산에는 먼 옛날 세 개의 특출한 바위 봉우리가 있었다고 한다. 이 바위 봉우리가 지닌 영험한 기운으로 산 아래 고을에 큰 인물이 태어나 세상을 지배할 것이라는 소문이 바다 건너까지 전해지자, 중국에서 장사들을 보내 세 개의 봉우리를 산 아래로 밀어 떨어뜨렸다. 그러나 얼마 후 그중 하나가 산 위로 기어올라가 월출산 여러 봉우리 중의 하나가 되었으니, 출렁이는 바다의 파도 힘을 받아 달을 떠올리는 산月出이 된 것이다.

어른들에게 월출산의 전설을 들은 용호는 병석에 누워 고생하던 3년 동안 정신이 들 때마다 월출산을 바라보며 바위산의 정기를 받아 죽지 않고 살아나기를 빌고 또 빌었다. 그래서였을까, 용호의 가슴에도 신령스러운 바위가 솟아나 오랜 병마를 털어낼 수 있었다.

어렵게 병마를 떨쳐낸 용호는 이제 월출산을 보지 못하게 된다고 생각하니 허전하고 아쉬웠다. 둘째 형 내외만 고향에 남아 농사를 짓고 나머지 식구들은 아버지가 목포에 마련한 새집으로 이사를 가게 된 것이다.

용호의 가족이 수백 년 동안 조상 대대로 살아온 고향을 쫓기듯 떠나게 된 것은 항일운동을 하는 아버지와 큰형이 경찰의 감시로 고향에서 마음 놓고 살기가 어려워졌기 때문이었다.

경술국치(한일병합)로 국권을 강탈당하기 전까지 용호의 집안은 전라남도 영암군 덕진면 노송리, 속칭 '솔안마을'의 거창 신씨居昌愼氏 집성촌에서 평화롭게 살아왔다.

조선조 성종成宗 때 용호의 17대조인 통례공通禮公 신후경愼后庚이 월출산 천왕봉이 남쪽으로 건너다보이는 솔안마을에 터를 잡고 정착한 이래 그의 증손 신희남愼喜男은 대과에 급제하여 좌승지, 강원감찰사, 병조참의를 역임했다. 벼슬을 내놓고 낙향한 뒤에는 시와 서예에 전념하며 교육에 힘썼다. 붓글씨 잘 쓰기로 유명한 석봉 한호韓濩를 가르치기도 했으며, 율곡 이이李珥, 약포 정탁鄭琢 등 당대의 거유巨儒들과 교유하며 학문에 정진하여 존경을 받았다.

이어 신희남의 증손인 천익天翊·해익海翊 쌍둥이 형제는 대과에 급제하여 부제학, 이조참판, 춘추관 기사 등의 벼슬을 하면서 학덕을 베풀어 향반鄕班의 우러름을 받았다. 이들 쌍둥이 형제에게는 신비로운 일화가 있다. 부모가 태몽을 꾸었는데 꿈에 두 마리의 닭이 날아와 양어깨에 앉더니, 하나는 하늘로 하나는 바다로 날아가 천익과 해익이라는 이름을 얻었다.

대대로 학문을 숭상하고 도의를 진작시킨 가문의 전통을 기려 1675년 숙종 원년, 뜻있는 호남 유림들이 모여 영보사永保祠를 짓고 신씨 오현愼氏五賢인 14세 참판공 신기愼幾, 16세 진사공 신영수愼榮壽, 18세 신희남愼喜男, 21세 신천익愼天翊, 신해익愼海翊을 배향하기 시작했다. 그 후 지방 교육기관으로 송양서원松陽書院을 지어 유학 교육의 도장으로 명성을 떨치면서 영보사는 송양사松陽祠로 이름을 바꾸었다.

용호는 이 송양서원 옆집에서 1917년 8월 11일, 신예범愼禮範과 문화 유씨 매순每順 사이의 6남 중 다섯째로 태어났다. 집이 바로 송양서원 옆에 있었으므로 걸음마를 시작하면서부터 눈비 오는 날을 제외하고는 날마다 서원 대문 앞 넓은 뜰에서 조상들의 숨결을 느끼며 놀았다.

그러나 갑자기 덮쳐온 모진 병마와 싸우느라 지난 3년 동안 서원 뜰에 거의 나가보지 못했다. 둘째 형이 가끔씩 업고 서원 앞을 거닌 일은 있었으나 병든 용호에게는 즐겁게 뛰노는 아이들의 모습이 아득할 뿐이었다.

용호는 마당으로 내려와 송양서원 쪽으로 걸어갔다. 마지막으로 조상들의 숨결을 느끼며 서원 뜰을 거닐어보고 싶었다. 서원 앞에서는 아이들이 놀고 있었다. 용호는 현판을 올려다보았다. 크고 굵은 글씨가 힘차게 살아 꿈틀거리는 것 같았다. 현판의 힘찬 글씨를 쳐다보다가 문득 목포로 이사를 가면 정말 학교에 다닐 수 있을까 하는 생각이 들었다. 어머니는 목포에 가면 학교도 집에서 가까우니 보내주겠다고 했지만 왠지 불안한 생각이 들었다. 동갑내기들은 이제 곧 보통학교 4학년이 되는데 자신은 나이가 많아 입학이 될는지 걱정이었다.

'학교에 다닐 수만 있다면 얼마나 좋을까. 열심히 공부해서 훌륭한 사람이 되어 어머니를 기쁘게 해드릴 수 있을 텐데⋯⋯.'

용호는 이런 생각을 하며 발걸음을 돌려 집으로 돌아왔다.

용호의 어머니 유씨는 남편과 큰아들의 항일운동 때문에 고생을 많이 했다. 남편은 농사일과는 거리가 먼 선비였다. 2대 독자인 남편은 어릴 때부터 신동 소리를 들으며 가문의 어른인 신종린愼宗麟에게서 한학을 배웠다. 일찍부터 과거에 뜻을 두고 공부에 전념했다. 개화 바람에 과거가 폐지되자 낙담했으나, 스승의 아호를 딴 존심당尊心堂이라는 학파에 속해 16세까지 경서經書를 탐독했다.

하지만 세상이 바뀐 것을 자각한 남편은 개화사상을 받아들여 영암에서는 처음으로 단발을 하고 신학문을 익혔다. 그러나 일제가 강제로 나라를 빼앗은 후로는 야학을 열어 젊은이들에게 민족의식을 일깨우고, 호남 지방을 돌며 일인 지주들의 농민 수탈에 항의하는 소작쟁의를 주동하다 두 차례나 옥고를 치렀다. 옥고를 치른 뒤에는 요시찰 인물로 분류되어 일경에 쫓기는 몸이 되어 있었다.

큰아들 용국鎔國도 아버지의 영향을 받아 스무 살 때 3·1만세운동에 뛰어든 이후 호남 지방의 항일운동을 이끌다가 감옥에 갔고, 출옥 후에는 일경의 감시를 피해 객지로 떠돌고 있었다.

이렇듯 10여 년 동안 가장인 남편과 큰아들이 번갈아 감옥에 가고, 요시찰 인물로 쫓기는 몸이다 보니 집안 살림은 늘 어려웠다. 어머니 유씨의 고생 역시 이루 말할 수 없었다. 설상가상으로 형사들이 시도 때도 없이 드나들며 남편과 아들의 행방을 대라고 협박을 일삼는가 하면, 농사일을 하던 둘째 아들 용율鎔律을 끌고 가서 항일 가족이라는 구실로 고문을 하기도 했다.

가진 것 없이 일본 유학길에 오른 셋째 용원鎔源과 보통학교를 마치고 객지로 나간 넷째 용복鎔福에 대한 걱정도 컸지만, 중병으로 사경을 헤매는 용호를 간병하느라 그녀의 마음은 한시도 편한 날이 없었다. 다행히 용호가 병석을 털고 일어난 데다 막내 용희鎔羲가 탈 없이 잘 자라고 있어 겨우 한시름을 놓은 상태였다.

그녀는 나라만 일본에 빼앗기지 않았더라면 아들 6형제를 둔 사대부 집안의 안주인으로 유복하고 편안한 삶을 살았을 것이다. 숙종조에 영의정을 지낸 유상운柳尙運의 후손들이 사는 문화 유씨文化柳氏 집성촌 가문에서 태어난 그녀는 전통적인 부덕婦德을 쌓은 여인이었다.

때문에 객지를 전전하면서도 아내에게 항상 미안한 마음을 떨칠 수 없었던 신예범은 둘째인 용율 내외만 고향에 남아 농사를 짓게 하고, 용호와 용희의 교육을 위해 세 모자를 목포로 이주시키기로 했다. 그는 친구의 도움을 받아 생계 수단으로 하숙을 칠 수 있는 셋집을 얻어놓은 상태였다.

용호가 송양서원에서 돌아와 보니 어머니가 이삿짐을 꾸리고 있었다.

"목포에 가서 학생들 하숙을 치면 먹고사는 데는 별걱정이 없다고 하지만, 정든 집을 떠나는 것이 잘하는 짓인지 모르겠다!"

짐을 꾸리며 어머니는 혼잣말처럼 걱정하고 있었지만 용호는 학교에 갈 수 있다는 기대로 가슴이 설레었다.

좌절된 보통학교 입학

이사 간 집은 유달산 동쪽 마을 북교동北橋洞에 있었다. 목포는 1897년 개항開港 이전까지 유달산 기슭에 농어민 50~60가구가 사는 한적한 마을이었다. 그러나 개항과 함께 한적한 포구 마을에 일본인과 중국인들이 모여들기 시작했고, 일제가 식민지 경영의 일환으로 목포까지 철도를 놓자 급격하게 도시화되어 용호의 가족이 이사한 1920년대 후반에는 인구가 약 5만 명으로 늘어나 전국 6대 도시의 하나가 되었다.

학교도 목포공립보통학교(현 북교초등학교)와 영흥학교(현 영흥고등학교)를 비롯해 목포공립상업학교(현 목상고등학교)가 있었다. 보통학교를 다니기 위해 영암읍까지 20리의 들길을 걸어야 하는 고향과는 비교할 수 없을 만큼 교육 환경이 좋았다.

이사한 뒤 동생 용희는 집에서 가까운 목포공립보통학교에 입학했다. 마침 여덟 살 입학 적령이 되었기 때문에 무난히 입학할 수 있었다. 하지만 취학 적령이 4년이나 지난 용호의 입학은 거절당했다. 용호의 기대는 물거품이 되고 말았다.

지금의 초등학교인 보통학교는 전국의 면 소재지마다 한 개 정도 있었고, 매달 월사금이라는 이름의 수업료를 받고 있었다. 따라서 가난한 집 아이들은 돈이 없어 학교에 가지 못하기 때문에 농촌에 있는 학교는 정원 미달인 경우가 많아 입학 적령기가 지난 아이들도 입학할 수 있었다. 그래서 시골의 보통학교에는 일찍 결혼한 열대여섯 살의 아이들도 다니는 일이 흔했지만 인구가 급증한 목포는 사정이 달랐다. 신예범은 아들을 입학시키려 애썼지만 거절당했다. 정원이 초과되어 적령기의 아이들도 다 받지 못하고 있으므로 용호와 같은 나이 많은 아이는 받을 수 없다는 것이었다.

"교감선생님까지 찾아가 사정을 해도 나이가 너무 많아 안 된다고 하니 어쩔 수가 없구나."

아버지로부터 이 말을 듣는 순간 용호는 하늘이 무너지는 것 같았다. 학교에 갈 수 있는 날을 손꼽아 기다렸는데 그것이 헛된 꿈이었다니. 믿고 싶지 않았다. 한동안 마음을 진정하지 못하고 혼자 울기도 했고, 거리로 뛰쳐나가 낯선 도시를 정신없이 헤매기도 했다.

용호의 입학은 실패했지만 아버지가 계획했던 대로 하숙생을 들여 생계를 꾸려나갈 준비는 순조롭게 진행되었다. 목포공립상업학교에는 호남의 각 지방에서 보통학교를 졸업한 수재들이 모여들었다. 이 학교에 입학한 한국인 학생들은 넉넉한 가정의 자녀들로 대부분 하숙을 하고 있었다.

개학을 앞두고 몇 군데 복덕방에 부탁하자 방 네 개가 쉽게 찼다. 여섯 개 방 중 가족이 쓸 두 개를 남기고 모두 하숙생을 받아, 이사를 한 지 두어 달 만에 집안은 안정되었다.

하지만 하숙을 치는 일도 그리 쉬운 일이 아니어서 용호가 보기에 어머니의 고생은 고향에서와 별반 다를 게 없었다. 용호는 보통학교에 들어가지 못한 자신의 처지가 암담해 방황하고 있었지만, 어머니의 고생을 못 본 척할 수 없어 열심히 집안일을 거들었다. 그러는 사이 오랫동안 중병을 앓았다는 것이 믿기지 않을 정도로 건강한 소년으로 변모해 있었다. 병치레를 하는 동안 제대로 먹지 못해 키가 좀 작을 뿐이었다.

건강한 육체에 건전한 정신이 깃든다고 했듯이 기력이 왕성해지자, 용호는 자신의 앞날을 걱정하기 시작했다. 그러나 어린 용호는 어디서 어떻게 희망을 찾아야 할지 막막했다. 틈만 나면 생각에 잠기는 일이 잦았지만 뾰족한 생각이 떠오르지 않았다.

하숙생은 일곱 명으로 모두 목포공립상업학교 학생이었다. 용호보다 나이가 많은 그들은 학교에 다니지 못하는 용호의 사정을 알고 동정해주었지만, 용호로서는 내심 부담스럽고 탐탁지 않았다. 아침 일찍 교복을 입고 학교로 가는 그들의 활기찬 모습을 바라볼 때마다 자신은 언제나 이방인이라는 소외감을 떨쳐낼 수가 없었다.

그러던 어느 일요일이었다. 남다른 친절을 베풀던 5학년 하숙생 하나가 용호에게 산책을 나가자고 했다. 하숙생 중에서 나이도 가장 많고 평소 용호를 살갑게 대해주던 그를 따라 유달산 노적봉으로 향했다. 다도해가 한눈에 내려다보이는 곳에 이르자, 그는 자리를 잡고 용호를 옆에 앉혔다.

"용호야, 다도해는 언제 보아도 아름답지? 앞으로 가슴이 답답하거든 이곳에 와서 바다를 바라보며 마음을 가라앉히고 꿈도 키워보아라."

말없이 바다를 내려다보던 그가 용호를 돌아보며 말했다.

"나는 지금의 네 심정을 잘 안다. 모두들 학교에 다니는 아이들뿐인데 너는 집 안에 있으니 얼마나 마음 아프겠냐. 하지만 네 운명이 그런 걸 누굴 탓하겠느냐. 어려서 중병을 앓아 그리됐다는 이야기를 아주머니에게 들었다. 되돌릴 수 없는 운명을 원망만 하지 말고 지금의 네 처지에서 어떻게 하는 게 좋은가를 생각해야 한다."

갑작스런 그의 말에 용호는 어리둥절했지만, 가슴속에 종기처럼 자리 잡고 있는 고민을 풀 수 있을지도 모른다는 생각에 숙연한 기분이 들었다.

"내가 오늘 너를 데리고 나온 것은 아직도 네가 무엇을 어떻게 해야 할지 마음을 정하지 못하고 방황하고 있는 것처럼 보였기 때문이다. 네

길이 없으면 길을 만들며 간다

가 모르는 것 같아서 말하는 건데, 세상에는 보통학교도 못 다닌 사람도 크게 성공한 예가 얼마든지 있단다."

그는 잠시 말을 끊고 먼 바다를 바라보았다.

"저 바다 건너 미국이라는 나라에는 그런 훌륭한 사람들이 많단다. 노예를 해방시킨 링컨 대통령도 가난해서 학교를 제대로 다니지 못했고, 세계적인 철강왕 카네기 같은 사람도 변변히 교육을 받지 못한 가난한 집 아이였다. 하지만 링컨과 카네기는 어릴 때부터 노동을 하면서도 부지런히 책을 읽어 학교 공부를 한 사람들보다 지식이 깊었단다."

"하지만 저는 이제 겨우 글을 깨쳤을 뿐인데……."

"학교에 가지 않아도 마음만 먹으면 공부를 할 수 있단다. 우선 조선어 공부와 한문 공부를 해야겠지만, 그것만으로는 안 된다. 우리나라는 일본의 식민지이고 왜놈들 세상이니까 싫어도 일본 말과 일본 글 공부도 해야 한다. 우선 네 동생 용희의 보통학교 1학년 교과서에서 조선어와 일본어, 그리고 산수책을 빌려서 읽고 쓰고 뜻을 암기하도록 노력해 보아라. 그렇게 6학년 책까지 모두 공부하면 보통학교 졸업생 실력을 갖추게 되는 거란다. 그 뒤에는 시험을 쳐서 중학교에도 갈 수 있고, 회사에 취직도 할 수 있다. 혼자 공부하는 게 쉽지 않겠지만…… 하다가 모르는 게 있으면 언제든지 나에게 묻도록 해라."

산을 내려오면서 용호는 그의 말이 옳다고 생각했다. 학교에 다니지 못하면 독학이라도 할 수밖에 없다는 생각은 하고 있었지만 무엇부터 어떻게 시작해야 할지 막막하던 차였다. 그러나 가까운 곳에 길이 있다고 생각하니 마음이 후련했다.

독학으로 깨친 실력

'그렇다, 독학을 하는 거다! 내가 노력하기에 따라서 학교에 다니는 아이들보다 더 빨리, 더 많이 공부를 할 수 있다지 않은가!'

용호는 집에 도착하자마자 동생의 교과서를 꺼내 살펴보았다. 용호의 행동에는 보통학교 입학을 거절당한 후 한 번도 볼 수 없었던 활기가 넘치고 있었다.

그날부터 용호는 보통학교 1학년 교과서와 씨름하기 시작했다. 자연히 동생과 책을 가지고 승강이가 벌어졌다. 철없는 용희는 형에게 책을 빌려주지 않으려 하고, 용호는 그런 동생을 달래느라 진땀을 뺐다. 큰 소리로 싸울 때도 있었다.

훗날 대한교육보험에 입사해 용호를 도왔고, 회장까지 역임한 용희는 이 시절을 회상하며 형에게 상처를 주었다고 미안해하기도 했다. 그러나 이 문제는 곧 해결되었다. 어머니가 1학년 교과서를 구해왔기 때문이다.

혼자만 공부할 수 있는 전용 교과서가 생기자 용호는 어머니를 돕는 일을 제외하고는 한시도 허비하지 않고 공부에만 매달렸다. 모르는 문제가 있으면 하숙생들에게 물어가며 배움에 빠져들었다.

독학을 시작한 지 3년 만에 용호는 보통학교 졸업생 수준의 실력을 쌓았고, 한문 실력도 천자문을 우리말과 일본어로 읽고 단어의 뜻을 아는 수준이 되었다. 이렇게 용호는 독학만으로 보통학교 졸업생 수준의 실력을 갖추게 되었다.

성취감과 자부심은 곧장 그를 한 단계 높은 수준의 독학으로 뛰어들게 했다. 중학교 과정의 독학을 시작한 것이다. 용호는 하숙생들이 구해 준 헌 교과서로 상업학교 교과 과정을 1학년부터 체계적으로 공부하기 시작했다. 하지만 조선어와 일본어, 그리고 역사·지리·수신(도덕)·상업 과목만 공부했다. 수학이나 영어는 집에서 독학을 하기에는 어렵다고 보았기 때문이었다. 그러는 한편 틈틈이 교양 도서를 빌려 읽고 신문을 본격적으로 정독하기 시작했다.

하숙생들은 각기 다른 신문을 구독하며 바꾸어 보기 때문에 당시 발행되던 『조선일보』, 『동아일보』는 물론이고 일본에서 발행하는 일어판 신문까지 읽을 수 있었다.

이때 처음으로 『동아일보』에 연재된 춘원 이광수의 우리말 소설 『이순신』을 읽게 되었다. 소설에 묘사된 이순신 장군의 활약상과 애국 충정에 감격하여 유달산에 올라 충무공의 전적지인 목포항 앞바다 고하도와 달리도를 바라보며 감상에 잠기기도 했다. 그리고 왜놈들을 몰아내기 위해 감옥까지 가면서 항일운동을 하는 아버지와 큰형이 자랑스럽다는 생각을 처음으로 하게 되었다. 그동안 용호는 집안을 꾸려가느라 고생하는 어머니를 보면서 객지로만 떠도는 아버지와 큰형에 대해 반감을 갖고 있었다.

신문에 연재된 소설과의 만남을 계기로 심훈의 『상록수』, 홍명희의 『임꺽정』은 물론이고 일어판 세계문학전집을 읽으면서 문학에 대한 동경심도 갖기 시작했다. 문학에 대한 동경심은 독서 의욕도 높여주었다.

피나는 노력을 계속한 결과, 열여섯 살이 된 용호는 조선어와 일본어, 상업과 역사, 지리 과목에서 상업학교 3학년 수준의 실력을 갖추었다고 자부하게 되었다. 하지만 혼자만의 자만심일지도 모른다고 생각한 용호는 객관적인 검증을 받아보고 싶었다.

그런데 뜻밖에도 하숙생 중에서 공부를 잘하고 성품도 착해 용호와 다정한 친구처럼 지내던 강일구가 그의 소망을 이루어주었다. 목포공립상업학교 3학년인 그가 학교에서 돌아오자마자 용호를 찾았다.

"용호야! 니 시험 한번 봐볼래?"

"무슨 시험?"

"오늘 기말시험 끝나고 선생님께 네 이야기를 하면서 자기 실력이 어느 정도인지 무척 궁금해하는 눈치라고 말씀드렸더니, 학교로 데려오라 하시더라. 시험 보러 안 가볼래?"

"정말 학교에서 똑같이 시험을 볼 수 있단 말야?"

"그럼. 어서 가자. 선생님이 기다리고 계실 거야."

강일구를 따라 목포공립상업학교 교정에 들어선 용호는 긴장으로 손에 땀이 나기 시작했다. 시험이 끝났음에도 많은 학생들이 학교에 남아 공부를 하고 있었다. 강일구의 담임선생님은 생각보다 젊었다.

"일구 군에게 자네 이야기를 들었네. 독학으로 깨친 실력이 어느 정도 되는지 알고 싶다고 했지?"

"그렇습니다."

"학생들이 본 시험지를 줄 테니 한번 치러보도록 하게."

난생처음 교실에서 치르는 시험이라 긴장되지 않을 수 없었지만, 막상 시험지를 대하고 한 문제 한 문제 풀어나가자 용호는 자신이 목포공립상업학교의 학생이 된 듯한 기분이 들었다. 한 과목이 끝날 때마다 선생님이 채점을 해주었다. 영어와 수학을 제외한 여섯 과목의 시험을 마친 용호는 긴장과 설렘으로 몸이 떨려옴을 느꼈다.

"역시 내 생각이 틀리지 않았군. 일구 군이 처음 자네 이야기를 했을 때 기특한 젊은이라고 생각했는데……. 여섯 과목 모두 우수한 성적일세. 이 정도면 우리 학교 학생들과 견주어도 상위권이야."

"정말입니까, 선생님. 용호 실력이 정말 그 정도입니까?"

"그래. 독학으로 이 정도 실력이라면 인내심과 의지가 남다를 테니, 자넨 좋은 친구를 두었군."

강일구는 용호의 성적에 놀라며 자기 일처럼 기뻐했다. 그러나 정작 용호는 선생님의 채점 결과를 들으며 가슴속으로 눈물을 흘리느라 입이 떨어지질 않았다. 지난 몇 년간의 힘겨웠던 순간이 눈물로 맺혔다.

'이 소식을 어머니가 들으신다면 얼마나 좋아하실까.'

상념에 잠긴 용호를 깨운 것은 선생님의 다정한 목소리였다.

"이름이 신용호라고 했지. 용호 군, 앞으로도 더욱 공부에 힘쓰게. 영어하고 수학이 문제겠지만, 자네의 의지라면 충분히 극복할 수 있을 걸세."

독학에 대한 객관적인 검증 결과가 기대 이상으로 높게 나오자 용호는 자신감을 갖게 되었다. 가족들의 기쁨도 컸다. 어머니가 좋아하시는 것은 말할 것도 없고, 가끔 집에 들르는 아버지도 크게 흡족해하셨다. 음악가가 되겠다는 꿈을 안고 도쿄로 건너가 고학을 하며 음악학교에 다니고 있던 셋째 형 용원도 책과 격려의 편지를 보내왔다.

이렇게 좋은 평가와 성원을 받게 되자 공부에 대한 자신감과 함께 욕심도 더 커졌다. 용호는 계속해서 자신에 대한 채찍을 늦추지 않았다.

책은 사람을 만든다

이 무렵부터 용호는 자립을 생각하기 시작했다. 중학교 3학년의 실력이면 당장 사회에 나가도 막노동을 하지 않고 먹고 살 수는 있었다. 그러나 40대 후반에 접어든 어머니가 힘겹게 하숙을 치고 있었으므로 성년이 되는 20세에 집을 떠나기로 마음먹었다. 계산해보니 20세가 되는 정월 초하루까지 1천 일 정도가 남아 있었다.

독립할 때까지 남은 약 1천 일. 용호는 그동안 어떤 공부를 어떻게 할 것인가를 정리해 나갔다. 먼저 상업학교 4·5학년의 나머지 과정은 당연히 마쳐야 하고, 둘째로 책을 가능한 한 많이 읽어야 하고, 셋째로는 사회에 대한 살아 있는 공부를 해야 할 것 같았다. 이렇게 공부 범위가 잡히자 세부적인 계획을 짜기 시작했다.

첫 번째 과제인 중학교 4·5학년 과정의 독학은 강일구가 학교에서 배우는 진도에 따라 공부하고, 그가 졸업할 때 함께 끝내기로 했다.

둘째 과제인 '천일독서'는 1천 일 동안 열흘에 책 한 권을 읽는 것으로 잡아 최소한 1백 권 이상을 읽겠다는 계획을 세웠다. 단, 책을 빌려 읽고 바로 돌려주어야 하므로 시간이 걸리더라도 정독精讀해 내용을 완전히 소화하고 반드시 독후감을 쓰기로 했다.

셋째 과제는 성년이 되어 세상에 나갔을 때 활용할 수 있는 사회생활의 지혜와 실력을 축적하기 위한 '현장학습'이었다. 평소 산책하던 코스를 바꾸어 시장이나 부두, 관공서를 돌며 목포 사회를 간접적으로 경험하기로 했다. 가능한 한 많이 보고, 많이 듣고, 많은 사람과 접촉하면서 현실 사회를 다양하게 공부하고 체험하기로 했다.

계획이 서자 하루 네 시간 이상은 절대 자지 않기로 결심했다. 남보다 덜 자고 덜 놀아야 성공할 수 있다고 마음먹고 세 가지 과제를 실천하는 데 열정을 쏟았다.

이런 용호에게 하숙생들은 '책벌레'라는 별명을 붙여주었다. 이때 읽은 책은 대부분 일본어로 된 책이었다. 우리 글로 된 책은 소설과 잡지와 신문이 대부분이었고 학술서적은 드물었기 때문이었다.

독서에 필요한 책을 구하는 데는 어려움이 없었다. 하숙생들이 가지고 있는 책으로 충분했다. 하숙생들 대부분이 시골 지주의 자제였기 때문에 책을 구입하는 데 금전적인 제약을 받지 않았다. 상급생들은 한 달에 한두 권씩의 책을 꼭 샀기 때문에 그들이 읽고 난 책을 골라서 빌릴 수 있었다.

'천일독서'를 시작하자 가장 먼저 용호에게 관심을 보인 사람들은 하숙생들이었다. 그들은 하루 네 시간 이상 자지 않을 뿐만 아니라, 꼬박 밤을 새우는 일도 빈번한 용호의 학습열과 독서량에 놀라워했다. 빌린 책을 돌려줄 때마다 벌써 다 읽었느냐고 되묻는 것은 물론 책에 대한 토론을 진지하게 제의해오는 경우도 있었다. 용호와 하숙생들이 어울려 밤늦게까지 토론하는 일이 잦아졌다.

어머니를 도와 집안일을 마치면 용호의 발길은 도서관으로 향했다. 당시 목포에는 도서관이 하나 있었다. 개항과 함께 목포에 정착한 일본인들은 1910년에 '목포문고'를 설치하고 러시아 건축 양식으로 건물을 아담하게 지어 운영하다가, 1928년부터 '목포부립도서관'으로 확장했다. 일본인이 많은 도시였기 때문에 일본에서 발행하는 신간 서적들도 이곳에서는 쉽게 접할 수 있었다.

용호는 이런 환경 덕분에 천일독서라는 귀중한 프로그램을 차질 없이 진행할 수 있었다.

용호의 독서열은 참으로 치열했다. 마치 책에 걸신들린 사람처럼 독서 삼매경에 빠졌다. 그중에서도 위인전 『헬렌 켈러』는 용호의 인생 항로에 등대가 된 책이었다. 생후 19개월 만에 열병으로 눈과 귀의 기능을 잃은 헬렌 켈러는 암흑과 침묵의 세상에 버려졌으나, 가정교사인 설리번을 만나 신체장애를 극복하고 세계 최초로 대학 교육을 받은 맹농아盲聾啞가 되었다. 그 이야기를 읽고 용호는, 자신에게는 헬렌 켈러처럼 훌륭한 선생님은 없지만 눈과 귀가 있으니 무엇인들 못 할 것이 없다고 스스로 마음을 다잡게 되었다.

헬렌 켈러의 위인전이 용호의 삶에 얼마나 큰 영향을 미쳤는가는 훗날 이 나라 보험업계의 큰 산이 된 그가 기회만 되면 사원들에게 '사흘만 시력이 주어졌다'는 마음으로 세상을 보는 눈을 유용하게 쓰라'고 강조했던 점에서 알 수 있다.

다음으로 용호의 마음을 설레게 한 책은 『카네기 자서전』이었다. 이 책을 읽으며 용호는 비로소 사업가가 무엇인지 알게 되었다. 더불어 하숙생들이 권하는 『죄와 벌』이나 『주홍글씨』와 같은 일어판 세계문학전집의 명작들을 읽고 감명을 받아 장차 문학가가 되겠다는 생각도 했다.

천일독서 시절의 다양하고 광범위한 독서 체험을 통해 용호는 인생 최고의 스승은 책이며, 책이 사람을 만든다는 진리를 깨달았다. 이때의 깨달음은 훗날 교육과 문화 사업이라는 평생의 화두가 되었다.

세상 물정이 사람을 만든다

'천일독서'와 함께 '현장학습'은 세상을 이해하기 위한 귀중한 프로그램이었다.

학교를 졸업한 사람은 세상 물정을 몰라도 사회가 너그렇게 받아들인다. 학교에 다닐 때는 공부만 열심히 하면 된다고 생각하기 때문이다. 그러나 학교도 다니지 않은 젊은이가 성년이 되어 사회에 나갔을 때 세상 물정을 모르면 학교도 안 다닌 놈이 그동안 무얼 했느냐고 무시하며 괄시한다고 용호는 생각했다. 그래서 사회에 진출하기 전에 사회 각 분야의 실상을 파악하고, 여러 계층의 사람들이 살아가는 방법을 알아두는 일이 필요했다. 그래야 사회생활을 하는 데 적응이 빠르고 실수 없이 올바른 판단과 행동을 할 수 있을 것이었다.

용호는 목포 시내를 세심하게 관찰하면서 돌아다니기 시작했다. 남교동 시장과 저잣거리 등 우리 상인들이 경영하는 상업 지구는 물론이고, 일본인들이 운영하는 부두의 세관과 항만 관리소, 화물 하치장, 어물 공판장 등 모든 기관과 시설을 찾아다니며 그곳에서 하는 일을 열심히 관찰했다. 궁금해서 이것저것 캐묻다가 핀잔을 받은 일도 셀 수 없이 많았다. 그만큼 적극적으로 배워나갔다.

목포 경제를 떠받치고 있는 것은 항구였다. 항구를 통해 각종 공산품이 일본에서 들어와 내륙으로 풀려나갔고, 쌀과 면화가 끊임없이 일본으로 실려나가고 있었다. 일제의 수탈로 농토를 빼앗긴 조선의 가난한 식민지 백성들은 생존을 위해 부두로 몰려들어 몸부림치고 있었다. 도처에 양지와 음지가 공존하는 목포라는 도시를 용호는 꼼꼼하게 관찰하고 체험하며 돌아다녔다. 이렇게 3년이 지나자 목포 시내에 있는 모든 것이 자신의 분신처럼 느껴지고, 각처에서 벌어지는 다양한 거래는 물론 일의 됨됨이와 이치를 알 것 같았다.

'책을 백 번 읽으면 저절로 그 뜻을 알게 된다讀書百遍義自見'는 이치와 마찬가지로 사물도 백 번 천 번 자세히 관찰하고 부딪쳐보면 그 생성과 운행의 이치를 깨닫게 된다는 사실을 용호는 자신이 창안한 '현장학습'을 통해 체득했던 것이다.

현장학습은 성년이 되어 자립한 직후 많은 도움이 되었다. 사물에 대한 직관력과 판단력은 경성과 대륙에서 노련한 사회 선배들을 만나 신임을 받는 데 결정적인 역할을 했다.

열정적인 '독학'과 '천일독서' 그리고 '현장학습'으로 이어진 용호의 목포 시절 10년은 뼈를 깎는 고통의 시기였으며, 뜨거운 학구열과 탐구열로 달구어진 용광로의 시기였다. 그리고 장차 사회에 나가기 위한 기초를 다진 현장학습의 시기였다.

천일독서 등 과제를 마무리한 용호는 20세의 새해를 맞이했다. 기다리던 성년의 나이가 되었다. 세상에 태어나 처음으로 희망에 부풀어 맞은 새해였다. 과제를 실천하는 동안 장차 사회에 나가 무엇을 어떻게 할 것인가 오랜 시간 고심한 결과, 그의 가슴엔 어느덧 야무진 계획과 꿈이 자리를 잡고 있었다.

그것은 바로 사업가였다. 쉰을 바라보는 어머니의 하숙생 수발에 의존해 생계를 꾸려간다는 현실이 자식으로서 못 견디게 고통스러웠다. 아버지와 큰형이 가정을 돌보지 못해 항상 쪼들렸던 집안 형편으로 인해 자연히 싹튼 계획이었다.

용호는 취직할 생각은 갖지 않았다. 보통학교 졸업장도 없는 그를 제대로 된 직장에서 채용해줄 리 없었기 때문이다. 자신은 장사를 할 운명이라고 생각했다. 여기엔 철강왕 카네기가 쓴 『카네기 자서전』과 『부의 복음』에서 받은 영향도 컸다.

가난한 직조공 아버지를 따라 어릴 때 미국으로 이민 와서 자신처럼 소학교도 다니지 못하고 고생 끝에 미국 최대의 철강회사 사장이 되고, 만년에는 회사를 팔아 마련한 3억 5천만 달러의 전 재산을 카네기홀 개장과 카네기 공과대학 설립 등 교육문화사업 기금으로 사회에 환원한 그의 일생이 가슴을 뛰게 했다. 그래서 카네기처럼 돈을 벌어 이 땅의 교육·문화사업을 일으키는 꿈을 꾸곤 했다.

희망의 새해를 맞아 사업가가 되기 위한 첫출발을 어떻게 할 것인가를 골똘히 생각했다. 카네기처럼 맨손으로 시작할 수밖에 없었다. 집안 형편으로 보아 차비 정도는 얻을 수 있겠지만 그 이상의 도움은 기대할 수 없다는 것을 잘 알고 있기 때문이었다.

용호는 음력설을 지내고 독립을 하되 일단 경성으로 가기로 마음먹었다. 경성은 가장 큰 도시여서 보고 배울 것이 많을 거라 생각했다. 그리고 경성에서 기회를 보아 중국 대륙으로 가기로 결정했다.

사업 무대를 중국 대륙으로 생각한 데는 이유가 있었다. 국공 내전과 일제 침략이라는 격동의 급류에 휩쓸려 있는 광활한 대륙 중국이야말로 도전해볼 만한 기회의 땅이라는 생각이 들었기 때문이다.

질서가 잡히고 안정된 사회는 맨손으로 뛰어든 젊은이에게 기회의 문을 좀처럼 열어주지 않지만, 어수선한 사회는 위험한 만큼 기회의 문을 쉽게 열 수 있을 거라고 판단했다. 게다가 독립운동을 하는 애국지사들이 만주와 중국에 많이 있고, 그들 모두 생업에 종사하면서 독립운동을 하고 있다는 사실도 대륙으로 가겠다는 생각을 하는 데 뒷받침이 되었다.

일단 경성에 가서 세상 공부를 좀 더 하면서 중국 대륙에 대한 새로운 정보를 수집하고 대륙으로 가는 여비도 마련해보기로 했다. 독립을 구체화하는 동안 음력설을 맞아 집에 온 아버지에게 사회에 나가 자립하고 싶다는 뜻을 조심스럽게 내비쳤다.

아버지는 놀란 표정으로 물었다.

"어디로 가서 어떻게 자립하겠다는 것이냐?"

"우선 경성에 가서 일을 찾아보겠습니다. 오래전부터 성년이 되면 자립하겠다는 결심을 하고 계획한 일이 있습니다."

그러나 아버지는 승낙하지 않았다.

"자립하려면 어느 정도 준비가 되어 있어야 하는데 갑자기 맨손으로 낯선 경성에 가서 무엇을 어떻게 하겠다는 것이냐? 우선 목포에서 취직해 일을 배우면서 천천히 자립하도록 해라."

옆에서 듣고 있던 어머니의 반대는 더 컸다. 병으로 보통학교도 보내지 못해 독학을 하느라 피나는 고생을 한 아들에 대한 연민의 정이 남달랐다. 그런 아들에게서 갑자기 집을 나가겠다는 말을 들은 어머니는 무조건 안 된다며, 꿈에도 그런 생각은 하지 말라고 거듭 당부했다.

그날 저녁 용호는 부모님을 설득해보려고 갖은 노력을 했지만 허사였다. 부모님의 완강한 반대를 확인한 용호는 가족의 전송을 받으며 집을 떠나는 것은 불가능하다는 사실을 깨달았다. 쉽게 허락하지 않을 것으로 어느 정도 예상은 했지만 막상 부모님의 완강한 반대에 부딪히자 그는 크게 실망했다.

그러나 오랫동안 준비하며 기다려온 계획을 접을 수는 없었다. 다행히 용호에게는 잡비를 아껴 모아둔 돈이 있었다. 경성에 가서 두어 달 동안은 값싼 하숙에 들어 지낼 수 있을 정도의 액수였다. 언제든 집을 떠나기 위해 셋째 형과 친한 사이이며, 가끔 아버지에게 편지를 보내오는 친척인 신갑범愼甲範의 주소를 적어두었다.

밤잠을 설치며 여러 날을 고민한 끝에 용호는 부모님 몰래 집을 떠나 경성으로 갈 날짜를 정했다. 죄송한 생각으로 마음이 아팠지만 더 이상 머뭇거릴 수 없었다.

집을 떠나기로 계획한 날은 겨우내 추위를 이겨낸 나무들이 꽃망울을 터뜨리는 3월 초순이었다. 아침 일찍 목포역에 나가 경성행 야간열차표를 샀다. 초행인 경성에 밤 늦게 도착하면 여러모로 어려움이 있다고 판단해 아침에 도착하는 기차를 타기로 했다.

떠나는 날 저녁, 평소와 다름없이 어머니가 차려주는 밥을 먹으며 목이 메어오는 것을 가까스로 참았다. 식사를 마친 뒤 시내에 볼일이 있어 나갔다가 늦게 돌아오겠으니 기다리지 마시라고 어머니께 말씀드렸다.

혼히 있는 일인 터라 어머니는 조금도 의심하지 않았다.

방으로 돌아온 용호는 미리 써두었던 편지를 책상 위에 놓고 간단히 짐을 꾸린 다음 조용히 방문을 열고 나왔다. 그리고 어머니가 계시는 방 앞으로 갔다. 방 안에서는 어머니와 동생이 대화를 나누는 소리가 들렸다. 용호는 마당에서 어머니가 있는 방을 향해 큰절을 올렸다. 지금 떠나면 언제 찾아뵐지 모르는 어머니에게 올리는 하직 인사였다.

'어머니, 안녕히 계십시오. 그리고 아버지께도 잘 말씀드려주세요. 꼭 성공하여 기쁘게 해드리겠습니다. 그때까지 몸조심하시고 건강하세요.'

마음속으로 인사를 드리는 용호의 눈에서 눈물이 흘러내렸다.

역에 도착하자 개찰이 시작되어 있었다. 용호는 서둘러 출찰구를 나가 경성행 기차에 올랐다. 기적 소리와 함께 기차는 플랫폼을 빠져나가 달빛을 받으며 북으로 달리기 시작했다.

길이 없으면 길을 만들며 간다

— 제2부 —

청운의 꿈을 품고

1936년 3월의 화창한 봄날 아침, 신용호는 호남선 완행열차에서 내렸다. …… 그토록 간절하게 기다리던 자립의 첫발을 내딛는 순간이었다. 생면부지의 낯선 땅에 홀몸으로 찾아들었지만 외롭다거나 두렵다는 생각은 전혀 없었다. 이제부터 혼자 힘으로 인생을 개척하고 창조해 나간다고 생각하니 오히려 가슴이 벅차오르면서 투지가 솟구쳤다.

한발 앞서야 이룰 수 있다

1978년 창립 20주년을 맞은 대한교육보험은 겹경사를 맞았다. 오일쇼크의 충격 속에서도 보유계약고 1조 원을 달성한 것이었다. 뿐만 아니라 한국 생명보험사상 처음으로 3대 이익利益 흑자 경영 시대를 열었다. 보험업의 3대 이익은 영업과 비용 관리 등 경영 전반에서 이익을 거둔 것을 뜻한다.

보험업이 발달한 선진국의 손꼽히는 보험회사들도 창업 후 50년이 넘어야 이룩하는 성과인데, 신용호를 선장으로 출범한 대한교육보험은 불과 20년 만에 해냈으니 그 기쁨은 이루 말할 수 없었다.

한국전쟁의 폐허에서 시작해 끊임없는 정치적·경제적 격변을 온몸으로 헤쳐가며 얻어낸 것이기에 더욱 값진 것이었다. 신용호는 대한교육보험의 창립 이념을 믿어준 고객과 직원들에게 가슴 깊이 감사하며 뜨거운 감동을 느꼈다. 그는 아무 불평 없이 묵묵히 자신을 믿고 따라준 직원들에게 자신이 매고 있던 넥타이를 풀어주며 신뢰의 메시지를 전했다.

미적 감각이 탁월했던 신용호는 자신이 직접 고른 넥타이와 양복을 직원들에게 선물하곤 했다. 이 옷물림은 우리는 하나, 즉 가족이며 보험업의 동지라는 표현이었다.

보유계약고 1조 원과 흑자 경영이라는 두 마리 토끼를 잡은 대한교육보험은 21세기를 향해 거침없이 순항했다. 신용호는 회사의 미래를 구상하며 선장으로서의 역할에 열정을 바쳤다.

2000년 새해를 맞아 광화문 교보빌딩의 글판에는 '길이 없으면 길을 만들며 간다. 여기서부터 희망이다'라는 고은 시인의 시구가 내걸렸다. 광화문을 오가는 사람들은 여느 때처럼 광화문의 명물이 된 글판을 바라보며 저마다 부푼 가슴으로 새해를 다짐했다. 교보생명은 글판의 글귀로 시민들에게 꿈과 희망의 메시지를 전하고 있었다.

교보빌딩을 완성한 후, 신용호는 옛날 집들에 있던 주련柱聯을 떠올렸다. 우리 선조들은 고대광실이나 초가집을 막론하고 명문名文이나 시구詩句에서 따온 글귀를 정성스레 써서 기둥에 붙임으로써 집주인의 인품과 뜻한 바를 나타냈다.

많은 건물들이 회사를 소개하는 홍보 현수막이나 광고판을 내붙이고 있던 때에 교보빌딩의 '광화문글판'은 신선한 충격이었다. 글귀는 각계 인사들로 구성된 광화문글판 문안선정위원회에서 골랐다. 신용호는 선정위원회에 가끔 자신이 생각하는 글귀를 보냈는데, 주로 인생 역정을 통해 얻은 지혜와 한국의 미래를 위한 소망이 담긴 내용이었다.

출근길에 신용호는 교보빌딩을 바라보며 자연히 글판을 읽었다. 불현

듯 길이 없으면 길을 만들며, 거친 세상을 헤쳐온 지난 삶이 떠올랐다. 집을 떠나 낯선 세상에 첫발을 내딛던 날로 그의 마음은 달려가고 있었다.

1936년 3월의 화창한 봄날 아침, 신용호는 호남선 완행열차에서 내렸다. 역 광장으로 나오자 남대문의 단청이 그를 맞았다. 신용호는 남대문 쪽을 향해 가슴을 활짝 펴고 심호흡을 했다. 눈부신 아침 햇살을 받으며 한껏 들이마신 경성의 아침 공기가 밤새도록 완행열차에 시달린 몸에 활기를 불어넣었다.

그토록 간절하게 기다리던 자립의 첫발을 내딛는 순간이었다. 생면부지의 낯선 땅에 홀몸으로 찾아들었지만 외롭다거나 두렵다는 생각은 전혀 없었다. 이제부터 혼자 힘으로 인생을 개척하고 창조해 나간다고 생각하니 오히려 가슴이 벅차오르면서 투지가 솟구쳤다.

신용호는 남대문 쪽으로 걸음을 옮겼다. 하숙집부터 정한 뒤 홀가분하게 일정을 시작하기 위해서였다. 하숙집이 정해지면 먼저 남산부터 오르리라 생각했다. 경성 시내가 한눈에 내려다보인다는 남산에 올라가 경성의 모습을 조감한 뒤 시내 구경을 시작하는 것이 옳겠다는 생각에서였다. 숲을 답사하려면 무조건 숲 속으로 들어가 방향도 모르고 헤매는 것보다 높은 곳에 올라 숲의 전체 모습부터 살피고 나서, 지형의 높낮이와 동서남북을 가늠한 뒤에 들어가는 것이 현명한 방법이기 때문이다.

남대문 정거장에서 효자동행 전차를 탔다. 주저 없이 효자동행 전차를 탄 이유는 신갑범이 효자동에 살았기 때문이다. 직접 만나 인사를 드린 일은 없었지만 집안 아저씨가 사는 동네에 하숙을 정하는 것이 여러 모로 도움이 되겠다는 생각에서였다. 그리고 아저씨를 찾아가 인사를 드린 뒤 집에 편지를 하면 부모님의 노여움도 풀리고 안심하실 거라는 계산도 했다.

신용호는 인왕산 밑 효자동 변두리에 하숙을 정했다. 하숙방에 짐을 풀어놓고 홀가분한 기분으로 다시 남대문으로 나와 아침 겸 점심으로 국밥을 먹었다. 그리고 곧장 남산에 올랐다. 아직 새순이 돋기 전이었으므로 숲이 시야를 가리지 않아 정상에 오르기는 어렵지 않았다. 정상에 오르자 한낮의 도시가 손에 잡힐 듯이 깨끗하고 선명하게 시야에 들어왔다.

이마에 맺힌 땀을 닦으며 천천히 사방을 둘러보았다. 북쪽으로는 바로 지척에 북한산과 도봉산의 암봉_{岩峰}들이 웅장한 모습으로 솟아 있고, 남쪽으로는 한강 줄기가 눈부시게 햇살을 반사하고 있었다. 그의 눈앞에 5백 년 동안 모진 풍상을 견뎌온 조선의 수도 경성의 모습이 그림처럼 펼쳐졌다.

신용호는 경성 시가도를 꺼내 들고 사대문 안을 차례로 확인해 나갔다. 남대문에서 북쪽의 총독부 청사로 이어지는 남대문길(지금의 태평로)과 광화문 거리, 동서로 뻗어 동대문에 이르는 종로 거리와 황금정통黃金町通(지금의 을지로), 그리고 남산 아래 일본인 거주지와 본정통本町通(지금의 충무로1~2가)을 차례로 확인해 나갔다. 남대문에서 화신백화점으로 이어지는 남대문로와 태평로 쪽 넓은 거리에 주로 큰 건물이 솟아 있고 종로와 광화문길에는 전차가 다니고 있었다. 종로통 북쪽에는 추녀를 맞댄 기와지붕들 사이로 크고 작은 골목길이 동서남북으로 얽혀 있었다.

해 질 녘이 되어 남산을 내려온 신용호는 곧장 하숙집으로 돌아왔다. 지난밤 기차 안에서 이것저것 생각하느라 잠을 자지 못한 데다가 기차에서 내리자마자 하숙을 정하고 남산에 오르는 등 고된 하루를 보냈기 때문에 피곤했다.

그러나 경성에서의 첫날 밤은 잠을 이룰 수가 없었다. 난생처음 집을 떠나 낯선 객지의 하숙집에서 청하는 잠이 제대로 올 리 없었다. 부모님과 형제들의 얼굴이 떠오르고, 친하게 지내던 하숙생들의 얼굴도 눈앞에 어른거렸다. 책상 위에 놓고 온 편지를 읽으며 걱정하고 계실 부모님에게는 죄송하고 또 죄송할 뿐이었다. 수일 안에 신갑범 아저씨를 찾아가 인사를 드리고, 아저씨가 살고 있는 동네에 하숙을 정했으니 안심하라고 부모님께 편지를 하겠노라 다짐했다.

다음 날 아침 일찍 자리에서 일어난 신용호는 본격적인 경성 탐험에 나섰다. 목포에서처럼 두어 달간 집중적으로 경성 사회를 공부하기로 했다. 이 기간 동안 대륙으로 향하는 데 필요한 공부도 병행하면서 여비를 마련해볼 생각이었다.

총독부의 석조 건물을 구경한 뒤 천천히 광화문 거리를 걸어 동아일보사 앞에 당도한 신용호는 석간신문을 옆에 끼고 "동아일보 석간이요!" 하고 소리치는 신문팔이 소년들을 보았다. 처음 보는 색다른 풍경이었다.

가판대가 없던 당시에는 신문팔이 소년들이 거리의 시민들에게 신문을 공급했다. 얼마 안 되는 돈을 벌기 위해 목청껏 소리치며 달려가는 그들의 모습에서 긴박한 생존경쟁의 모습을 보았다. 다른 아이들보다 한 발짝이라도 앞서야 한 부의 신문이라도 더 팔 수 있기 때문에 달린다는 것을 이내 알 수 있었다.

'그렇구나, 남의 뒤만 쫓다가는 아무것도 이룰 수 없다. 언제나 남보다 한발 앞서가는 사람만이 무엇인가 이룰 수 있고, 승리자가 되는 거구나!'

경성 구경을 시작한 첫날 정오에 신문팔이 소년들에게서 배운 교훈이었다.

오후에는 화신백화점을 돌아보았다. 1930년대의 경성에는 화신백화점 외에도 미쓰코시, 미나카이, 조지야 등의 백화점이 있었다. 그러나 이들 백화점은 모두 일본인들이 경영하는 것으로 충무로 입구와 명동 입구에 모여 있었고, 화신만이 순수한 민족자본이 운영하는 백화점으로 종로 사거리에 있었다.

신용호는 오후 내내 화신백화점 5개 층의 각 매장을 차례로 돌아보며 시간을 보냈다. 당시 경성에 오는 시골 사람들이 반드시 구경했던 화신백화점에는 일본에서 만든 고급 상품들이 다양하게 진열되어 있었으며, 점원들은 모두가 여자였다. 진열된 물건의 다양함과 화려함에 감탄도 했지만 각 층의 수많은 매장마다 배치된 점원들이 수백 명은 되는 것 같아 내심 놀랐다.

신용호는 점원들에게 이것저것 궁금한 것을 물어보며 돌아다녔다. 상품에 대한 설명이 유창하고 막힘이 없었다. 교육 수준도 높은 것 같았고 모두가 한결같이 상냥하고 애교가 있었다. 신용호의 눈을 의심케 한 것은 점원 아가씨들의 미모였다. 전국의 예쁘고 친절한 아가씨들을 이곳에 모아놓은 것이 아닌가 하는 착각이 들 정도로 미인들뿐이었다. 여자를 보고 가슴이 설렜던 첫 경험이었다.

탐방을 통해 어느 정도 경성을 파악한 신용호는 친척 아저씨인 신갑범을 찾아가 인사를 드렸다. 그는 아버지와 항렬은 같지만 셋째 형 용원과 나이도 같고 일본에서 함께 생활한 막역한 친구였다. 또 도쿄에서 문학 공부를 하고 귀국한 뒤 문학평론가로 활약하면서 '조선 레포츠회의'라는 비밀결사조직을 만드는 등 독립운동에도 관여하고 있었다.

제주 출신인 그는 고향의 청년 동지들을 독려해 농민조합운동을 하다가 지난해 경찰에 검거되어 옥살이를 하고 출소한 지 얼마 되지 않은 형편이었다.

신갑범은 친구인 신용원과 닮은 신용호를 반갑게 맞아주었다.

"어려서 병으로 죽을 고비를 넘겼다고 이야기 들었는데, 벌써 청년이 되었군. 그런데 경성에는 어쩐 일인가?"

신용호는 솔직하게 독학으로 공부를 마치고 사회인으로 독립하기 위해 부모님의 반대를 무릅쓰고 왔다는 것과 큰 사업가로 성공하고 싶다는 자신의 포부를 털어놓았다.

이야기를 듣고 난 신갑범은 아무리 목적이 좋아도 부모의 허락을 받지 않고 집을 나온 것은 옳지 않다며 당장 편지를 하라고 꾸중했다. 그리고 마침 하숙을 가까운 곳에 정했다니 자주 와서 저녁도 먹고 놀다 가라며 따뜻하게 대해주었다.

그날 신용호는 부모님께 편지를 썼다. 신갑범 아저씨 집에서 가까운 곳에 하숙을 정했으며, 사회에 첫발을 내디딘 이상 반드시 사업가로 성공할 수 있는 길을 찾을 터이니 걱정하지 말고 지켜봐달라는 내용이었다.

부모님께 편지를 띄우고 나니 한결 마음이 가벼웠다. 이 편지로 일단 부모님을 안심시켜드렸다고 생각한 신용호는 경성 공부에 박차를 가했다. 범위는 백화점이나 시장과 같은 상업지역에 국한되지 않았다. 관공서와 은행은 물론이고 을지로 입구의 악명 높은 동양척식회사 건물까지 들어가보았다. 고향 영암의 농토와 호남평야의 옥토를 빼앗아간 식민지 수탈기관의 총본산을 그냥 지나칠 수 없었다. 농토를 잃고 도시로, 만주로 떠난 농민들의 억울함과 아버지가 소작 쟁의를 주도하다 감옥살이한 것을 알기 때문이다.

영등포에 있는 방적공장과 철도공작창에서는 노동자들과 국밥을 나눠 먹으며 보수와 근무 체계에 대해 자세히 들었다. 사무직이나 노동자를 막론하고 같은 직종에서 같은 일을 하더라도 조선인은 일본인 사원급료의 반 정도밖에 받지 못한다는 우울한 현실을 확인했다. 급료는 일요일 휴무도 없이 하루 열두 시간을 일해도 식생활을 겨우 해결할 수 있는 수준이었다.

경성에 온 지 두 달이 지나자 신용호의 발길이 최소한 서너 차례 이상 닿지 않은 곳이 없을 정도였다. 그러나 새로운 것에 대한 호기심과 모험심은 좀처럼 만족할 줄 몰랐다.

남산이 녹음으로 우거지는 초여름이 되었다. 경성에 온 지도 석 달째로 접어들고 있었다. 그러나 신용호는 신록의 계절을 느낄 수 없었다. 아무리 생각해보아도 중국 대륙으로 갈 여비를 마련할 방법이 마땅치 않았던 것이다.

신용호는 경성 탐방을 통해 중국 대륙으로 가기 전에 먼저 만주로 가겠다는 생각을 굳히고 있었다. 일본이 만주제국을 세워 만주를 손에 넣고 있지만 중국 본토에 대한 야심을 버리지 못하고 있어 언제라도 중국과 전쟁을 일으킬지 모른다는 소문이 자자했다. 따라서 무작정 중국 대륙으로 들어가기보다는 우선 만주로 가서 생활비를 벌며 중국어를 익히고 정세를 살피는 것이 현명하다고 생각했다. 그러기 위해서는 만주의 관문이면서 가장 산업이 발달한 다롄大連으로 가는 것이 좋겠다는 판단을 하고 총독부 도서관에 가서 만주와 다롄에 대한 일본인들의 통계자료와 보고서, 연구서들을 찾아 읽었다.

다롄으로 가는 데 필요한 여비는 큰돈이었다. 일자리를 얻어 첫 월급을 받기까지 2~3개월의 현지 숙식비와 기차 요금을 더하면 1백 원 정도는 있어야 했다. 당시 1백 원은 다른 직종에 비해 봉급이 많던 금융조합 직원의 넉 달 치 월급이었다.

경성에서 적당한 일자리를 얻는다 해도 하숙비 같은 최소한의 생활비를 제하면 2년은 걸려야 모을 수 있는 목돈이었다. 목포의 부모님께 중국으로 갈 여비를 보내달라는 부탁을 해봤자 집안 형편도 형편이거니와 당장 집으로 내려오라는 불호령이 떨어질 게 분명했다.

하숙비가 남아 있는 동안 어떻게든 대륙으로 떠날 여비를 마련해야 한다는 강박감에 밤잠을 설치며 고민했지만 뾰족한 수가 없었다. 그렇다고 여비를 직접 벌기 위해 2년을 헛되이 보낼 수도 없었다. 궁리 끝에 신갑범을 찾아가기로 마음먹었다. 마음을 단단히 다지고 그의 집을 방문했다. 그러나 첫날은 돈 이야기는 꺼내지도 못한 채 인사를 드리고 눈치만 보다가 돌아왔다.

며칠 후, 신용호는 비장한 결심을 하고 다시 찾아갔다. 그리고 용기를 내서 단도직입적으로 돈 이야기를 꺼냈다. 쇠뿔도 단김에 빼라고 하지 않았던가.

"아저씨, 오늘은 제가 부탁드릴 일이 있어 찾아왔습니다."

"무슨 부탁이냐, 말해보아라."

"돈을 좀 빌려주셨으면 해서요!"

"돈? 얼마나 필요하냐?"

신갑범은 생활비가 떨어진 것으로 들었다.

"백 원쯤 빌려주셨으면 합니다. 나중에 이자까지 쳐서 꼭 갚아드리겠습니다."

"뭐? 백 원이라구?"

신갑범은 어처구니가 없다는 듯 입을 다물지 못하고 신용호를 쳐다보았다. 하지만 그가 돈이 필요한 이유를 설명하기 시작하자 말없이 들어주었다. 신용호는 자세를 바로 하고 10년 동안 독학으로 공부한 과정과 세상을 알기 위해 목포와 경성을 세세히 관찰하며 간접적으로 경험한 저간의 상황을 설명했다.

"저는 지금 모든 면에서 중학교 교육을 받은 후 10년 이상 사회생활을 한 사람과 견주어 결코 떨어지지 않는 실력을 갖추었다고 자부합니다. 그리고 저에게는 남다른 인내력과 투지가 있습니다. 따라서 돈을 빌려주신다면 반드시 제 손으로 벌어서 갚을 수 있습니다!"

신용호는 차분하고 확실한 어조로 말했다. 그러고는 중국 대륙으로 건너가 장사를 하여 큰 사업가로 성공하고 싶으니 여비와 정착할 때까지 쓸 돈을 빌려달라고 간청했다. 경성에서 그 여비를 벌려면 최소한 2년이 걸리는데 시간이 너무 아깝다는 말도 덧붙였다.

신용호의 진지한 이야기를 듣고 난 신갑범이 잔뜩 굳어 있던 표정을 풀었다.

"야망이 대단하구나. 그런데 만약 내가 돈을 빌려주어도 만리타국 중국으로 떠나버린 네가 갚지 않으면 어떻게 하란 말이냐. 더욱이 큰돈을 빌려줄 때는 담보를 잡는 법이라고 했다. 한데 내가 보기에 너에겐 담보가 없지 않느냐."

그 말에는 장난기가 섞여 있었다. 맹랑한 그의 반응을 시험해보기 위해 농담조로 던진 말이었다. 잔뜩 긴장하고 있던 신용호는 골똘히 생각하더니 자신에 찬 어조로 입을 열었다.

"지금 제가 가지고 있는 모든 것, 독학으로 쌓은 실력과 제 젊음과 포부를 담보로 드리겠습니다!"

신갑범은 당차고 맹랑한 녀석이라는 표정으로 신용호를 바라보며 생각에 잠겼다. 그리고 잠시 후 말했다.

"그럼 좋다! 네가 맡기겠다는 담보가 과연 쓸 만한 것인지 직접 시험해본 뒤에 결정하겠다."

그리고 나선 자기 아들의 중학교 5학년 교과서와 신문을 가져와 신용호의 실력을 테스트하기 시작했다. 조선어·일본어·한문 교과서와 신문을 읽어보라고 했고, 상업과 역사 교과서를 펴들고 질문을 던졌다. 신용호는 신문과 교과서를 모두 막힘없이 술술 읽어내려갔다. 상업과 역사에 관한 질문도 거의 틀리지 않고 대답했다. 그러자 신갑범은 자기가 읽고 있던 일어판 문학평론집을 읽으며 설명해보라고 했다. 거침없이 읽는 것은 물론 문학 용어의 개념도 거의 파악하고 있었다. 신용호의 천일독서가 얼마나 광범위했는가를 입증하는 순간이었다.

테스트가 끝난 뒤에도 세상 물정에 대해 많은 질문을 던졌고, 신용호는 또박또박 자신의 의견을 말했다. 처음엔 장난스레 시작한 테스트를 통해 신갑범은 예상치 못했던 그의 실력과 강한 집념에 내심 감탄하며 말했다.

"그만하면 됐다. 네가 당당하게 말하는 담보를 믿고 돈을 마련해줘도 되겠다. 하지만 이것은 네 아버지나 형과는 아무 상관 없는 너와 나의 거래라는 사실을 명심해라. 아무쪼록 노력하는 자세와 집념을 소중히 간직하고 열심히 해보도록 해라!"

"아저씨, 정말 감사합니다! 열심히 해서 이 은혜를 꼭 갚겠습니다."

신용호는 자리에서 벌떡 일어나 큰절을 올렸다. 기쁨과 흥분이 뒤섞인 얼굴은 붉게 달아오르고 있었다. 그의 기뻐하는 모습을 바라보며 신갑범도 흐뭇한 미소를 감추지 않았다.

초여름 저녁, 신갑범의 사랑방에는 신용호의 홍분을 가라앉히려는 듯 살랑거리며 바람이 스쳐갔다.

"용호야, 사업가로 성공하기 위해서는 일본을 잘 알아야 한다. 오래지 않아 반드시 이 땅에서 일본을 몰아내는 날이 오겠지만, 지금 당장은 일본의 국력이 욱일승천하는 한 마리 용이 아니더냐."

"일본의 역사는 책으로 익혔습니다."

"책에 쓰인 판에 박힌 역사를 말하는 것이 아니다."

"그럼, 어떤……."

"혹여 사카모토 료마坂本龍馬나 메이지 유신明治維新이란 말을 들어보았느냐?"

"메이지 유신은 알고 있습니다."

"그래. 그럼 잘됐구나. 료마는 오늘의 일본을 만들어낸 창업자라고 할 수 있다. 료마의 선각자적인 발상과 용기, 그리고 상인 정신이 분열된 일본을 하나로 결속시켜 결국 힘 있는 나라로 만들어냈단다."

신갑범은 밤이 늦도록 일본의 개국과 메이지 유신을 주도한 료마를 신용호의 머릿속에 각인시켜주었다. 일본을 이기기 위해서는 일본을 알아야 하는데, 오늘의 일본을 창업한 료마를 이해하는 것이 중요했기 때문이었다. 더구나 신용호는 어찌 되었건 일본의 지배하에 놓인 곳에서 사업을 할 수밖에 없는 터라 신갑범의 이야기가 홍미로울 수밖에 없었다.

협상과 정치력으로 서른세 살에 메이지 혁명을 성공시킨 료마는 일개 도사번土佐藩의 하급 무사였다. 에도의 지바 도장에서 검술을 익히던 그는 이른바 흑선黑船 소동을 통해 세계정세에 눈을 뜨고 막부幕府의 통치에 환멸을 느낀다. 흑선은 일본의 개항을 압박하기 위해 에도에 함포 사격을 가했던 미국의 페리 제독이 이끄는 군함이었다.

긴 칼과 창으로는 총과 함선으로 무장한 외국 세력에 맞설 수 없음을 깨달은 료마는 독학으로 미국과 유럽의 정치와 생활상을 깨쳤다. 이를 통해 료마는 빵집 아들도 대통령이 될 수 있는 평등한 세상을 꿈꿨다. 그 꿈은 막부를 무너뜨리고 하나의 일본, 즉 새로운 정부를 구성하는 것이었다. 이를 실현하기 위해 료마는 견원지간과도 같은 사쓰마薩摩와 조슈長州 번국藩國을 손잡게 하는가 하면, 크고 작은 번국들을 하나로 묶어 나갔다.

통합의 실리는 바로 장사였다. 쌀이 부족한 번국에는 쌀을 공급해주고 소금이 귀한 번국에는 소금을 조달해주는 것이었다. 또한 외국과의 무역을 통해 방직기와 무기도 공급했다. 물론 이러한 사업은 각 번국들이 출자해서 만든 회사가 담당했다. 무역 거래를 통해 오랜 역사적 대립과 갈등을 풀어버린 것이었다.

"료마는 정치가라기보다 사업가라고 할 수 있다. 료마가 각 번국의 문제를 정치로 풀려 했다면 결코 풀 수 없었을 것이다."

"무역을 통해 가려운 곳을 긁어주고, 이익을 주었기 때문에 번국들이 료마의 구상에 동참했군요."

"그렇지. 사업은 이처럼 단순히 먹고사는 장사에서부터 한 나라의 운명까지 바꾸어놓을 수 있는 사업까지 무궁무진하다. 너는 반드시 나라를 잃고 절망에 빠진 이 나라에 희망을 주는 사업가가 되어야 한다. 총을 들고 투쟁하는 것만이 독립운동은 아니다."

길이 없으면 길을 만들며 간다

"저도 그렇게 생각합니다. 제가 사업을 해서 큰 회사를 만들면 수많은 조선인들에게 안정된 일자리를 마련해줄 수 있고, 사업을 통해 번 돈으로 학교를 지어 조선의 학생들을 가르친다면 반드시 독립의 날이 오겠지요."

"그래. 바로 그런 점에서 상업에 문외한인 이 나라에 하루속히 큰 사업가가 나와야 한다."

"사업으로 돈을 벌면 저 혼자 잘 먹고 잘 사는 데 쓰지 않고, 목숨 걸고 독립운동을 하는 지사들을 위해 기꺼이 자금을 내놓겠습니다."

"하하, 네 말을 들으니 이 나라의 앞날이 결코 어둡지만은 않구나. 조선 땅 어딘가에는 너 같은 젊은이들이 무수히 많지 않겠느냐. 우선 사업부터 성공해라. 그러면 내가 조국 광복을 위해 동분서주하는 애국지사들을 소개해주마."

비록 짧은 만남이었지만 신갑범은 애제자를 얻은 것처럼 기뻐했다. 그러면서 신용호에게 조선·제철·창고·광업·무역상사·은행 등 모든 방면에 방계 회사를 거느리고 있는 미쓰비시 재벌의 창업자인 이와사키 야타로岩崎彌太郞가 료마와 같은 도사 번국의 무사 출신이었고 조선을 일본에 강제로 합병시키고 조선총독을 지낸 이토 히로부미伊藤博文가 하위 무사 계급 출신이었지만, 신학문을 배워 당당히 출세했다는 이야기를 들려주었다.

일본을 알게 해줌과 동시에 독학으로 일어선 신용호에게 용기를 주려는 의중이었다. 이후로도 신갑범은 그가 중국으로 떠나기 전까지 개인 교사가 되어 자신이 알고 있는 지식과 지혜를 전수했다. 그때마다 신용호는 솜덩이처럼 신갑범의 가르침을 빨아들였다.

그런 신용호의 모습을 보면서 신갑범은 료마에게 개화사상을 심어주는 동시에 세상에 료마를 천거한 가쓰 가이슈勝海舟를 떠올렸다. 그는 막부 말기에 군함 행정관을 지낸 고위 관료였으나 막부를 해체하고 새로운 일본을 건설하려는 료마의 스승이 된 인물이다. 무단으로 도사 번국을 이탈해 탈번 낭인 신세에 불과한 료마의 비범한 재능을 높이 산 그는 막부의 군함을 넘겨줌으로써 료마가 해상 무역을 할 수 있도록 도와주었다. 따라서 메이지 유신을 연출한 것은 료마라고 할 수 있지만 각본을 쓴 것은 가쓰 가이슈였다고 할 수 있다.

한 달 안에 여비를 마련해주겠다는 약속에 신용호의 마음은 미지의 세상에 대한 기대로 부풀어 올랐으나, 나라 안의 사정은 말이 아니었다. 늦추위로 밭작물의 작황이 좋지 않은 데다 두 달 이상 가뭄이 드는 바람에 전국적으로 모내기를 하지 못해 쌀값을 비롯한 모든 물가가 올라 생활고는 이루 말할 수 없었다. 식수까지 고갈된 곳이 허다하여 민심이 흉흉했다.

신용호는 매일같이 소공동(당시 長谷川町)에 있는 총독부 도서관에 가서 만주와 다롄에 관한 자료와 책을 뒤지며 필요한 공부를 하고, 밤이면 신갑범의 가르침을 받으며 새로운 지혜의 눈을 뜨고 있었다.

총독부 도서관은 20만 권이 넘는 책과 자료를 소장하고 있었다. 만주·중국·시베리아·몽골에 이르기까지 대륙 침략에 필요한 연구 서적과 조사 보고서, 통계 자료 등이 많아 참고할 자료가 풍부했다.

도서관에서 자료를 뒤지면서 신용호는 과연 다롄으로 가는 것이 최선인가를 다시 생각해보았다. 막상 한 달 후면 떠난다고 생각하니 한 번 더 신중하게 검토해야 할 필요가 있을 것 같았다. 첫 단추를 잘못 끼우면 낭패를 본다고 하지 않았던가. 그래서 광활한 만주 대륙에서 활동할 첫 발판을 어느 도시로 정하느냐 하는 문제를 처음부터 다시 생각해보기로 했다. 처음 찾아갈 도시는 일을 하면서 중국어를 배울 수 있어야 하고, 중국 본토에 진출해 소규모로나마 사업을 시작할 만한 자금을 단시일 안에 벌 수 있는 도시여야 했다.

신용호는 다롄과 신징新京(지금의 창춘)을 놓고 다시 검토했다. 두 도시에 대한 자료를 뒤져가며 비교한 결과, 당초 마음에 두고 있던 다롄으로 가기로 결정했다. 신징은 1932년에 일본의 꼭두각시로 건국된 만주제국의 수도로 한창 건설이 진행되고 있는 신흥 도시라는 매력은 있었지만, 신용호가 바라는 조건을 충족시켜줄 만한 도시는 아닌 것 같았다.

일본의 관동군 사령부와 헌병 사령부가 있어 만주에서 가장 통제와 규제가 심한 곳이라 쉽게 취업하기가 어려울 것 같았다. 그러나 다롄은 러일전쟁 직후 일본의 조차지가 되면서 유수한 일본 기업들이 다투어 진출한 데다 인구도 50만 명으로 신징보다 많았다. 또한 일본인 기업들이 중국인을 많이 고용하고 있어 젊은 중국인들의 3분의 1이 일본어를 할 줄 안다는 보고서도 있었다. 그러므로 중국인들과 함께 일하면서 중국어를 쉽게 배울 수 있다는 장점도 있었다.

당초 생각하고 있던 다롄으로 목적지를 결정할 무렵 마침 신갑범이 신용호에게 돈이 준비되었다는 소식을 전해왔다. 그는 중국에 가서 활동하려면 중국어를 할 줄 알아야 하는데 그 문제는 어떻게 해결할 작정이고, 첫 행선지를 어디로 정했느냐고 물었다.

"우선 다롄으로 갈까 합니다. 총독부 도서관에서 조사해본 결과, 다롄은 만주에서 일본인 기업이 가장 많은 도시라고 합니다. 일본 회사에서 일하는 중국인들은 일본어를 할 줄 알 테니 일단 그곳으로 가서 중국어를 배우며 돈을 벌 수 있는 방법을 연구해보겠습니다. 그러고 나서 본격적으로 정착할 곳을 찾아 나설까 합니다."

"잘 생각했다. 다롄은 만주의 관문이고 만주에서 제일 큰 도시여서 배울 점도 많을 거다. 마침 다롄에는 내가 일본에서 대학을 다닐 때 친하게 지내던 동창생이 회사 사장으로 있으니까 소개장을 써주마. 내가 본 대로 너를 소개하면 틀림없이 채용해줄 것이다. 우선 그 회사에서 일을 하며 중국 말도 배우고 돈을 모아 네 갈 길을 개척해보아라. 내 동창생은 비록 일본 사람이지만 식민지 정책에 찬성하지 않는 자유주의자니까 거부감을 갖지 않아도 된다."

매사에 생각을 많이 하는 신용호도 신갑범이 취직까지 알선해주리라고는 꿈에도 생각지 않았던 터라 어안이 벙벙했다.

"아저씨, 정말 고맙습니다. 은혜에 꼭 보답하겠습니다!"

며칠 후, 신갑범은 돈과 함께 소개장도 써주었다.

이렇게 하여 신용호는 경성에 온 지 다섯 달 만에 중국 대륙으로 가는 확실한 길을 찾는 데 성공했다. 무에서 유를 창조한 것과 다름없었다.

'길을 찾는다. 길이 없으면 길을 만든다.'

책을 읽다 발견한 이 명구는 책갈피로 만들어 읽고 있는 책에 늘 꽂아놓고 보고 또 보던 신용호의 좌우명이었다. 책을 손에 들 때마다 꽂혀 있는 책갈피에서 이 글귀를 수없이 읽고 마음에 간직하면서 자신의 행동철학으로 가슴 깊이 새겼다.

목포를 떠나올 때부터 그토록 간절히 원했던 대륙행 꿈을 이루자 힘이 절로 솟았다. 두려울 것이 없었다.

신용호는 서둘러 경의선 열차에 몸을 실었다.

틈새시장을 찾다

두 번째 새 출발이었다. 경성에서 펑톈奉天(지금의 선양)행 열차에 오른 신용호는 다섯 달 전 목포를 떠날 때처럼 이번에도 쓸쓸한 나그네였다. 그러나 목포를 떠나던 때와 달리 1백 원이라는 적지 않은 여비에 신갑범의 소개장도 가지고 있어 마음은 든든했다.

기차가 국경을 넘어 만주 땅에 들어서자 어둠이 깔리기 시작했다. 3등칸 열차 안에는 조선 사람들이 많았다. 늙은 부모와 아이까지 동행한 가족도 있었다. 이들은 고향에서 먹고살 수가 없어 만주로 이주하는 사람들이었다. 일제의 가혹한 양곡 수탈 정책과 지주들의 횡포를 견디지 못한 수많은 소작농들이 1920년대부터 남부여대男負女戴하여 만주로 떠나기 시작했는데, 이 슬픈 행렬은 1940년대 초반까지 이어졌다.

펑톈이 가까워지면서 날이 밝았다. 차창 밖으로 펼쳐지는 만주평야가

여름 햇빛을 받아 눈부시게 푸르렀다. 가도 가도 끝없는 들이 펼쳐지고 있었다. 잠에서 깨어난 조선인 가족들도 넋을 잃은 채 광활한 들판을 바라보며 감탄하고 있었다. 저 넓고 넓은 옥토가 자신들을 행복하게 해주리라 믿고 싶은 이들의 간절한 소망을 누가 탓할 수 있을까.

펑톈에서 신용호는 다롄으로 가는 '아지아호亞細亞號' 열차로 갈아탔다. 이 열차는 2년 전인 1934년부터 다롄과 신징을 운행하기 시작한 초호화 열차로 전용 기관차의 바퀴 지름이 2미터나 되고, 시속 1백 킬로미터로 달리는 세계에서 가장 빠른 기차였다.

일본 본토를 달리는 특급 '쓰바메燕(제비)'가 시속 67킬로미터, 부산과 서울을 달리는 특급 '히카리光(빛)'가 시속 49킬로미터였던 것과 비교하면 놀라운 고속 열차였다. 객차나 식당차 내부도 호화로웠고, 맨 뒤에는 사방이 유리여서 바깥 풍경을 즐기며 여행할 수 있는 전망차까지 달고 있었다.

신용호는 기차 안에서 다짐했다.

'1년, 길어야 2년 동안만 다롄에 머물자. 그동안 중국 말을 배우고 돈을 벌어 만주의 도시들과 베이징北京, 충칭重慶, 상하이上海를 돌아보며 사업할 곳을 찾자.'

다롄 역에 내린 것은 정오가 지나서였다. 다롄 역사는 웅장한 2층짜리 콘크리트 건물이었다. 러일전쟁 이후 일본이 남만주철도를 운영하면서 도쿄의 우에노上野 역사와 꼭 같은 모양으로 지었다고 했다. 막대한 이익을 챙기는 남만주철도의 운영권을 행사하며 호화 열차를 운행하기 위해서는 관문에 해당하는 다롄 역을 현대식 건물로 지을 필요가 있었을 지도 모른다는 생각을 했다.

　신용호는 역 근처 여관에 여장을 풀고 나서 곧장 다롄 광장으로 갔다. 광장으로 뻗은 큰 거리를 구경하며 천천히 걸어갔다. 푸른 가로수 길을 걸어가자 넓은 원형의 광장이 나왔다. 광장 북쪽에는 르네상스 양식으로 지은 만철 직영의 야마토大和 호텔이 있고, 광장 건너 맞은편에는 세 개의 돔이 인상적인 요코하마정금은행橫浜正金銀行 건물이 있었다. 광장 중심에는 초대 관동도독關東都督의 동상도 세워져 있었다. 광장에서 동서남북으로 방사선의 큰길이 시원스레 뻗어 있었다. 남쪽의 부두가 가장 번화한 거리 같았다. 번화가를 지나 신용호는 부두로 나아갔다.

　다롄 항은 상상을 초월하는 규모였다. 그에 비하면 목포항은 왜소하기 이를 데 없었다. 대형 화물선이 줄지어 정박한 채 시모노세키下關에서 온 여객선에서 승객들이 줄지어 내리고 있었다. 대합실도 수천 명을 수용할 수 있는 규모였다. 마침 그해부터 만주의 산업개발5개년계획이 시작되고 있어 다롄 항으로 들어오는 사람과 물자가 급증하고 있었다.

　신용호는 바다에서 불어오는 훈풍을 온몸으로 받으며 한껏 심호흡을 했다. 마음이 한없이 넓어지는 것 같았다. 항구 밖 바다는 북해의 진주라는 표현에 걸맞게 쪽빛으로 빛나고 있었다. 다롄 부두에 서서 바다를 바라보고 있다는 사실이 꿈만 같았다. 이 아름다운 항구도시가 첫 번째 활동무대라 생각하니 가슴이 설레면서 힘이 솟구쳐 올랐다.

　신갑범의 소개장을 읽은 후지다藤田 상사의 후지다 사장은 오랜 시간 이것저것 물으며 신용호를 테스트해본 뒤 이렇게 말했다.

"내가 믿고 존경하는 신갑범 군이 자신 있게 추천하고 있으니 조건 없이 채용하겠소. 그러나 일을 하려면 어느 정도는 회사를 알고 있어야 하니 연수를 먼저 받도록 해요. 지시해놓을 테니 내일 아침 인사부장을 찾아가시오. 부서 배정은 교육이 끝난 뒤에 결정하겠소."

신용호는 후지다 사장에게 기회를 주셔서 고맙다고 인사한 뒤 기대에 어긋나지 않도록 노력하겠다고 말했다. 큰 회사의 사장이어서 엄숙하고 딱딱한 사람일 거라 생각했는데, 의외로 부드럽고 친절했다.

사장은 주거가 안정되어야 편안하게 일할 수 있다며 비서실 직원에게 신용호의 하숙을 정해주라고 지시했다. 이제 막 다롄에 도착한 그가 하숙 문제로 시간 낭비하는 것을 막아주려는 생각인 것 같았다.

사장이 쉽게 채용을 결정하고 하숙까지 신경 써준 것은 신갑범과의 친교가 두텁고 소개장에 쓰인 신용호의 이력에 호감을 느낀 데다, 면접에서 확인한 식견과 결연한 의지력이 마음에 들었기 때문이었다.

'신갑범 군이 새끼 호랑이 한 마리를 내게 보내준 것인지도 모르겠군. 쓸 만한 청년임이 틀림없으니 어디 한번 잘 키워보자!'

훗날 후지다 사장은 신용호와의 만남을 이렇게 회상했다. 이런 첫인상 때문에 그를 신임하고 뒷바라지해 주었다는 것이다.

비서실 직원이 소개한 하숙은 일본인들이 모여 사는 난산루南山路의 일본인 가정이었다. 하숙비는 좀 비쌌지만 취직도 된 터라, 눈 딱 감고 들어가기로 했다. 신용호는 중국어를 빨리 배울 욕심으로 중국인 가정에 하숙을 정할 생각을 하고 있었다. 그러나 중국인 하숙은 깨끗한 곳이 없다는 비서실 직원의 말에 계획을 접었다.

신용호는 다음 날부터 연수를 받았다. 회사 전체의 규모와 조직의 윤곽에 대한 지식을 익힌 뒤, 주요 부서에 며칠씩 배치되어 업무를 파악했다.

후지다 상사는 철강제품 위주로 자동차와 선박 수리에 쓰이는 부품 일체, 모터 등 각종 산업기계류와 공작기계류, 건설 기자재, 생필품과 잡화까지 모든 물자를 일본에서 수입해 만주 일대에 팔고, 푸순撫順 탄광과 안샨鞍山 제철소의 석탄과 철강제품은 물론 대두와 같은 농산물을 수출하는 종합상사였다. 취급 품목은 1백여 종이 넘었고, 만주 일대와 대륙에 수십 개에 달하는 지사 형태의 전문 도매점을 거느리고 있었다.

1개월간의 연수를 통해 신용호는 회사 운영의 모든 과정을 어느 정도 숙지하게 되었다. 회사는 사장 밑에 관리·인사 담당, 수출입 담당, 판매 담당의 전무이사들이 있고, 그 밑에 부장·과장들이 조직을 관리하고 있었다.

연수를 받으면서 신용호는 판매부의 조직과 판매 방법에 관심이 많았다. 판매부서는 수십 개의 전문 도매점을 지역별로 나누어 관리하고 있었다. 따라서 본사의 판매부에서 상품이 출고되면 전문 도매점을 거쳐 소매상과 실수요자에게 공급되는 시스템이었다. 다만 만주에서 가장 큰 시장인 다롄과 뤼순旅順은 본사 판매부에서 직접 거래하고 있었다.

신용호는 판매부서의 조직을 설명하는 일본인 사원에게 물었다.

"전문 도매점에는 실수요자에게 공급하는 가격의 몇 퍼센트를 차익(마진)으로 주고 있습니까?"

그는 새파란 신출내기가 분수에 맞지 않는 질문을 한다고 생각했는지 한동안 신용호를 바라보다가 이렇게 되물었다.

"왜? 전문 도매점이라도 해보고 싶은가? 하지만 보증금을 많이 내야 하는 데다 심사도 아주 까다로워."

"전문 도매점들이 얼마나 돈을 버는지 궁금해서요."

그의 설명에 의하면 15퍼센트의 마진을 준다고 했다.

경성에서도 곡물이나 소비재를 취급하는 몇몇 도매상에서 중간 마진을 다른 곳보다 많이 주는 판매촉진법을 쓰는 것을 본 일이 있으므로 후지다 상사의 도매점 제도에 본능적으로 구미가 당겼지만 그림의 떡이었다. 그러나 신용호는 어떤 길이 없을까 골똘히 생각하기 시작했다.

'길이 없으면 길을 만들면 된다고 하지 않았던가.'

신용호는 교육이 막바지에 들어서면서 아이디어 찾기에 몰두했다.

'후지다 상사 직원으로 월급을 받는 것보다 사업을 하여 돈을 벌 수 있다면 얼마나 좋을까. 다롄에 온 지 한 달도 안 된 내가 이런 생각을 한다는 게 분수를 모르는 짓인 줄 알지만 할 수 있는 길을 찾고자 노력하는 것이야 나쁠 게 없지 않은가!'

대리점에 15퍼센트의 마진을 준다는 말을 들은 순간, 머리에 떠오른 여러 가지 생각이 연수를 받는 기간 내내 신용호를 떠나지 않았다. 그렇게 고심한 보람이 있었던지 작은 희망의 빛이 보였다. 연수가 거의 끝나갈 무렵 신용호는 본사 직할판매부가 담당하고 있는 다롄과 뤼순 지역은 항만·군항·다롄 기계·만철 철도공장 등 큰 회사만 거래하고 작은 거래처는 방치하고 있다는 사실을 발견했다. 워낙 대형 거래처가 많이 모여 있기 때문에 마진의 손실을 막기 위해 다롄에는 전문 도매점을 두지 않고 본사가 직접 거래하느라 군소 시장에는 눈을 돌리지 않고 있었다.

'본사가 관할하는 다롄에서 틈새시장을 찾을 수도 있겠다.'

신용호는 시장 조사를 하면서 떠오르는 아이디어를 정리하여 기획을 시작했다. 기획의 첫 밑그림은 본사 직판부가 거래하지 않는 다롄 시내의 중소 규모 거래처와 개인 수요자를 본격적으로 파고드는 것이었다. 매출을 늘려주면 회사의 이익이 늘 터이니 싫어할 이유가 없다는 생각이 들었다.

또 나름대로 판매촉진법도 연구했다. 본사에서 도매상에 판매액의 일정 비율을 주듯 판매사원 개개인에게 판매액의 일정 비율을 지급하는 제도를 도입하여 실적에 따라 돈을 가져갈 수 있게 하면 판매 실적을 얼마든지 올릴 수 있을 것 같았다. 이 제도를 신용호는 일정 비율의 이익금을 판매사원들에게 나누어주는 제도라 하여 비례급比例給 판매 제도라고 이름 지었다.

소작밭보다 텃밭이 낫다

오늘날 거의 모든 판매조직에 보편화된 비례급 제도라는 신용호의 독창적인 아이디어는 고향인 솔안마을에서 보고 겪었던 텃밭이 발상의 모태였다. 소작농이 많았던 솔안마을도 여느 농촌처럼 집집마다 임자 없는 산비탈이나 뒤란에 텃밭을 일구었다. 새벽부터 밤늦도록 논과 밭을 오가며 비지땀을 흘리느라 농부들은 텃밭의 농작물을 일굴 시간이 없었다.

그래서 텃밭은 나이 어린 자식이나 늙은 부모들의 몫이었다. 하지만 텃밭은 소작하는 밭에 비해 농작물도 싱싱하고 생산량도 훨씬 많았다.

"곱다시 내 차지가 되는 텃밭에는 물만 주어도 마음에서부터 정성이 우러나 거름이 되지만, 열심히 농사를 지어도 절반 넘게 남에게 빼앗기는 소작밭에는 거름도 물이 되는 법이란다."

어느 날, 텃밭에서 오이를 따며 어린 용호가 텃밭의 농작물이 잘 자라는 것이 땅이 좋아 그런 게 아니냐고 물었을 때 어머니가 하셨던 대답이었다.

다롄의 틈새시장을 공략할 아이디어를 찾던 신용호는 어머니의 말씀을 떠올리며 무릎을 쳤다. 자신처럼 사업으로 성공하고 싶은 무일푼의 사원들에게 적절한 판매 마진을 준다면 충분히 틈새시장을 공략할 수 있다는 자신감이 생겼다.

'그러나 한 푼 없는 내가 어떻게 후지다 상사의 상품을 조달받을 수 있을까.'

신용호는 이 문제를 놓고 여러모로 연구하기 시작했지만 뾰족한 생각이 떠오르지 않았다.

연수가 끝나자 후지다 사장은 신용호를 불렀다.

"각 부서에서 보내온 신군의 연수 평가가 아주 좋아요. 그만하면 어느 부서에 배치해도 일을 잘할 것 같으니 희망하는 부서를 말해봐요. 이건 신군이 자기 실력으로 얻은 기회니까."

후지다 사장의 기분이 매우 좋은 것 같았다. 신용호는 어느 부서든 원

하는 대로 보내주겠다는 사장의 말에 고마움보다는 망설임이 앞섰다. 그가 대답을 하지 못하고 머뭇거리자,

"원하는 부서를 택하라니까 왜 그러는가? 신군이 희망하는 부서에 오늘부로 발령을 내겠네."

하고 재촉했다.

후지다 사장의 재촉에도 선뜻 말이 나오지 않았다. 그동안 연구한 계획이 아직 완성되지 않았기 때문에 확실하지 않은 내용을 이야기할 수도 없었다. 그렇다고 대답하지 않을 수도 없었다.

"판매영업 쪽에 관심이 있습니다. 그런데 죄송합니다만, 한 일주일만 여유를 주실 수 없을까요? 연수를 받으면서 떠오른 아이디어가 있는데 그것을 구체적으로 정리하여 보고를 드린 뒤에 제 의견도 말씀드리고 싶습니다."

후지다 사장은 한동안 신용호를 바라보다가 이렇게 말했다.

"얼마나 좋은 아이디어기에 일주일씩 뜸을 들이겠다는 건가. 좋아. 일주일을 기다려주지. 어떤 아이디어가 나올지 궁금하군."

그렇게 말하며 신용호에 대한 기대와 호기심을 감추지 않았다.

일주일의 시간을 얻은 신용호는 미진했던 시장 조사를 보완해 나갔다. 도서관과 다롄 시청, 일본 상공인 친목단체 등을 돌아다니며 각종 연감과 통계자료를 살펴보았다. 조사를 통해 다롄의 중소 공장은 물론 각 공장의 업종과 규모를 상세히 파악할 수 있었다. 다롄에는 크고 작은 공장과 산업시설이 1천여 개나 되었다. 15만 명에 달하는 일본인들도 생활이 안정된 중산층이었다. 따라서 그들이 소비하는 생필품과 잡화만도

막대한 양이었다. 이만한 규모의 시장이라면 어떤 물건을 팔아도 성공할 수 있다는 자신감이 생겼다. 신용호는 조사 내용을 정리하여 계획서를 작성했다. 계획서에는 그동안 후지다 상사가 방치하고 있던 틈새시장에 상품을 판매할 수 있는 아이디어가 담겨 있었다.

약속된 일주일 후, 신용호는 후지다 사장에게 계획을 보고했다.

'첫째, 다롄 시내에 본사 직할판매부가 거래하지 않는 중소 규모의 고객만을 개척하는 후지다 상사 판매대리점을 개설한다.

둘째, 대리점 밑에 여러 개의 지점과 지점장을 두며, 각 지점에 10명 정도의 비례급 판매원을 두고 판매 활동을 한다.

셋째, 대리점과 지점의 사무실은 본사에서 내주고, 첫 3개월간의 운영비는 본사에서 대출해준다. 사무실 개설 비용은 대여 형식으로 한다.

넷째, 본사 경리사원이 파견되어 금전 출납을 전담한다.

다섯째, 판매영업은 대리점과 산하의 각 지점에서 전담하되 판매한 상품의 배달과 수금은 본사에서 직접 한다.

여섯째, 본사에서는 판매 대금의 15퍼센트를 대리점장에게 지급하되 수금이 끝난 부분에 대해서만 매월 1회씩 정산한다. 15퍼센트 중에서 본사 차입금을 적립하여 상환하고, 급료와 비례급의 지급 등 모든 판매비용과 일체의 운영비 및 점장의 이익을 충당한다.

일곱째, 대리점은 신용호가 맡아 독립적으로 운영한다.'

신용호의 설명을 들은 사장은 어디서 그런 기발한 아이디어가 나왔느냐고 칭찬하며 정말 자신이 있느냐고 되풀이해서 확인했다. 지금이야 일선 판매사원에게 리베이트를 지급하는 판매 전략이 보편적이지만, 당시에 비례급 판매사원 제도는 기발한 발상이었다.

후지다 사장은 특히 비례급 판매사원의 활용에 관심을 보이며 많은 질문을 던졌다.

"정말 과학적인 기획이야. 본사로서는 백 퍼센트 안전성이 보장되는 판매 전략이지만, 이 계획의 성공 여부를 결정하는 비례급 판매원들이 실적을 올리지 못하면 대리점 운영이 어려울 텐데 그게 문제로군."

"그 문제는 제 나름으로 생각해둔 것이 있습니다. 비례급만 약속대로 지급하면 일선에서 열심히 뛸 판매사원을 확보할 방법이 있습니다. 반드시 성공할 수 있습니다."

거듭 자신 있다는 말에 후지다 사장은 팔짱을 끼고 한동안 신용호를 뚫어지게 바라보다가 말했다.

"좋아. 좀 더 생각해보고 중역들과도 상의한 뒤 결정하겠으니 내일 아침에 다시 오게."

다음 날 후지다 사장은 다시 한번 여러 가지 구체적인 것을 묻고 다짐을 받은 뒤 이렇게 말했다.

"도와줄 테니 한번 해보게. 그러나 실패할 경우 본사에서 빌려준 대여금은 2년이든 3년이든 회사의 정식 직원으로 근무하면서 신군이 월급으로 보상한다는 조항을 계약서에 명기해도 되겠나?"

신용호는 사장이 제안한 조건을 받아들였다. 만일을 위해 회사가 제시한 안전장치로서 당연하다고 보았기 때문이다. 그보다도 자신의 계획을 모두 수용해주었다는 사실이 꿈만 같았다. 기회는 스스로 만들고자 노력하는 사람에게 찾아온다는 말이 있다. 꿈을 이루기 위해 끊임없이 도전하는 그에게 첫 번째 기회가 찾아온 것이다.

며칠 후, 후지다 상사 사장과 다롄 판매대리점 점장인 신용호 사이에 정식 계약이 체결되었다. 판매 담당 전무의 반대가 있었지만 사장이 책임을 지고 모험을 한번 해보겠다며 설득했다는 것은 뒤에 알게 된 사실이었다.

신용호는 다롄에 도착한 지 두 달도 되기 전에 후지다 상사 다롄 판매대리점의 점장이 되어 분주한 나날을 보냈다.

사무실 개설과 함께 신용호는 다롄 신문에 지점장과 비례급 판매사원 모집 광고를 냈다. 판매사원 확보에 자신 있다는 말은 모집 광고를 생각하고 한 것이었다. 그 무렵에는 신문 광고로 사원을 모집하는 일이 전혀 없었다. 인력이 남아돌기 때문에 돈을 들여 광고를 하지 않아도 얼마든지 사람을 구해 쓸 수 있었다. 그러나 신용호는 단기간에 유능한 판매사원을 골라 쓰기 위해 광고를 게재했다. 그의 예상대로 광고를 보고 찾아온 희망자는 많았다.

수많은 지원자를 일일이 면접을 통해 엄선하고, 교육을 하면서 능력 있는 사람을 다시 골라냈다. 이런 과정을 거쳐 조직을 완료하고 활동을 시작하는 데는 1개월이 걸렸다. 본사와 계약한 지 한 달 만에 10개 지점의 설치를 완료하고 영업을 시작했다.

신용호는 이때의 경험을 통해 영업사원의 교육이 판매에 미치는 영향이 크다는 것을 절감했다. 그래서 교육이 끝나고 영업을 시작한 뒤에도 일주일에 한 번씩 정기적으로 지점장과 판매사원을 교육했다. 중점적인 교육 내용은 겸손과 친절, 그리고 성실과 인내였다. 영업은 신의를 바탕으로 하는 인간관계이므로 판매사원이 지녀야 할 기본적인 미덕이라고 생각한 것이다.

비례급 판매사원에게는 본인의 판매 실적에 따라 5퍼센트의 리베이트를 지급했고, 지점장에게는 일정 금액의 고정급에 직접 판매액에 대한 리베이트를 지급했다. 후지다 상사의 상품은 대부분 고가여서 5퍼센트의 리베이트도 큰돈이었다. 때문에 판매사원 지망자는 많았고 유능한 사람을 골라 채용할 수 있었다. 실적이 저조한 판매사원은 스스로 탈락했기 때문에 비례급 판매사원은 점차 정예화되었다.

3개월이 지나자 다롄 판매대리점의 운영은 본궤도에 오르기 시작했고, 5개월이 지나자 비례급 판매사원만 1백 명을 넘어섰다. 매출액도 그만큼 커졌다. 지점장 급료와 리베이트를 지급하고 난 잉여금의 대부분이 대리점장 몫이었으므로 신용호는 큰 부자가 된 기분이었다.

본사에서 운영비로 차입한 돈을 마지막으로 상환하던 날, 회사의 임원들은 물론이고 대리점 개설을 반대했던 판매 담당 전무까지 후지다 사장의 사람 보는 안목에 경의를 표하며 기쁨을 감추지 못했다.

"다롄 판매대리점 덕분에 매출 증대는 물론이고, 가만히 앉아서 영업하던 다른 대리점들이 큰 자극을 받았네. 다른 대리점들의 매출도 늘어나고 있으니 회사로서는 일거양득이었네."

후지다 사장의 칭찬에 전무도 신용호의 사업가 자질을 높이 평가했다.

"신 대리점 점장의 사업 수완이 보통이 아닙니다. 비례급 판매사원 제도는 물론이고, 직원 관리도 감탄할 정도입니다."

"중국 땅에서 이만한 젊은 사업가는 다시없을 거예요."

신용호는 대리점 운영이 자리를 잡자 직접 판매에도 나섰다. 현장 공부를 하면서 5퍼센트의 리베이트도 버는 일이었으므로 일거양득이었다. 더불어 그가 채용한 중국인 영업사원들은 모두 일본어에 능숙해 그의 중국어 회화 능력도 하루가 다르게 향상되었다.

그렇게 후지다 상사 다롄 판매대리점을 1년 동안 운영하면서 많은 돈을 저축했다. 처음 개척한 사업으로서는 크게 성공한 셈이었다. 돈이 넉넉하게 모이고 사업이 안정되자 목포에서 고생하고 계실 어머니 생각이 났다. 집을 떠나면서 하루속히 돈을 벌어 어머니의 고생을 덜어드리겠다고 마음속으로 굳게 다짐하지 않았던가.

집을 떠난 지 1년여밖에 되지 않았지만 많은 돈을 손에 쥐자 어머니가 편하게 사실 수 있도록 해야 한다는 생각이 간절했다. 신갑범으로부터 빌린 돈도 하루속히 갚고 싶었다. 더불어 자신을 믿고, 기꺼이 거금을 빌려준 그에게 성공을 알리고 싶은 마음도 굴뚝같았다.

후지다 사장에게 이런 뜻을 전하자 사장도 좋은 생각이라며 목포에 한번 다녀오라고 권했다. 많은 현금을 몸에 지니고 여행하는 것은 위험하니 경성에 있는 연락사무소로 송금하고 그곳에 가서 조선은행권으로 찾아가라며 편의를 봐주었다.

맨손으로 목포를 떠나 거친 세상으로 나온 지 1년 4개월여 만에 신용호는 작은 성공을 거두고 경성행 기차에 몸을 실었다. 경성에 도착하자마자 후지다 상사 연락사무소에서 돈을 찾아 효자동으로 향했다.

편지로 미리 연락을 받은 신갑범은 신용호가 돌려주는 돈보다도 그의 성공을 더 기뻐했다.

"성공할 줄 알았다. 비록 시작에 불과하지만 될성부른 나무는 떡잎부터 알아본다고, 초심을 잃지 않는다면 반드시 큰 사업가가 될 것이다. 작은 성공에 만족하지 말고 항상 스스로를 채찍질하도록 해라."

"모두 아저씨가 저를 믿어주신 덕분입니다."

"어서 큰 사업가가 되어 네 뜻도 이루고, 광복을 위해 애쓰는 독립지사들도 돕도록 해라."

"저 역시 나라 잃은 설움을 잘 알고 있습니다. 아버지와 큰형님을 위해서라도 기꺼이 후원자가 되겠습니다."

"허허. 네 생각이 그렇다면 쇠뿔도 단김에 빼랬다고, 첫 성공을 축하하는 의미에서 내 좋은 사람을 소개해주지."

신갑범은 오뉴월 비가 온 뒤에 죽순처럼 쑥쑥 자라나는 신용호를 대견스러워했다. 그리고는 그를 데리고 명륜동(당시 明倫町)으로 향했다. 함께 걸어가며 이육사李陸史에 대해 소개했다.

육사는 1904년 태생으로 신용호보다 열세 살 위였다. 경북 안동에서 이퇴계의 14대손으로 태어나 어려서 한학을 배우다가 일본으로 건너가 니혼대학日本大學 전문부 등을 다니며 신학문을 익혔다. 1925년 항일투쟁 단체인 의열단에 가입해 독립운동의 대열에 참여한 이래 수차례 옥고를 치렀다. 1932년 베이징으로 건너간 육사는 조선군관학교 국민정부군사위원회 간부훈련반 제1기생으로 졸업한 뒤, 만주 일대에서 독립운동을 펼쳤다. 29세가 되던 1933년, 경성으로 돌아와 일제의 무단 통치와 만행을 신랄하게 비판하는 글과 문학작품을 발표하고 있었다.

"지금은 경찰의 눈을 피해 문필가로 활동하며 은인자중하고 있지만 일제의 억압을 단숨에 끊을, 문무를 겸비한 인물이다. 본래 이름은 원록源祿인데 스물네 살 되던 해인 1927년 처음으로 감옥에 갇혔을 때 죄수 번호가 264번이어서 이육사로 했단다."

이윽고 두 사람은 명륜동의 아담한 한옥에 당도했다. 대문을 열고 들어서자 육사가 반갑게 맞아주었다.

"육사 선생, 오랜만입니다."

"어서 들어오게."

좁지만 책으로 가득한 사랑방은 육사의 성품처럼 소박하고 단아했다. 책에서 뿜어져 나오는 냄새가 향긋했다.

"그래, 어쩐 일인가."

육사가 차를 권하며 신갑범의 돌연한 방문을 물었다.

"내 오늘 선생의 고군분투를 든든하게 받쳐줄 버팀목을 소개할까 합니다."

신갑범의 호탕한 말에 육사는 신용호를 유심히 살펴보았다.

"신군! 인사드리게."

"신용호라고 합니다."

"육사 선생도 도쿄 음악학교를 나온 신용원 군을 기억하지요."

"기억하지. 언젠가 도쿄에서 자네와 함께 만났었지."

길이 없으면 길을 만들며 간다

"그래! 그 신용원 군의 아웁니다. 나와는 한집안이기도 하고요."

신갑범은 육사에게 신용호의 독학과 다롄에서의 성공, 그리고 사업을 통해 동포들을 구하고 독립운동의 후견인이 되려 한다는 마음가짐을 말해주었다.

"맹장 밑에 졸장부 없다고, 부친과 형님들의 뜻을 받들어 독립운동을 돕겠다니 가상하구먼."

"독학으로 공부한 처지라 부족한 것이 많습니다."

"조선인이 조선의 말과 글로 조선의 역사와 문화를 배울 수 없는데 학교를 다닌들 무엇하겠나. 오히려 일제의 꼭두각시가 되는 교육을 받지 않은 것이 잘된 일일세. 일제의 교육을 받은 대다수 조선의 청년들이 식민지 수탈에 앞장서고 있지 않은가."

"……."

학교를 다니지 못한 것을 자신의 불행한 운명이라고 여겨왔던 신용호는 육사의 말에 가슴이 뚫리는 통쾌함을 느꼈다.

"지금 이 나라에는 얄팍한 지식으로 일제에 빌붙어 호가호위狐假虎威하려는 얼치기 지식인들이 아니라, 신군처럼 나라를 생각하는 젊은이가 필요하네."

육사는 신용호의 손을 잡으며 오랜 동지를 만난 것처럼 기뻐했다. 육사의 칭찬에 그의 얼굴이 붉게 물들었다. 아직은 독립운동에 돈 한 푼 내놓은 사실이 없는 자신에게 보여주는 관심과 기대가 부끄러웠다.

"아직은 아무것도 실천한 게 없습니다. 하지만 반드시 큰 사업가가 되어 약속을 지키겠습니다. 그리고 다롄으로 돌아가면 조금씩이라도 독립운동 자금을 내놓도록 하겠습니다."

"장사치나 사업가나 너나없이 돈을 벌기 위해 친일과 매국을 일삼는 판에 참으로 올곧은 생각을 했군. 그런 생각을 했다는 것만으로도 독립운동에 뛰어든 것이나 진배없네. 모쪼록 대사업가가 되어 헐벗은 동포들을 구제하는 민족 자본가가 되길 바라네."

'민족자본'과 '민족 자본가'.

육사에게 들었던 이 말은 평생을 두고 그의 뇌리에서 떠나지 않았다. 대륙에서 사업을 통해 자본을 축적한 뒤, 내 나라 내 강토에서 산업을 일으키고자 했던 신용호의 생각을 담는 말이 바로 '민족자본'과 '민족 자본가'였다.

"몇 해 전 상하이에 갔을 때 루쉰魯迅 선생을 만났지. 낡고 썩은 중국을 바꾸기 위해 노심초사하신 분이라네. 그분이 평생 주장한 것이 예교흘인禮敎吃人이라네. 중국인들이 겉만 번지르르한 허례허식과 형식에 빠져 국력을 탕진하는 바람에 오늘날 일제에 유린당하고 있다는 말이지. 나는 이 말을 우리들도 깊이 아로새겨야 한다고 생각하네."

"맞는 말입니다. 사실 중국보다 더한 허례허식과 신분제도가 이 나라를 이 꼴로 만들었다고 할 수 있지요."

"그래서 이 말을 해주고 싶네. 신군! 일제는 조선의 상권부터 빼앗았네. 먼저 개화한 저들이 진기하고 새로운 물건을 들여와 조선의 상점들을 문 닫게 하고 모든 재물을 끌어모았으니, 어찌 나라가 버텨낼 수 있었겠는가. 자네와 같은 사업가들이 일본의 사업가들보다 앞선 생각과 행동으로 이 나라의 상권을 되찾는다면 조선의 독립도 그만큼 빨라질 걸세."

육사는 경술국치 이전에 벌어졌던 일들을 상세히 거론하며 신용호에게 사업의 중요성과 사업가의 올바른 길이 무엇인지에 대해 열변을 토했다.

"육사 선생! 앞으로 신군을 아우처럼, 동지처럼 여기고 도와주기 바랍니다. 선생은 만주에 아는 동지들도 많고 만주에서 할 일도 많지 않습니까."

"신군이 대사업가가 되어 도와준다면 할 일이야 태산같이 많지. 우선은 만주에 있는 동지들에게 연통을 넣을 테니 형편이 되는 대로 도와주기 바라네."

"힘닿는 대로 성심을 다하겠습니다."

육사는 신용호에게 자신이 취할 연락 방법을 설명해주었다. 그 모습을 지켜보며 신갑범은 신용호가 머지않아 파도를 헤치며 넓은 바다로 나아갈 것이란 생각을 했다.

신갑범과 함께 이육사의 명륜동 집을 나선 신용호는 서둘러 경성역으로 향했다. 한시라도 빨리 부모님을 뵙기 위해 발걸음을 재촉했다.

어머니는 여전히 하숙을 치며 고생하고 계셨다. 그런 어머니가 안쓰러워 하숙은 그만 하시고 이제 편안히 사시라고 간곡하게 부탁했다. 어머니는 그의 손을 쓰다듬으며 학교도 보내지 못하고 집안일만 시켰는데 수만 리 타국까지 가서 큰돈을 벌어왔다며 눈물을 흘렸다. 하숙을 치고 있는 전셋집을 매입하고, 고향에 논도 몇 마지기 사라고 드린 목돈을 어루만지며 어머니는 꿈이 아닌가 싶어 손톱으로 살갗을 꼬집어보기까지 했다.

오랜만에 가족들을 만나 정겨운 시간을 보내고, 하숙생이었던 강일구도 만나 유달산에 올라 우정을 확인한 신용호는 다시 대륙으로 향했다. 이번에는 가족들의 환송을 받으며 기차에 올랐다. 그러고는 곧장 경의선 열차로 갈아타고 다롄으로 돌아왔다.

낯선 길

목포행은 신용호의 가슴 한구석에 항상 무거운 짐으로 자리하고 있던 마음의 부담을 털어주었다. 자식으로서의 죄스러움에서 해방되는 것 같았다. 뿌듯하고 홀가분한 마음으로 대리점 운영에 전념하던 1937년 7월 7일이었다. 선전포고도 하지 않고 야금야금 만주 일대를 점령해 만주국이라는 허수아비 나라를 세운 일본이 베이징 근교 루거우차오盧溝橋에서 계획적으로 전쟁을 일으켜 베이징을 유린하더니, 이어 톈진天津을 비롯한 허베이 성河北省의 도시들을 차례차례 점령해 나갔다. 중일전쟁이 일어난 것이다.

대륙 본토에서 일어나고 있는 전황을 신문 보도를 통해 접한 신용호는 전쟁이 오래갈 것이라고 예감했다. 비록 장제스蔣介石 휘하의 국민당군과 마오쩌둥毛澤東 휘하의 공산당군이 대립은 하고 있지만 중국은 땅덩어리가 워낙 크고 인구가 많아 쉽게 무너지지는 않을 것이며, 대륙 침략에 대한 일본의 야욕 또한 수그러들지 않을 것이기 때문이었다.

점령지에서 자행되는 일본군의 만행을 들으며 신용호는 대륙으로 가지 않고 다롄으로 먼저 온 것을 다행으로 생각했다.

중일전쟁이 시작된 후로 다롄 항에는 더 많은 물자가 들어오고, 크고 작은 공장도 눈코 뜰 새 없이 바빠지기 시작했다. 전쟁 특수였다. 일본 본토의 군수공장은 물론이고 만주의 공장들도 증산에 들어갔다. 자연히 원료와 자재의 수요가 늘어났다.

신용호는 정력적으로 후지다 상사 다롄 판매대리점의 매출 신장에 매달렸다. 그 결과 매출은 눈덩이처럼 빠르게 늘어났다. 전황 또한 일본군에 유리하게 전개되어 11월에 상하이上海가, 12월 초에는 난징南京이 함락되었다. 중국 대륙의 동쪽 땅이 일본의 손에 들어간 것과 다름없었다.

1938년 새해가 되었다. 매년 그랬던 것처럼 스물두 살의 새해 계획을 세워야 했다. 중국 대륙의 정세가 어느 정도 안정될 때까지 다롄에 그냥 머무느냐, 아니면 애초에 생각했던 대로 2년을 채우고 8월부터 새로운 도전을 향해 나아가느냐를 택해야 했다. 그러나 중국 본토의 상황이 계속 나쁘게 돌아가고 있어 7월까지는 대리점 업무에 전념하고 그때 가서 어떻게 할 것인지 결정하기로 했다.

정초 연휴가 끝나고 다롄 판매대리점의 업무가 시작되었다. 신용호는 모든 잡념을 털어버리고 다시 매출 신장에 총력을 기울였다.

일에 대한 정열이 뜨거울수록 시간은 빨리 간다. 잡념 없이 일에 열중하는 동안 판매대리점의 매출은 매달 최고치를 경신했다. 계획한 것 이상으로 돈도 모였고, 무엇보다 중국어 회화 실력도 큰 불편 없이 의사소통을 할 수 있을 정도가 되었다. 하지만 아직 젊은데 안정만을 추구해선 안 된다는 생각이 자꾸만 머릿속에서 고개를 들었다. 미래는 고난과 위기 속에서 창조된다는 말이 생각났다.

결국 고심 끝에 안정보다 도전을 선택했다. 마음을 정리한 신용호는 자신의 결정을 신갑범에게 편지로 알렸다. 후지다 사장을 소개한 분이며 어려운 결정을 할 때 믿고 상의할 유일한 스승이기 때문이었다.

6월 중순 신갑범으로부터 편지가 왔다. '자네는 젊으니까 돈이 좀 벌린다 해서 후지다 상사의 판매대리점장에 안주해서는 안 된다. 다롄을 떠나 초지를 관철해보겠다는 생각에 나도 찬성이다. 자네라면 어떤 난관도 극복하고 새로운 것을 창조하여 성공할 수 있을 것이다'라는 내용이었다. 그리고 7월 하순, 후지다 사장도 만날 겸 다롄에 가겠다고 씌어 있었다.

7월 초, 신용호는 후지다 사장에게 그동안 믿고 도와준 것에 대한 감사의 뜻을 표한 뒤 총대리점을 본사에 인계하고 다롄을 떠나겠다는 뜻을 밝혔다. 예상한 대로 사장은 깜짝 놀라며 절대 안 될 일이라고 만류했다.

"2년 동안 신군을 관찰하며 정말 큰 호랑이로 클 수 있는 재목이라고 나는 생각했네! 그런 신군을 내가 어떻게 놓아주겠나? 제발 생각을 바꿔주게."

후지다 사장은 신용호의 기획 능력과 성실함, 그리고 추진력을 높이 평가하여 회사의 큰 재목으로 키울 생각이었다며 만류했다. 그러나 신용호는 중국 대륙으로 가서 새로운 모험을 해보고 싶다며 가슴속에 품고 있던 당초의 계획과 포부를 자세히 설명한 뒤 떠나게 해달라고 간곡히 부탁했다.

사장도 단념하지 않고 거듭 만류했지만 그의 뜻이 확고하다는 것을 알고는 못내 아쉬운 표정을 지었다.

"끝내 고집을 꺾지 않으니 섭섭하지만 할 수 없이 놓아주어야겠군"

하고 체념하면서도,

"일이 여의치 않을 때는 언제든 다시 돌아오게. 대환영이니까"

라며 여운을 남겼다.

신용호에 대한 후지다 사장의 신임과 호의는 절대적이었다. 7월 말, 다렌에 온 신갑범을 만나자마자 후지다 사장은 수인사도 하기 전에,

"자네가 보내준 작은 호랑이를 잘 키워보려고 공을 들였는데 갑자기 도망을 가겠다네!"

하고 씁쓸하게 웃었다.

신용호는 다렌 판매대리점을 후지다 상사에 인계하고 사장과 동료 사원들에게 정식으로 작별 인사를 했다. 대리점 지점장들과 판매사원들에게는 관리만 본사에서 할 뿐 종전과 다름없이 운영하기로 사장이 약속했으니 걱정하지 말고 일하라며 안심시켰다. 본사 직원이나 대리점 직원이나 모두들 한결같이 아쉬워했다.

신갑범과 신용호가 다렌을 떠나기 전, 후지다 사장은 두 사람을 위해 송별연을 열어주었다. 술이 몇 순배 돌자 두 사람은 헤어지는 것이 아쉬운 듯 옛정을 숨김없이 드러냈다. 가까운 친구가 없던 신용호로선 신뢰와 애정이 담긴 두 사람의 대화에서 풍기는 우정이 내심 부러웠다. 그들 사이에 일본인과 조선인이라는 벽은 없었다. 존경하고 서로 아끼는 아름다운 우정만 있는 것 같았다. 이런 두 사람의 우정이 있기 때문에 후지다 사장은 판매 담당 전무의 반대에도 친구가 추천한 자신을 믿고 판매

119

청운의 꿈을 품고

대리점을 선뜻 내줄 수 있었다는 것을 깨달았다.

그들의 대화를 들으면서 신용호는 앞으로 인생을 살아가며 큰 사업가가 되려면 좋은 친구를 많이 사귀어야 한다는 생각을 했다.

"신군은 무슨 생각을 그렇게 골똘히 하고 있는가?"

후지다 사장의 목소리가 그를 현실로 돌아오게 했다.

"아, 아닙니다. 그냥 두 어른의 모습이 좋아서요."

"아마 신군은 지금 이 자리에서도 무언가를 생각하고 있을 걸세."

신갑범이 자랑스러운 표정으로 말하자, 후지다 사장이 거들었다.

"그래, 잠시도 시간을 낭비하지 않는 사람이지. 정말 여러모로 훌륭한 동량감인데, 이렇게 송별회를 하고 있는 마음이 아쉽기만 할 뿐이네."

그러고는 다롄을 떠나 어디로 갈 거냐고 물었다.

신용호는 중국 대륙을 섭렵하려는 여행 계획을 설명했다. 그러자 사장은 깜짝 놀라며,

"중국 대륙의 남북 종단은 위험해. 특히 충칭은 안 되네. 더구나 단신 여행이 아닌가?"

후지다 사장이 대륙의 정세를 설명하기 시작했다.

"일본군이 대륙의 서부 지방은 거의 점령했는데 그 만행이 말이 아니어서 작년 12월 난징을 점령했을 때는 무고한 시민까지 수십만 명을 죽였다네. 장제스군도 공산군을 소탕한다는 명목으로 공산군이 비운 도시와 농촌을 초토화시키고 있다는 소식도 들리고. 일본군이 점령한 도시는 물론 점령하지 못한 도시까지 인심이 흉흉해 마음 놓고 여행할 수가 없네."

"그토록 사태가 심각한가?"

"말로는 표현할 수 없을 정도라네. 신군, 만주를 돌아보고 베이징까지만 가는 게 좋을 거야. 나머지는 나중에 정세를 봐가며 돌아보도록 하게."

진정으로 자신을 아끼기에 하는 충고라는 것을 신용호는 잘 알고 있었다. 그래서 충고를 명심하겠다고 대답했다. 하지만 그의 고집을 잘 알고 있는 사장은 출발하기 전에 후지다 상사의 신분증과 출장증명서를 발급받아 지니고 가라고 했다.

"내일 바로 회사에 나와서 신분증과 출장증명서를 만들어 가게. 출근하는 대로 인사부에 지시해둘 테니 꼭 가지고 떠나야 하네. 그것만 있으면 만주는 물론 중국 본토에서도 일본군이나 관헌의 횡포를 면할 수 있을 거야."

신용호는 후지다 사장의 호의를 고맙게 생각하고, 다음 날 회사에 나가 신분증과 출장증명서를 발급받았다.

— 제3부 —

대륙에서 포효하는 젊은 사업가

1940년, 스물넷의 혈기왕성한 나이에 신용호는 자금성 동쪽 곡물시장에서 조금 떨어진 큰길가에 작은 창고가 딸린 사무실을 마련하고 회사를 출범시켰다. 정식으로 세무 당국에 곡물상 신고도 했다. 회사 이름은 '북일공사北—公社'로 지었다. 허베이河北 제일, 베이징北京 제일이라는 의미로 회사 이름을 지었다. 그만큼 신용호의 꿈은 컸고 의욕 또한 대단했다. 간판도 큼직하게 내걸었다.

떠나라

떠나는 것이야말로

그대의 재생을 뛰어넘어

최초의 탄생이다. 떠나라

1995년 대한교육보험의 이름을 교보생명으로 바꾼 신용호는 고은의 「낯선 곳」이란 시를 읊조렸다. 세계 최초로 교육보험을 창안한 자신이었으므로 회사의 이름은 물론이고 영업 방향까지 21세기 글로벌 시대에 맞춰 새롭게 설정한 감회가 남다르지 않을 수 없었다.

'대한교육보험'은 신용호의 집념의 산물이자 분신이다. 하지만 시대가 변함에 따라 교육보험이라는 이름을 고집할 수 없게 되었다. 더구나 교보문고에 이어 1994년에 인수한 대한증권을 교보증권으로 출범시키면서 사명을 바꿔야 한다는 의견이 대두되었다.

결국 대한교육보험의 준말인 대교大敎와 교육보험의 준말인 교보敎保를 놓고 고심하다 생명보험 전체를 총괄하는 교보생명으로 정했다. 글로벌 시대의 종합금융기업으로서의 이미지를 창출하고, 경영 환경의 변화에 대처하기 위한 선택이었다.

1958년 보험회사의 막내둥이로 태어나 교육보험으로 창립 9년 만에 업계 정상의 신화를 이루어낸 데에는 상호가 큰 힘이 되었다. 하지만 시대의 흐름과 변화에는 어느 것도 영원불멸할 수 없었다. 특히나 기업은 사람처럼 살아 있는 생물이 아니던가.

유모차를 타던 어린아이가 자라서 자전거를 타듯, 대한교육보험도 새로운 변혁기를 맞은 것이었다. 신용호는 고은의 시를 읊으며 새로운 탄생을 위해 전국의 지점을 순회하기로 마음먹었다.

언제나 그랬던 것처럼 신용호는 새로운 사업 구상이나 중요한 시기에 길을 떠났다. 여행을 통해 세상을 느끼고 바라보며, 새로운 길을 모색했다. 세상은 모든 것을 담고 있는 그릇이다. 더구나 전국의 영업 지점은 회사의 뿌리이다. 최일선 영업 현장인 지점의 분위기와 설계사들의 눈동자는 회사의 미래를 보여준다. 그래서 신용호에게 여행과 지점 순회는 현장 확인이며, 현실 속에서 미래를 설계하는 사업 구상의 시간이었다.

교보생명으로 새로운 도약을 구상하는 신용호의 뇌리에 문득 갓 스무 살을 넘겨 떠났던 중국 대륙 횡단 여행이 떠올랐다.

후지다 상사를 그만둔 신용호에게는 일생에서 가장 길고 험난한 여행이 기다리고 있었다. 하지만 퇴사 절차를 마친 그는 홀가분한 기분으로 신갑범에게 다롄 시내를 구경시켜주며 여행 계획을 세웠다. 신갑범은 경성을 오래 떠나 있을 수 없어 신징과 하얼빈哈爾濱만 구경하고 돌아가겠다고 했다.

무더위와 전쟁의 참혹함이 기승을 부리던 1938년 8월, 그는 신갑범과 동행해 아지아호를 타고 다롄을 떠났다. 신징까지 가는 동안 철도 연변의 풍경을 보기 위해 아침에 출발하는 기차를 탔다.

다롄부터 신징까지는 계속 평야였다. 끝없이 이어지는 광활한 평야에는 수수·옥수수·조밭이 펼쳐졌다. 아지아호의 차창 밖으로 펼쳐지는 드넓은 푸른 대지를 바라보며 두 사람은 생각에 젖어 있었다. 신용호가 먼저 입을 열었다.

"이 넓은 땅을 그냥 묵혀두고 있는 곳이 많다네요."

"그래서 농토를 빼앗긴 우리 조선 사람들이 많이 들어오고 있고, 왜놈들도 제 나라 사람들을 개척단이라는 이름으로 집단 이주시키고 있는 모양이더라."

1930년대 초의 만주 인구는 약 3천만 명이었다. 땅 넓이는 한반도의 세 배가 넘는데 인구는 한반도의 1.5배밖에 되지 않으니, 버려진 땅이 많을 수밖에 없었다. 게다가 평야가 많고 지하자원도 무진장으로 묻혀 있었다. 때문에 일제는 지속적으로 인구 유입 정책을 펴고 있었다. 이것이 바로 일본이 만주를 탐낸 이유 중 하나였다. 두 사람은 차창 밖으로 시선을 돌리며 한숨을 쉬었다.

이윽고 열차가 신징에 도착했다. 만주제국의 새로운 수도가 되면서 이름을 창춘에서 신징으로 바꾼 인구 약 40만 명의 행정·정치·문화의 도시였다. 일본인 인구가 10만 명이 넘는 데다 관리들과 군인들이 대부분

이어서인지 일본인들이 유난히 눈에 띄었다.

허수아비 황제 푸이溥儀가 사는 황궁도 있었다. 식민지 수도답게 길은 넓게 나 있었고, 간선대로에는 새로 지은 만주제국의 관청 건물과 만주은행 본점을 비롯한 관동군 사령부가 위용을 과시하고 있었다. 하지만 일본인이 모든 실권을 쥐고 있는 탓에 현지인들의 표정에는 생기가 없었다. 헌병들이 시내를 순찰하면서 중국인들의 조그마한 잘못에도 폭행을 하거나 끌고 가는 모습도 여러 차례 목격했다.

이런 장면들을 보며 불쾌해하던 신갑범은 이틀이 지나자 속히 하얼빈으로 떠나자고 재촉했다. 신용호도 신징에서는 일본 관리와 헌병들의 거드름 말곤 볼 것이 없다는 생각이 들었다.

하얼빈은 신징과 달리 역에 도착하자마자 눈에 들어오는 역사의 모습과 도시 건물들이 근세 러시아식 도시 분위기를 느끼게 했다. 플랫폼에 내려서는 순간, 이곳이 바로 안중근 의사가 이토 히로부미를 저격한 곳이구나 하는 생각이 떠올랐다. 자신이 태어나기 8년 전에 일어난 일이지만, 안 의사의 거사를 안 뒤부터 신용호는 그의 사생관과 행동력을 흠모해왔었다. 다롄에 있을 때는 안 의사가 형장의 이슬로 사라진 뤼순 감옥에도 가보았지만 통제 구역이라 뜻을 이루지 못하고 먼발치에서 바라보기만 했다.

신용호는 플랫폼에 서서 안 의사가 권총을 발사한 지점이 어디쯤이고 이토가 쓰러진 지점이 어디쯤일까 생각해보았다. 그러나 그 지점은 가늠할 수 없었고 무심한 나그네들의 발걸음만 분주히 움직이고 있을 뿐이었다. 앞서 걸어갔던 신갑범이 되돌아와 어깨를 치며,

"그렇게 마냥 서 있을 거냐?"

하고 재촉했다. 신용호는 고개를 돌리며,

"아저씨는 이 플랫폼에서 아무 생각도 안 나세요?"

하고 물었다.

"안 의사께서 이토를 쏜 곳이 바로 여긴데 왜 아무 생각이 나지 않겠느냐? 나도 살펴보았지만 그 지점이 어디쯤인지 가늠할 수가 없구나."

주위를 다시 살피기 시작했지만 기차에서 내린 사람들은 이미 출찰구로 모두 나가고 플랫폼은 텅 비어 있었다. 두 사람은 이토를 권총으로 저격하는 안중근 의사와 총탄에 맞고 쓰러지는 이토의 모습을 머릿속에 그리며 서둘러 역을 빠져나왔다.

쑹화 강松花江가의 작은 어촌이었던 하얼빈은 20세기 초 러시아가 둥칭東淸 철도와 남부지선을 완성하고 도시를 개발하면서 만주 동북부의 중심 도시로 자리 잡았다. 다롄이 아름다운 바닷가 풍경과 조화를 이룬 확 트인 서구적인 도시라면, 하얼빈은 쑹화 강을 끼고 자연과의 조화를 꾀한 러시아풍의 도시였다. 철도를 이용하여 남쪽의 다롄 방향과 동쪽의 블라디보스토크 방향, 그리고 서북쪽의 만저우리滿洲里를 지나 바이칼호 방향을 통해 모스크바와 유럽으로 뻗어나갈 수 있는 도시였다. 제정 러시아가 이곳에 철도를 건설하고 도시를 세운 목적을 한눈에 알 수 있는 지리적 조건이었다.

황무지에 세운 도시여서 처음부터 도시 구획이 널찍하게 잘되어 있었고, 바닥에 돌을 깔아 만든 거리에는 크고 작은 돔을 얹은 아름다운 러시아식 건물이 많았다. 그러나 과거 러시아인들이 살던 고급 주택들은 이미 돈 많은 일본인들의 주거지로 바뀌어 있었다.

두 사람은 이렇게 아름다운 하얼빈 거리를 건설한 러시아인들이 일본인들에게 밀려나고, 공산혁명에 쫓겨 온 백계 러시아인들만이 망명 생활을 하고 있는 것을 보았다. 나라를 등진 백계 러시아인들의 초라한 모습을 보며 만주 각지에서 고생하며 살고 있는 동포들 역시 다를 바 없다는 생각에 가슴이 무거웠다.

신갑범은 하얼빈에서도 밝은 표정이 아니었다. 좋은 구경을 시켜주어 고맙다고 말은 하면서도 어두운 얼굴이었다. 친구들이 모두 항일운동을 하고 있고 자신도 서대문 형무소에 수감된 적이 있던 그로서는 만주에서 일본이 망할 수 있다는 징조를 찾고 싶었던 것이다. 하지만 그가 간절히 바라는 것은 찾을 수 없을 뿐만 아니라 오히려 가는 곳마다 일본의 기세등등한 거드름만 눈에 띄었기 때문에 불쾌한 여행이 된 눈치였다.

신갑범과 헤어지기 전날, 신용호는 쑹화 강 도선장에서 배를 타고 북쪽에 있는 타이양다오太陽島 공원으로 갔다. 하얼빈에서 가장 유명한 공원을 산책한 뒤 작별의 회식을 하기 위해서였다.

처음부터 러시아인들의 별장 지대로 개발된 섬은 오랜 세월 동안 나무를 가꾸고 다듬어 공원으로 조성했고, 숲 속으로 난 산책로도 있어 조용히 거닐기에는 안성맞춤이었다.

산책로를 거닐며 두 사람은 많은 이야기를 주고받았다. 신갑범은 주로 중국의 정세에 관한 이야기를 했다. 신용호가 대륙으로 가겠다고 하니까 일부러 그쪽 이야기를 많이 하는 것 같았다. 일본의 중국 본토 공략은 어디까지 가능할 것인가, 충칭으로 정부를 옮긴 중국은 어떻게 대응

할 것인가 등이었다. 그는 또 전쟁이 장기전이 될 것이라고 했다. 초기에는 베이징과 상하이 일대에서 일본의 기습 공격이 성공했지만 국공 합작으로 중국도 전열을 정비하고 장기전으로 전술을 바꾸었으므로 일본의 승승장구는 어려울 것이라는 것이었다. 일본 역시 만주의 무진장한 자원을 활용하여 장기전을 벌일 수 있는 능력을 갖추었으니 중일전쟁은 오래갈 것이라고 했다.

"그러니까 대륙 서쪽 오지에는 가지 않는 게 좋다. 사업은 안전한 곳에서 해야 한다는 것 정도는 너도 잘 알 거 아니냐!"

"베이징에 가보고 마지막 결정을 할 생각이지만, 아저씨 말씀 명심하겠습니다."

"그리고 정착하게 되면 독립운동하는 사람들을 도와야 한다. 큰돈을 벌어 한꺼번에 도우려 하지 말고 조금씩이라도 의연금을 내놓도록 해라."

"잘 알겠습니다."

"독립단체는 지금 한 푼이 아쉬운 형편이다. 독립지사들이 굶기를 밥 먹듯 하고 있을 정도라고 하는구나."

신갑범의 목소리는 처연함으로 떨리고 있었다.

두 사람은 서쪽 지평선에 기운 붉은 해가 숲을 황금색으로 물들이는 아름다운 풍경을 뒤로하고 식당을 찾아 들어갔다. 여행의 즐거움은 없었다. 시종 가라앉은 분위기였다. 그날 저녁 두 사람은 취하도록 술을 마셨다.

다음 날 신용호는 하얼빈 역에서 신갑범을 전송하고 난 뒤 자신도 무단 강牧丹江행 밤차를 탔다. 이제부터 홀몸이니 자유롭게 여행하리라 생

대륙에서 포효하는 젊은 사업가

각했다.

하얼빈에서 극동 시베리아의 블라디보스토크행 철도가 지나는 무단 강변의 도시를 찾아간 이유는 산림에 대한 호기심 때문이었다. 본래는 청나라 왕조가 조상의 발상지라 하여 수백 년 동안 벌목을 금지해 무성한 산림이 그대로 남아 있었다. 그러나 신용호가 찾아갔을 때에는 이미 대규모의 일본인 집단개척민이 들어와 마구잡이로 벌목하여 산림은 볼 수 없을 뿐만 아니라 동만주 최대의 대소對蘇 군사 거점이 되어 있었다. 근처에는 군대의 보호를 받는 집단개척민 수천 명이 벌목을 하며 농사를 짓고 있었다. 역에는 이들이 베어낸 목재가 산더미처럼 쌓여 있었다.

다음 행선지인 자무쓰佳木斯에도 일본인 집단개척민이 대규모로 들어와 있었고, 만주 동부 지역 지린 성吉林省과 헤이룽장 성黑龍江省 곳곳도 마찬가지였다. 만주에서는 일본인 이외에는 사업은 고사하고 농사도 마음대로 지을 수 없게 되어 있었다.

신용호는 이 일본인 집단개척민이 들어온 경위와 그들이 정착하는 과정을 자세히 알아보았다. 1932년 일본은 만주국을 세우고 푸이를 황제로 앉혀놓았지만 만주국을 일본의 지방정부로 여겼다. 그리고 자국민을 대대적으로 이주시켜 도시뿐만 아니라 농촌까지 일본인이 지배하는 나라로 만들 계획을 세웠다.

군대와 경찰을 동원해 토착 농민을 내쫓고, 일본 본토에서 모집해온 남자만으로 구성된 집단개척민을 입주시켰다. 쫓겨나는 토착 농민에게는 땅값은 고사하고 어른 아이 구분 없이 한 달 치의 식비만 주었다. 일제의 총부리 앞에 토착 농민들은 속수무책이었다. 개척단이라는 허울 좋은 이름을 내걸었지만, 황무지나 휴경지를 개척하여 농토를 만드는 것이 아니라 토착 농민들에게서 빼앗은 농토를 나누어주는 것이 일본의 개척단 이주사업이었다.

무단강의 집단개척민도 이렇게 자리 잡은 사람들이었다. 그들은 산림 벌채권까지 얻어 수백 년 동안 보호림으로 키운 나무들을 마구 잘라 이득을 얻고 있었다.

일제의 만주 유린은 패전 때까지 계속되었다. 만선척식주식회사滿鮮拓殖株式會社가 강제로 수용하거나 염가로 매수한 토지에서 약 30만 명의 일본인들이 농사를 지으며 풍족하게 살았다. 결과적으로 일본의 집단개척민이 들어온 숫자만큼 중국 농민은 대대로 살아온 농토를 빼앗기고 정든 고향에서 쫓겨났다. 농지를 빼앗긴 토착 농민들은 뿔뿔이 흩어져 도시나 탄광으로 흘러들어가 대부분 하층 노동자인 쿨리로 전락했고, 먹고 살기 위해 찾아온 이들에게 일제는 쥐꼬리만 한 노임을 주며 석탄을 캐게 하고, 힘든 노동을 시켰다.

이 무렵부터 일제는 조선에서도 대대적으로 개척민을 모집하여 만주로 보내고 있었다. 그러나 조선 개척민들은 오지로 보내 황무지를 개간하여 벼농사를 짓게 했을 뿐, 일본에서 데려온 집단개척민처럼 농토를 주지는 않았다.

마지막으로 찾아간 만주 북서쪽에 위치한 시베리아와 몽골 국경의 하이라얼海拉爾에서는 일본인의 행패가 눈에 띄지 않았다. 다싱안링 산맥大興安嶺山脈의 해발 670미터 높은 지대에 있는 이 작은 도시에는 만주인과 몽골인, 백계 러시아인들이 뒤섞여 살고 있었다. 신용호가 돌아본 만주의

대륙에서 포효하는 젊은 사업가

도시 중에서 유일하게 일본인들이 들어와 있지 않은 도시였다. 작고 가난한 변방도시였기 때문이었다. 이 고지대 초원에서는 양, 소, 말을 많이 키우고 있었고, 주로 유제품과 모피, 모직물을 생산하고 있었다.

이곳에서 기차를 타고 조금만 북으로 가면 만저우리에 이르고 국경을 넘으면 시베리아의 치타를 거쳐 바이칼 호의 호반도시 이르쿠츠크에 이른다. 그리고 계속 서쪽으로 달리면 모스크바를 거쳐 유럽에 도착한다.

신용호는 하이라얼에서 며칠을 보냈다. 목축으로 살아가는 사람들은 가난했지만 평화스러웠다. 만주족과 몽골족이 마찰 없이 잘 어울려 살고 있었다. 작은 모직공장과 모피공장에서는 백계 러시아인이 일하는 모습도 보였다. 만나는 사람마다 친절했다. 집을 떠난 후 처음으로 소박한 인정을 느껴보았다. 조용하고 깨끗하고 아름다운 자연에 둘러싸인 그곳에서 신용호는 그동안의 여독을 깨끗이 풀며 하이라얼에 오기를 잘했다고 생각했다.

다롄을 떠나면서 계획한 대로 만주 여행은 하이라얼에서 끝내기로 하고 하얼빈으로 가서 베이징행 징하선京哈線 열차를 탔다. 급행인데도 이틀이 걸렸다.

중국 대륙에서의 '현장학습'

신용호는 베이징 역에서 일본 헌병의 검문을 받았지만 후지다 상사의 신분증을 보여주고 별일 없이 통과할 수 있었다.

베이징은 초가을이었다. 베이징은 일본군이 점령한 지 1년이 지나고 있어 겉으로는 평온해 보였다. 주민들의 표정에서도 불안감은 보이지 않았다. 일본군의 강압으로 치안은 그럭저럭 유지되고 있는 것 같았다.

신용호는 우선 도심지에서 가까운 곳에 숙소를 잡았다. 낭비를 모르는 성격이어서 한 달 이상 여행했지만 가진 돈은 별로 축나지 않았다. 그래도 만주에서처럼 싸구려 여관에 들었다. 혈혈단신으로 이국땅을 여행하고 있는 그로서는 계속 신경 써야 하는 부분이었다.

그러고 나선 준비해온 베이징 시가 지도를 들고 거리로 나섰다. 장차 사업의 무대가 될지도 모르는 베이징을 속속들이 알기 위해 '현장학습'을 시작했다. 그 후의 베이징 생활은 중국인들로부터 여러 가지 정보를 얻는 일로 채워졌다. 중국인은 예의를 지키며 겸손하게 인사한 뒤 대화를 시작하면 민망할 정도로 친절하고 자상하게 아는 것을 이야기해주었다. 나이 지긋한 사람들 중에는 거기서 끝나는 것이 아니라, 왜 베이징에 왔으며 무슨 일을 하고 있느냐는 등 꼬치꼬치 캐묻는 호사가도 더러 있었다. 그런 경우 신용호는 솔직하게 자신의 과거를 이야기해주고 장사를 해서 돈을 벌기 위해 베이징에 왔다고 말해주었다.

이런 생활을 시작한 지 일주일쯤 지난 어느 날, 자금성 북쪽 베이하이 北海 공원에서 우연히 마주친 50대의 산책객과 이야기를 하다가 그의 집으로 초대를 받았다. 신용호의 남다른 인생 역정을 듣고 난 첸陳 씨라는 중국인은 사양하는 그를 반강제이다시피 집으로 데리고 가서 저녁을 대접하고 기특한 청년이라며 칭찬을 아끼지 않았다. 독학으로 일본어와 중국어를 배워 불편 없이 이야기를 하고, 다롄에서 자신이 창안한 방법으로 2년 동안 큰돈을 벌었다는 말에 그는 '훌륭하다! 훌륭하다!'를 연발하며 감탄했다. 그리고 명함을 주며 자기가 운영하는 점포에 가끔 들르라고 당부했다. 그는 베이징 토박이로 포목점을 운영하고 있었다. 이후 신용호는 베이징의 인심과 문물에 대한 이야기를 듣기 위해 여러 차례 첸 사장의 가게에 들렀고, 첸 사장도 특별한 관심을 가지고 대해주었다.

이처럼 정보 수집을 하는 사이 9월이 가고 있었다. 그동안 신용호는 첸 사장이 알려준 중요한 시장과 상가를 모두 살펴본 터였다.

베이징은 고색창연한 역사의 향기가 배어 있으면서도 한편으로는 근대화된 서양 문물이 공존하는 도시였다. 각종 수입 상품과 귀금속들로 가득 찬 백화점이 성업 중이었고, 번화가에는 사람들이 넘치고 있었다. 가까운 산시 성山西省에서 일본군과 중국 공산당군인 팔로군이 전쟁을 벌이고 있는데도, 베이징 사람들의 일상생활은 평온하기만 했다. 이런 것이 바로 대륙 기질이라고 신용호는 생각했다.

베이징에 대한 파악이 끝나자 충칭을 거쳐 상하이로 갈 궁리를 했다. 전황이 한창인 충칭에는 모험과 위험이 따르지만 단기간에 목돈을 벌 수 있는 사업이 기다리고 있을 것 같았다. 하지만 베이징 역에 가서 알아보니 기차를 타고 충칭에 가는 일은 불가능했다. 충칭까지는 일본군 점령 지역을 벗어나 팔로군이 장악한 지역을 남하해 장제스군이 통치하는 곳으로 들어가야 하는 여정이었다. 위험도 무릅써야 하지만 우선 교통편이 문제였다. 기차와 자동차와 배를 번갈아 타며 근 한 달 동안을 가야 했다.

신용호의 계획을 들은 첸 사장은 펄쩍 뛰며 반대했다. 십중팔구 만나게 될 팔로군이나 장제스군은 조선 청년을 밀정으로 오해하여 죽일 것이며, 운 좋게 혐의가 풀린다 해도 무조건 군대에 편입시킬 거라고 했다. 충칭을 가기 위해 통과해야 하는 허난 성河南省·후베이 성湖北省·후난 성湖南省·장시 성江西省 등에서는 젊은이들이 눈에 띄기만 하면 무조건 자기네 군대에 강제로 편입시키고 있다는 것이었다.

"충칭으로 가다가는 그들에게 잡혀 죽든가 군인이 되어 일본군과 싸워야 하는데…… 돈을 벌어 사장이 되겠다는 생각은 포기했나?"

첸 사장은 절대 그런 생각은 하지 말고 직통 철도인 징후선京滬線을 타고 상하이로 바로 가라고 했다. 작년 12월부터 일본군이 징후선을 운영하고 있는데, 만주에서 군수품을 실어 나르고 객차도 정상적으로 운행하고 있다는 것이었다.

신용호는 여러 날을 고민하다 사업을 해서 돈을 벌겠다고 대륙에 온 자신이 목숨까지 내놓아야 하는 불구덩이 속으로 뛰어들 필요가 없다고 생각했다. 전쟁에 나간 군인도 아닌데 생명의 위험까지 감수한다는 것은 만용이 아닌가. 만용 뒤에는 파멸이 기다리고 있을지도 모른다는 생각이 들었다.

결국 베이징에 온 지 보름 만에 상하이행 직통 열차를 탔다. 그사이 정이 든 첸 사장은 못내 아쉬워하며 꼭 돌아오라고 당부했다. 사업할 돈이 없으면 도와줄 수 있다는 말까지 했다. 그러고는 상하이로 가는 길에 몇 군데 돌아보는 것이 사업 계획을 세우는 데 좋을 것이라고 추천했다.

"기왕 가는 길에 지난濟南과 쉬저우徐州, 난징南京 같은 큰 도시를 들러보면 도움이 많이 될 거야. 일본군이 점령한 지 1년도 안 돼서 아직 상권이 안정되지 않았다니까 자네 같은 젊은이라면 좋은 생각이 떠오를 수도 있을 거야."

챈 사장의 말에 신용호는 충칭행을 포기한 대신 대륙의 비옥한 평야 지대를 여행하며 여러 도시의 사정을 알아보고 싶었다. 그러나 자신이 정착할 후보 도시는 베이징이나 상하이라는 생각을 굳히고 있었기 때문에 상하이로 먼저 가기로 했다. 정착할 도시부터 먼저 가보고 그곳에 머물 것인가, 다시 베이징으로 올 것인가를 결정할 생각이었다. 그래서 지난나 쉬저우, 난징에 가는 것은 뒤로 미루었다.

상하이는 베이징과는 대조적인 도시였다. 베이징이 역사 깊은 고도古都의 분위기를 간직한 대도시라면, 상하이는 겉모습부터 현대적인 분위기가 넘치는 대도시였다.

신용호는 임시정부 청사가 있었다는 마랑루馬浪路를 찾아갔다. 임시정부는 6년 전 윤봉길 의사의 의거 후 광둥 성廣東省과 광저우廣州를 거쳐 충칭 쪽 류저우柳州에 있었다. 그러나 마랑루 근처에 아직 동포들이 더러 살고 있을 거라고 생각했다.

예측은 크게 빗나가지 않았다. 동포가 경영하는 작은 여관을 찾아 숙소로 정할 수 있었다. 여관 주인은 상하이에 온 지 10년이 넘은 장년이었다. 고국에서 항일운동을 하다 상하이에 와서 눌러앉은 사람으로 기개가 있었다. 상하이로 온 경위를 말하고 오래 묵겠다는 신용호에게 그는 친절하고 자상하게 여러 가지 이야기를 해주었다.

그의 말에 의하면 상하이에는 수천 명의 동포들이 들어와 살고 있었다. 교육을 받은 사람들이 많고, 한일병합 이후 국내에서 많은 돈을 가지고 망명 와서 사업을 하며 독립운동 자금을 댄 사람도 여럿 있다고 했다. 그러나 일본군이 상하이를 점령하고 임시정부가 상하이를 떠나면서부터 항일 세력은 약화되었고, 친일 한인들이 많이 들어와 감시가 심해진 뒤부터 대부분의 동포들이 정치와는 손을 끊고 생업에 종사하고 있다고 했다.

한인들의 직업은 다양하여 교육을 받은 동포들은 은행원, 선박회사 직원, 공무원, 신문기자, 대학교수 등의 직업을 가지고 있으며, 공부하지 못한 사람들은 전차 검표원, 공장 직공으로 일하고 잡화상, 음식점 등 접객업을 하는 사람도 있다는 것이었다.

사업에 성공하여 돈을 많이 번 동포도 꽤 많아서 삼하흥업三河興業과 같은 강철회사는 자본금이 수십만 원에 달한다고 했다. 사업하는 동포들의 친목단체인 '상하이고려상업회의소'도 있고 일반 교민들의 친목 모임인 '상하이대한교민단'도 있었다. 동포들은 대부분 비교적 안전한 영미 공동 조계나 프랑스 조계에서 활동하고 있다는 이야기도 해주었다.

신용호는 여관 주인과 오랜 시간 이야기를 해보고 믿을 만한 사람이라는 것을 알았다. 서로 믿음이 생기자 두 사람은 20년 가까운 나이 차이에도 불구하고 이내 친숙해졌다. 그리고 여관 주인의 도움을 받아 상하이 구경을 시작했다.

중심가인 와이탄外灘의 난징루南京路와 베이징루北京路를 구경하고 황푸黃浦 강가의 황푸 공원을 산책했다. 베이징루와 마주치는 황푸 공원 입구에는 영국계 유대인들이 중국에 아편을 팔아 지었다는 원동제일루遠東第一樓(화평반점和平饭店)가 우뚝 서 있었다. 그 밖에도 중국 최초의 철골 건축물이라는 상하이 총회上海總會(지금의 동펭호텔), 중국 최초의 합작 은행인 허드슨 은행의 상하이 분점, 대외 합작 은행 가운데 가장 큰 후이펑匯豊 은행 등 금융가가 줄지어 있었다. 1백여 개의 은행이 있는 상하이는 뉴욕과 런던 다음으로 은행이 많은 극동의 금융 중심지였다.

세계 각국의 금융기관들은 자기 은행과 국가의 위세를 과시하기 위해 다양한 형태의 건축물을 지어놓고 있었다. 유럽에서 유행하는 신고전주의풍, 로마풍, 절충 양식 등 각종 양식의 석조 건물이 줄지어 들어서 있었다. 신용호는 황푸 공원을 따라 줄지어 늘어선 크고 아름다운 석조 건물들을 구경하며 완전히 다른 세상에 온 것이 아닌가 착각했다. 다롄이나 하얼빈의 건축물은 상하이의 건축물에 비하면 너무 왜소하고 산만하다는 생각이 들었다. 처음으로 접하는 서양의 거대한 실체에 압도되는 기분이었다.

특히 첫날 가보지 못한 상하이에서 가장 높은 건축물 가운데 하나인 22층의 브로드웨이맨션(상해대하上海大廈)을 비롯한 몇몇 건축물은 아무리 보아도 싫증 나지 않는 아름다움을 간직하고 있어 신용호의 발길을 붙잡았다. 이때의 경험은 훗날 교보빌딩이나 계성원과 같은 독창적인 건축물로 거듭나게 된다. 또한 목포에서 시작한 '현장학습'이 상하이의 서양 문물을 접하면서 절정을 이루는 기분이었다. 미국이나 영국, 프랑스 등 서구 문화를 보고 체험하는 하루하루가 이어졌다.

어느 날, 여관 주인이 상하이대한교민단 모임이 있으니 가보자고 했다. 진작부터 교민단 사무실에 가보고 싶은 터라 흔쾌히 따라나섰다. 교민단 모임에는 많은 동포들이 나와 있었다. 신용호는 그들에게 일일이 인사를 하고 잘 보살펴달라는 인사를 했다. 같은 민족의 정감이 물씬 풍기는 모임이었다.

새로 만난 동포들과 어울려 정겨운 시간을 보내고 있던 중에 신용호는 귀가 번쩍 뜨이는 반가운 소식을 들었다. 나이 지긋한 교포 하나가 이런 말을 했던 것이다.

"안기영安基永이라고, 고국에서 유명한 음악가가 지금 상하이에 와 있다는군. 내일 후원자인 손창식 사장이 동포 유지들을 초대해 환영회를 하겠다나 봐."

그러자 옆에 있던 사람이,

"아, 몇 년 전에 사랑의 도피행으로 상하이에 와서 한 1년 있다 간 그 유명한 음악가 말인가요?"

그러자 화제가 안기영에게 옮겨갔다. 이들이 하는 안기영의 이야기를 들으며 신용호는 생각했다.

'직접 만난 적은 없지만 신갑범 아저씨와 셋째 형님과는 잘 아는 사이라니 찾아가서 인사를 드리는 게 도리겠지.'

신용호는 안기영의 스캔들을 잘 알고 있었다. 안기영은 성악가요, 작곡가이며, 피아니스트였다. 이화여자전문학교 음악 교수였던 그는 처자가 있는 몸이었으나 제자인 김현순과 사랑에 빠졌다. 당시 30세였던 김현순은 이룰 수 없는 사랑에 가슴앓이를 하다 폐병을 앓기 시작했고, 급기야 피를 토하며 죽기 전에 단 하루만이라도 안기영과 신방을 차려달라고 부모에게 애원하여 마침내 결실을 맺었다.

하지만 봉건적인 주위의 싸늘한 눈총을 견딜 수 없어 두 사람은 4년 동안 중국과 러시아 등지에서 유랑 생활을 했다. 이를 안기영은 사랑을 찾는 도피 행각이었다고 말했다.

경성 사람들에게 대학교수가 제자와 4년 동안이나 외국을 전전하며 사랑의 도피행을 했다는 사실은 굉장한 뉴스였다. 그 무렵 신갑범의 집에 들렀던 신용호도,

"예술가라고 해서 그렇게 제멋대로 행동하고 세상을 시끄럽게 해도 되나요?"

하고 비난조로 말한 일이 있었다. 그러자 신갑범은,

"남의 일이라고 그렇게 함부로 말하는 게 아니다! 그분은 네 셋째 형하고 잘 아는 사이고 나하고도 절친하단다. 넌 이해 못하겠지만, 그럴 만한 사정이 있단다."

하고 감싸는 것이었다.

다음 날 아침 신용호는 호텔로 안기영을 찾아갔다. 인사를 하자 그가 금방 알아보았다. 한 달 전 다롄에 왔던 신갑범이 경성에서 지인들에게 신용호에 대한 자랑을 열심히 했던 모양이었다. 새삼스레 자기소개를 할 필요가 없을 정도로 안기영은 소상히 알고 있었다.

"신갑범 형이 여행을 다녀왔다고 술자리를 주선했지. 그 자리에서 자

네에 대한 이야기를 들었네. 아참! 그 자리에는 마침 도쿄에서 돌아온 자네 형 용원 군도 동석해 있었지. 신형의 이야기를 들어보니 사업가 자질이 대단하더군."

"부끄럽습니다. 이제 겨우 걸음마 수준입니다."

"충칭까지 가보겠다고 고집을 피워 말렸다는데, 무사해서 천만다행이네. 정말 반갑군. 안 그래도 신갑범 형이 상하이에서 혹시 자네를 만나거든 사업하는 교포들에게 잘 소개해주라고 신신당부하더군. 그리고 자네 형도 걱정을 많이 하고 있으니 편지를 드리게."

신용호가 충칭에 가지 않은 이유를 설명하고, 상하이나 베이징에 자리 잡을 생각이라고 말하자, 안기영은 정말 잘 생각했다며,

"나는 장사나 사업은 전혀 모르는 음악가지만 전선을 뚫고 대륙 서쪽을 드나드는 것은 섶을 지고 불 속에 뛰어드는 일과 다름없다는 것쯤은 알지. 안전한 곳에서 사업을 벌이게. 그리고 오늘 저녁 나를 위해 이곳 동포들이 환영회를 열어준다는데 같이 가세. 교포 사업가들이 많이 모이는 자리니까 내가 자네를 소개함세. 자네가 다롄의 후지다 상사에서 독특하게 판매대리점을 운영해 성공을 거두었다는 사실을 듣고 나면 아마 탐내는 사업가들이 많이 있을 걸세."

그날 저녁 '안기영 선생 환영회'는 황푸 공원 근처 중국 음식점에서 열렸다. 수십 명의 동포 사업가들이 모인 화기애애한 분위기였다. 모임을 주선한 손창식 사장이 멋진 환영사를 했다. 손 사장은 제주도 출신으로 미역 수출을 통해 많은 돈을 벌고 있었고, 일본계 연초공장을 인수해 고급 담배를 제조하고 있었다.

이어 안기영이 답사를 하고 환영에 응답하는 독창을 했다. 피아노를 치면서 '오! 나의 마음을 누가 알리오. 내 목에 피가 마르도록 헛되이 불러 뭣 하리오. 아픈 가슴 슬픈 마음을 오……' 하고 부르다가 그만 고개를 떨군 채 침묵했다.

안기영의 비련을 알고 있는 교포들도 빼앗긴 고국에의 그리움을 못 이겨 홀쩍거리기 시작하다가 끝내 목놓아 우는 사람들로 가득했다. 하지만 이내 분위기를 추스르고 자유롭게 술을 마시며 안기영의 연주와 노래에 빠져들었다. 환영회가 끝날 무렵, 안기영은 동포 사업가들에게 신용호를 소개했다. 그를 무대에 불러 세우고,

"오늘 장래가 아주 유망한 청년 하나를 제가 여러 어른들에게 인사시키겠습니다. 이름은 신용호이고, 나이는 스물두 살입니다. 전일본클래식콩쿠르대회에서 1등으로 이름을 날린 신용원 군의 동생입니다. 용원 군은 반일운동의 선구자로 일본에서 공연을 하게 되면 반드시 불러야 하는 군국주의를 찬양하는 「우미유카바」를 끝내 부르지 않는 고집쟁이로 감방을 수없이 들락거렸습니다."

이렇게 신용원을 소개하고 나서 신용호가 보통학교 문턱에도 가보지 못하고 10년 동안 독학으로 중학교 과정까지 마친 이야기, 다롄에서 후지다 상사의 판매대리점을 창안하여 중국어를 배우며 많은 돈을 벌었다는 이야기, 사업할 만한 곳을 찾아 단신으로 만주의 중요 도시를 동서남북으로 한 바퀴 돌아본 뒤 베이징을 거쳐 상하이에 왔다는 이야기를 자세히 했다. 그러고는 입지전적인 젊은이로서 반드시 크게 성공할 재목이니 많이 도와달라고 부탁했다.

안기영의 소개 덕분에 신용호는 상하이 동포들 사이에서 유명한 청년이 되었다. 바로 그날 밤부터 많은 이들이 신용호를 자기 집으로 초대해 가려고 했다.

신용호는 초대해준 동포 사업가들의 집을 차례로 방문했다. 모두 상하이에 와서 사업을 일으켜 성공한 사람들이기 때문에 후지다 사장처럼 신용호가 탐이 나 좀 더 자세히 알아보기 위해 자기 집에 초대를 한 것이었다.

신용호는 그동안 보고 듣고 겪은 자신의 경험과 장래의 꿈을 이야기하고, 성공한 동포 사업가들의 경험담을 들으며 새로운 공부를 많이 했다. 그리고 동포 사업가들의 신뢰를 얻는 것이 무엇보다 소중하다는 생각을 했다. 안기영의 후원자인 손창식 사장 댁에는 여러 차례 방문했고, 그의 회사에도 찾아갔다.

신용호를 초대해 저녁을 대접했던 동포 사업가 중에는 아예 자기 집으로 숙소를 옮기라는 사람도 있었고, 자기 아들과 친구가 되어 사귀면서 좋은 영향을 끼쳐주기를 바라는 사람도 있었다. 덕분에 한동안 돈 많은 집 자제들을 친구로 사귈 수 있었고, 경비 한 푼 들이지 않고 상하이 구석구석을 돌아다니며 특이한 물정을 공부할 수 있었다.

한 달쯤 지나자 정식으로 자기 회사에 입사하여 일하라는 권유가 들어오기 시작했다. 그러나 신용호는 좀 더 상하이 사회를 공부하겠다며 완곡하게 거절했다. 자본을 대줄 터이니 사업을 해보라는 사람도 있었고, 돈 걱정은 하지 말고 자기 아들과 동업을 해보라고 제의해오는 사람도 있었다.

그러나 이들의 권유와 호의를 받아들일 수 없었다. 월급 생활은 애초부터 할 생각이 없는 데다, 다롄에서처럼 남의 자본을 끌어들일 만한 사업 아이디어도 잡히지 않았다. 게다가 제대로 된 사업 아이디어는 탁상공론만으로 얻어지는 것이 아니라는 것을 알고 있었다.

상하이 생활 한 달이 지나자 현장에 들어가 일하면서 아이디어를 찾아보자는 생각을 하게 되었다. 그리고 상하이 사회를 밑바닥에서부터 훑어나가기로 결심했다.

제일 먼저 손쉽게 뛰어들 수 있는 부두 노동을 시작으로 도매시장 막노동까지 한 달 가까이 육체노동을 했다. 돈도 벌면서 사업 아이디어를 찾기 위한 고행이었다. 예상치 못한 안기영의 호의로 만난 상하이의 교포 사업가들로부터 융숭한 대접을 받아 긴장이 풀린 몸과 마음에 채찍을 가한다고 생각하며 난생처음으로 육체노동에 뛰어들었던 것이다. 날마다 녹초가 되어 밤늦게 여관으로 돌아왔고, 너무 피곤한 날은 시장 근처 노동자 합숙소에서 새우잠을 자기도 했다.

그러던 어느 날, 평소 무심히 보아 넘긴 곡물 도매상점이 신용호의 눈길을 끌었다. 쌀부대를 가득 실은 화물차들이 꼬리를 물고 들어오는 광경을 평소에는 예사롭게 보아 넘겼었는데 그날만은 '아, 바로 저거다!' 하는 생각과 함께 목포에서 본 쌀 도매상과 동네의 싸전(쌀과 그 밖의 곡식을 파는 가게), 솔안마을의 가을 수확 풍경이 갑자기 머릿속에 떠올랐다. 거기에 베이징의 곡물시장 풍경이 겹쳐졌다.

'그렇지, 사람은 누구나 먹어야 살지. 그런데 흉년이 들면 쌀값이 천정부지로 올라 아우성치는 일이 얼마나 흔한가.'

발상의 실마리가 잡히는 것 같았다. 바로 거기에 길이 있고, 좀 더 들어가면 길이 열릴지도 모른다는 생각이 들었다.

신용호는 자신을 초대해준 적이 있는 김 사장을 찾아가 밑에서 일을 배우게 해달라고 부탁했다. 곡물 수집상과 도매상을 겸하고 있던 김 사장으로서는 대환영이었다. 상하이의 모든 교포 사장들이 탐을 내고 있는 신용호가 제 발로 찾아와 일을 하게 해달라니 반가운 일이 아닐 수 없었다. 김 사장은 사무직으로 일을 하라고 했지만 신용호는 우선 곡물 수집 현장을 따라다니면서 공부를 한 뒤 사무실 일을 보겠다며 일선 부서를 자청했다.

신용호가 양곡 수집 현장을 따라다니기 시작한 것은 12월이었다. 상하이 주변 지역인 장쑤 성江蘇省과 안후이 성安徽省·저장 성浙江省은 기후가 온난하고 연중 서리가 내리지 않는 기간이 길어 벼는 2모작을 하고 있었다. 따라서 1년 내내 농촌 지역을 돌아다니며 쌀을 수집할 수 있었다. 한 달 전엔 일본군이 후베이 성의 성도인 우한武漢을 점령했기 때문에 양곡 수집 범위가 더 확대되어 있었다.

신용호는 안후이 성 쪽으로 나간 첫 출장에서, 쌀은 상하이에서 멀리 떨어진 지역에서 사올수록 이익이 많다는 것을 알았다. 수송 수단이 열악해 대도시 인근은 가격이 비싸고, 멀리 떨어진 고장일수록 쌌다. 전선에서 가까운 곳과 먼 곳의 생필품 가격 차이가 심하다는 것도 출장을 통해 확인할 수 있었다.

신용호의 쌀 수집 출장은 장쑤 성, 저장 성으로 이어졌다. 매수한 쌀은 자동차를 세 내어 실어오기도 하고, 장쑤 성 칭장淸江에서는 상하이까지 운하를 이용하기도 했다.

그리고 가는 곳마다 쌀을 비롯한 각종 농산물 가격을 조사하여 기록하고, 1년 전이든 2년 전이든 가능한 한 소급해서 가격의 변동 상황을 조사했다. 반드시 참고가 될 거라 생각했기 때문이다.

중국은 땅덩이가 크다 보니 베이징과 상하이 지방의 말이 흡사 외국어처럼 다르고, 생활환경이 다르고, 생산하는 농산물이 달랐다. 각 지역에서 전쟁을 하다 보니 화폐가치가 다르고, 이쪽에서 모자라는 물건이 저쪽에서는 남아도는 일도 흔했다. 물자의 불균형과 화폐가치의 차이에서 발생하는 구조적 특징을 보며 신용호는 생활의 1차 필수품인 곡물 유통이야말로 정부에서 신경 써야 할 문제라고 생각했다. 그러나 중국에는 인민의 식생활을 걱정하는 정부가 없었다. 점령군인 일본군은 전쟁에 혈안이 되어 있었고, 그들이 세운 베이징의 친일 정부는 그럴 의지도 힘도 없었다. 중국의 인민들은 버려져 있었다. 먹고살든 굶어 죽든 알아서 하라는 식이었다.

그렇게 중국의 현실을 안 뒤부터는 양곡 유통이야말로 중국 인민들을 도우면서 떳떳하게 돈을 벌 수 있는 일거양득의 사업이라는 생각을 갖게 되었다. 양곡 유통은 자본금이 많으면 크게 할 수 있고, 적으면 적은 대로 할 수 있는 사업이었다. 자금 회전이 빠른 장점도 있었다. 자신처럼 건강하고 젊은 사람이 대륙을 동서남북으로 누비며 뛰어볼 만한 사업이라고 생각했다.

'그렇다, 우선 양곡 유통사업에 뛰어들자.'

신용호는 오랜 생각 끝에 이런 결정을 내렸다. 업종이 결정되었으니 어디서 사업을 하느냐, 상하이냐 베이징이냐를 결정해야 했다. 상하이에서 할 경우, 자본금을 조달받는 데는 별 어려움이 없을 것 같았다. 원한다면 동포 사업가들 중 몇 사람이 어떤 형태로든 투자를 해줄 분위기였다. 그러나 남의 도움을 전제로 사업을 벌인다는 것은 온당치 못하다는 생각이 들었다. 또한 상하이는 화려하고 사치스러워 체질에 맞지 않았다. 반면에 베이징은 상하이와 여러모로 달랐다. 베이징을 둘러싼 허베이 성은 밀·수수가 주산물이기 때문에 다른 지방에서 쌀을 들여와야 하므로 입지 조건이 좋았다. 역사 깊은 도시라 상인들에게도 긍지와 자존심이 있고 상하이에 비해 정직할 것이라는 생각이 들었다.

이윽고 베이징을 자신의 사업 무대로 택하고 상하이를 떠날 준비를 했다.

김 사장에게 사표를 내자, 그는 언젠가 떠날 것이라고 생각은 했지만 너무 이르다면서 섭섭해했다. 그리고 베이징에 동업 형태로 지점을 낼 생각도 있으니 필요하면 연락하라고 했다.

신용호는 그동안 신세를 진 동포들을 일일이 찾아다니며 작별 인사를 했다. 그중에서도 그를 각별히 아껴주었던 신국헌 사장은 이렇게 말했다.

"인연이 끝났다고 생각하지 말자. 주소가 정해지면 편지도 하고, 내가 도울 일이 있으면 도와줄 터이니 필요할 때 연락해라."

신국헌 사장과 김 사장 등 몇몇 사업가들은 여비에 보태 쓰라며 전별금까지 주었다. 상하이에서 머무는 6개월 동안 신용호의 돈은 축나지 않았고 오히려 불어나 있었다. 막노동을 한 데다 김 사장의 곡물상에서 넉 달 동안 받은 월급에 전별금까지 합치고 보니 다롄을 떠나올 때 챙겨 온 돈의 액수와 비슷했다. 그 돈이면 베이징에 가서 소규모로 사업을 할 수 있다고 생각했다. 장쑤 성과 안후이 성에서 쌀을 수집해본 경험으로 보아 쌀 세 트럭 정도는 살 수 있는 돈이었다.

1939년 4월, 신용호는 상하이에서 북상하는 징후선 기차를 탔다. 목적지는 쉬저우였다. 베이징으로 직접 가지 않은 것은 징후선 연변 도시인 장쑤 성 북부의 쉬저우와 지난, 더저우德州, 톈진 등 산둥 성의 도시와 근교를 차례로 찾아가 곡물의 수급 사정과 가격의 변동 상황을 조사하며 올라가기 위해서였다.

게릴라식 양곡사업

다시 돌아온 베이징에는 봄이 무르익고 있었다. 천년 고도가 거리의 꽃들과 싱싱한 초록색 나뭇잎들에 둘러싸여 젊음을 되찾고 있는 것 같았다.

신용호는 역에서 내리자마자 첸 사장의 포목상을 찾았다.

"아니, 이게 누구야. 신군 아닌가."

"그간 안녕하셨습니까, 첸 사장님."

"무사히 다녀왔군. 그래 어떤 사업을 할 것인지 정했는가?"

"양곡도매업을 해볼 생각입니다."

"양곡업이라…… 양곡업은 큰돈이 있어야 할 텐데……."

"우선은 제가 가진 자본으로 작게 시작해볼 생각입니다."

길이 없으면 길을 만들며 간다

여섯 달 만에 만난 첸 사장은 베이징에 눌러앉아 장사를 하겠다는 그의 말을 듣고 무척 반가워했다.

신용호의 베이징 생활은 처음부터 분주했다. 베이징으로 오면서 주요 도시의 곡물시장을 점검한 뒤라 자신이 생겼고, 사업을 시작하기 위해서는 무엇부터 어떻게 해야 할 것인지도 파악하고 있었다.

베이징의 양곡시장을 찾아다니며 양곡 수급 상황과 가격 변동을 조사했다. 베이징 사람들의 주식은 빵이어서 밀가루 소비가 많았지만, 일본인들이 급증하면서 쌀 소비도 증가하고 있었다. 허베이 성 일대의 주산물이 밀, 조, 옥수수이기 때문에 밀가루 수급은 잘되고 있었다. 쌀은 값도 비싸고 수급도 잘 안 되었다. 쌀 주산지인 남쪽과 너무 멀리 떨어져 있기 때문이었다. 그런 이유로 반드시 양곡사업이 성공할 수 있다는 확신을 얻었다.

모든 장사는 값이 싼 곳에서 사다가 비싼 곳으로 가서 팔면 된다. 대부분의 농산물은 성수기에 값이 싸고 비수기에 비싼 것이 상식이다. 그러나 당시 중국은 그렇지 않았다. 유통 조건이 나쁜 데다 전쟁이라는 함수가 작용하고 있었다. 계절과 상관없이 지역에 따라 가격 차이가 아주 컸다. 특히 쌀이 그랬다. 1백 리만 떨어져 있어도 심한 경우 가격이 배나 차이가 나는 것을 확인하고 놀란 적이 많았다. 이런 경우 신속한 수송 수단만 가지고 있으면 승부를 낼 수 있을 것 같았다.

또 하나의 특징은 북으로 올라올수록 쌀값이 비싸진다는 사실이었다. 물이 흐르지 못하면 땅이 메마르듯, 고여 있는 남쪽의 쌀이 북으로 흐르지 못하니까 북쪽의 쌀값은 비쌀 수밖에 없었다. 물길을 터줄 수송

수단이 없기 때문이었다.

당시 중국의 장거리 육로 물자 수송은 대부분 철도가 담당했고, 도로와 운하를 이용한 수송 능력에는 한계가 있었다. 그런데 철도 수송량은 군수물자가 대부분을 차지하고 있었다. 또한 철도는 완전히 일본군이 장악하고 있어 민간 상품의 수송은 어려웠다. 전선이 내륙 서쪽으로 확대되면서 군수물자의 수송에 전부를 배정하기 때문이었다. 일제는 그들이 필요한 물품만 실어오고 실어갈 뿐 중국인들이야 죽든 살든 관심 밖이었다.

신용호는 첸 사장이 믿을 수 있는 사람이라고 소개한 운전기사 한 사람만 데리고 전세 낸 트럭 한 대를 끌고 현장을 돌기 시작했다. 장차 큰 유통사업가가 되기 위한 준비운동이라고 생각했다.

베이징을 중심으로 산둥 성과 장쑤 성을 돌며 여러 가지 농산물을 가리지 않고 싼 곳에서 사서 비싼 곳으로 가져다 팔았다. 밀과 수수는 워낙 단가가 낮아 화물량에 비해 이익이 적었기 때문에 한두 번 취급하곤 그만두었다. 이익이 많은 쌀 한 가지에 주력하는 것이 자본을 분산시키지 않아 효율적이라는 것을 알았기 때문이다.

그렇게 장쑤 성 북부 농촌 지역 소도시를 돌며 쌀을 사다 베이징이나 톈진의 도매상에 넘겨 이익을 보았다. 자신이 가지고 있는 자본금을 쉬지 않고 회전시키다 보니 돈은 계속 늘어났다. 물론 실패하여 큰 손해를 본 적도 있었다. 허베이 성에 심한 가뭄이 들어 밀가루 값이 폭등할 때 가까운 산둥 성에서 여러 트럭의 밀가루를 운반하다가 폭풍우를 만나 전량을 버린 일도 있었다. 그러나 이런 실패도 안전하게 사업의 기초를 다져나가는 데 보탬이 되었다.

사무실도 없이 운전기사 한 사람을 데리고 게릴라처럼 산지와 도시를 오가며 장사에 열중하고 있는 사이에 1년이라는 세월이 지나갔다.

신용호는 냉정하게 생각해보았다. 이만큼 직접 장사를 해보고 시장 조사를 했으면 이제 정식으로 회사를 차려도 되지 않을까. 직원 몇 사람이 움직일 수 있을 만큼 자본도 늘어난 상태였다. 베이징에 제대로 된 사무실을 차리고 직원을 몇 사람 늘려도 될 것 같았다.

1940년, 스물넷의 혈기왕성한 나이에 신용호는 자금성 동쪽 곡물시장에서 조금 떨어진 큰길가에 작은 창고가 딸린 사무실을 마련하고 회사를 출범시켰다. 정식으로 세무 당국에 곡물상 신고도 했다. 회사 이름은 '북일공사北—公社'로 지었다. 허베이河北 제일, 베이징北京 제일이라는 의미로 회사 이름을 지었다. 그만큼 신용호의 꿈은 컸고 의욕 또한 대단했다. 간판도 큼직하게 내걸었다.

"회사 이름처럼 베이징 제일의 곡물회사가 되게!"

첸 사장도 베이징 대학을 다니는 아들과 함께 개업 선물을 들고 와 축하해주었다.

사무실과 창고를 돌아본 첸 사장이 의아하다는 표정으로 물었다.

"그런데 왜 창고가 저렇게 작은가? 돈이 부족한가?"

돈이 부족하면 빌려줄 수 있다는 의미였다.

"그게 아닙니다. 쌀을 사다가 창고에 쌓아두고 값이 오를 때를 기다리는 장사는 하지 않을 작정입니다. 매점매석과 같은 부도덕한 장사는 하지 않고 그때그때 수요자의 손에 넘기는 장사를 할 작정입니다. 그렇게 하는 것이 중국 인민들을 위하는 것이고, 제가 가진 자본금을 빠른 속도로 늘리는 장사이기 때문이지요."

그러나 첸 사장은 이해가 가지 않는다는 표정이었다.

"전쟁 중이라 인플레가 심해 돈을 가지고 있으면 손해라고 여겨 모두 현물을 좋아하는데, 자네 속뜻을 알 수가 없군."

신용호는 첸 사장에게 인플레 시대에 현물을 쌓아두지 않고도 돈 버는 방법을 설명해주었다.

벌어들인 돈을 정체시키지 않고 바로 물건을 사서 이익을 남겨 팔고, 이익을 합쳐 즉시 더 많은 물건을 다시 사서 파는 일을 끊임없이 되풀이하며 돈을 불려나가는 것이 자본금을 빠른 속도로 늘려나가는 방법이라고 설명해주었다. 물론 자전거가 굴러가다가 멈추면 안 되듯 사고파는 일을 쉬지 않고 되풀이해야 하기 때문에 그만큼 시장 정보도 빨라야 하고 기민해야 하는 어려움은 있지만 회사를 빨리 키우는 데는 가장 좋은 방법이라는 설명을 덧붙였다.

"유통이 원활하지 못한 중국에서 이런 방법으로 장사를 할 수 있는 것이 바로 농산물, 그중에서도 쌀입니다. 수집할 때나 원매자에게 물건을 팔 때나 쌀은 현금 거래이고 회전 기간도 짧기 때문에 매번 이익을 낸 만큼씩 더 많은 현금을 투자해 장사 규모를 키워나갈 수 있지요. 창고에 쌀을 많이 쌓아두고 가격을 담합해 비싸게 팔면서 모리배 소리를 듣는 것보다 떳떳하고, 중국 인민들을 돕는 결과도 되고요……. 그래서 창고는 큰 것을 얻지 않았습니다."

첸 사장은 원리는 이해를 한다면서도 찬성하지 않았다. 현금 선호와 현물 확보를 우선시하는 중국의 상인 정신과는 맞지 않았기 때문이다. 그러나 옆에서 말없이 귀를 기울이고 있던 그의 아들은 신용호의 설명에 느낀 바가 있었던 모양이다.

다음 날 오후, 불쑥 북일공사로 찾아온 청년은 어제는 아버지와 함께 있어 듣기만 했다면서 신용호에게 여러 가지 궁금한 것을 물었다. 어제 아버지에게 한 말 중에 떳떳하게 돈을 벌면서 중국 인민도 돕는 일거양득의 장사를 하겠다고 했는데, 그것이 현실적으로 실현될 수 있느냐고 물었다.

신용호는 명쾌하게 대답해주었다.

"물론 가능하지요. 그런 장사를 하려면 쉬지 않고 생각하는 사고력, 왕성한 정보 수집력, 정력적으로 움직이는 행동력, 그리고 필요할 때 내릴 수 있는 결단력이 있어야 합니다. 이 네 가지만 갖추고 있으면 쌀장사를 통해 그 두 가지 이득을 얻을 수 있다고 생각하고 있습니다. 이것은 탁상공론이 아니라 지난 1년 동안 여러 지방을 뛰어다니며 현장에서 체득한 사업 철학입니다."

그는 신용호의 이야기에 감복한 듯했다. 그는 베이징 대학 경제과 졸업반이었다. 대화를 나누던 중에 저녁이 되자 신용호는 그를 데리고 식당으로 가서 함께 배갈을 마셨다. 나이는 신용호와 비슷했다. 그의 아버지 첸 사장이 베풀어주는 호의를 생각할 때 그 아들에게 특별한 애정이 가는 것은 자연스러운 일이었다.

술자리가 파할 무렵, 그는 자신과 친하게 지내는 일본인 대학생들과 인사를 시켜주겠다며 일본인에 대한 감정이 있는 것은 아니냐고 물었다.

"나도 젊고 첸 형도 젊고 그들도 젊은데 사귀지 못할 것은 없지요. 그런데 베이징 대학에 다니는 대학생들이 나처럼 학벌도 없는 조선인 장돌뱅이와 사귀려 하겠어요?"

"그렇지 않습니다. 나는 신형의 과거를 아버지한테 들어 벌써부터 소상하게 알고 있어요. 의지의 사나이를 누가 감히 깔보겠습니까? 그리고 아무 상관없는 중국 인민을 위해 원활한 식량 수급을 생각하는 사업철학이 마음에 듭니다. 신형에 대한 이야기를 하면 아마도 그 친구들이 먼저 사귀고 싶어 달려올 겁니다."

그의 표정은 진지했다.

그 후 첸 사장의 아들은 대여섯 명의 일본인 대학생을 데리고 와서 신용호와 인사를 시켰고, 틈이 나면 그들과 어울려 술자리를 가지며 복잡한 정세에서부터 인생에 대한 고민을 주제로 이야기를 나누었다.

북일공사 간판을 내건 후부터 신용호의 사업은 착실히 기반을 다져나가기 시작했다. 사원 수도 처음에는 다섯 명에서 출발했으나, 1년이 가까워질 무렵에는 20명이 넘었다. 그만큼 매출과 이익이 늘어났다.

창조하고 노력하는 자에게 오는 기회

이 무렵 첸 사장 아들의 소개로 사귀어오던 베이징 대학 일본인 학생들 중 세 명이 찾아왔다. 졸업식이 한 달 앞으로 다가왔다는 말을 듣고, 신용호는 졸업 축하연을 미리 열어주겠다며 앞장섰다.

술자리에서 자연스레 졸업 후의 진로에 대한 이야기가 나오자 이들의 표정이 어두워졌다. 세계정세에 밝은 그들은 작년에 독일의 폴란드 침공으로 시작된 전쟁의 불길이 유럽 전역으로 번져가고 있고, 머지않아 미국도 개입할 징조가 보인다고 했다. 그렇게 될 경우 팽창 정책에 혈안이 되어 있는 일본이 어떻게 나올지 불안하다는 것이었다. 만주와 중국에서 고급 간부로 근무하고 있는 아버지들은 중국에서 대학을 나왔으니 이곳에서 일본을 위해 일하라고 하지만, 식민지를 착취하는 일은 거들지 않겠다는 것이 자신들의 신념이라고 했다. 그래서 하는 이야기인데 자기들이 북일공사에서 일을 하겠다면 받아주겠느냐는 것이었다.

예상 밖의 제안에 신용호는 놀라지 않을 수 없었다.

"말도 안 되는 소리 하지도 마시오. 내가 어떻게 대학을 졸업한 당신들에게 쌀장사를 시키겠소? 전혀 어울리지 않아요!"

그 말은 진심이었다.

"우리는 그동안 신 사장이 사업하는 것을 지켜보며 졸업하면 북일공사에 들어가 일을 배우면서 사회 공부도 하고, 돈 버는 방법을 배우자며 의견을 모으고 있었어요. 그래서 부탁하는데 경험이 많고 사업 아이디어가 풍부한 신 사장이 우리를 활용해 장사할 방법을 연구해주세요."

그들의 제안은 진지했다. 그러나 아무리 진지해도 명문 대학을 나온 그들이 장돌뱅이와 다름없는 북일공사의 사원이 된다는 것은 무리라는 생각이 들었다. 그래서 신용호는 그런 이야기는 하지 말고 오늘은 즐겁게 술이나 마시자고 했다. 하지만 그들은 졸업식을 마치고 다시 찾아오겠으니 진지하게 생각해달라고 거듭 부탁했다.

그러나 다음 날 잠에서 깨어난 순간부터 이들의 제안이 계속 신용호의 머릿속에서 맴돌았다.

'일본인인 데다 베이징 대학 졸업생인 이 친구들을 만약 사원으로 채용한다면 무슨 일을 시킬 수 있을까. 최전선인 농촌으로 보내 양곡 수집을 시키는 것은 일본인이기 때문에 위험해서 안 되고, 그렇다고 사무실에 앉혀놓고 시킬 일은 없고…… 좋은 아이디어가 없을까?'

제의를 들으면서 채용할 수 없다고 여겼던 부정적인 생각이 차츰 긍정적인 쪽으로 기울고 있었다.

한 달 후 졸업식을 마친 이들 일본 청년들이 북일공사를 찾아왔을 때는 어느덧 그들을 맞을 준비가 되어 있었다. 신용호는 그들을 데리고 주점으로 갔다.

"여러 형들이 나보고 졸업하고 올 테니 무슨 일을 어떻게 시킬지 연구해달라고 해서 그동안 많이 생각해보았습니다. 결론부터 말하면, 여러분을 북일공사에 맞아들이기로 했습니다. 그리고 마음에 들지는 모르지만 여러분이 하실 일도 연구해두었습니다."

세 사람은 손을 잡으며 고맙다고 했다. 신용호는 그동안 생각해둔 사업 계획을 설명하기 시작했다.

"지금까지 북일공사는 농촌 지역의 쌀을 사다가 베이징과 톈진 등지의 도매상에 팔아 이익을 남기는 장사를 해왔습니다. 여러분이 들어오면 이와는 별도로 관청과 기관과 같은 새로운 거래처를 개척하는 게 좋겠다고 생각하고 있습니다."

모두들 고개를 끄덕이며 진지하게 귀를 기울였다. 그의 설명이 계속되었다.

"최근의 통계를 보면 베이징, 톈진 등 허베이 성 큰 도시에는 일본인이 약 15만 명, 만주에는 크고 작은 도시에 약 74만 명, 농촌에 약 32만 명이 들어와 살고 있다고 합니다. 이들 모두가 화중華中의 곡창 지대에서 생산하는 쌀을 먹고 있지요."

그들은 구체적인 조사 내용에 감탄을 터뜨리며 진지하게 들었다.

"그런데 중국에서는 어느 지방 할 것 없이 쌀과 생필품의 수급이 원활하지 못해 가격 변동이 아주 심합니다. 일본이 곡창 지대를 점령하고 있지만, 점點과 선線으로 지배하고 있을 뿐입니다. 광활한 농촌을 구석구석까지 완전히 지배하지 못하고 있다는 것은 여러분도 잘 알고 있지 않습니까. 그래서 만선척식주식회사가 총대리점을 통해 쌀을 수집해 공급하고 있지만, 필요한 쌀을 원활하게 수급받지 못해 어려움을 겪고 있다고 들었습니다."

여러 해 동안 곡창 지대를 누비면서 이런 사정을 파악하고 있던 신용호로서는 일본인 청년들에게 이 분야를 개척하여 장사를 시켜볼 생각을 했던 것이다.

"농민들은 조건만 맞으면 거래를 원하는 사람에게 관심을 보일 겁니다. 만척에 쌀을 공급하는 총도매상에는 중국인 도매상들이 납품하고 있는데, 가격 변동과 농촌의 게릴라 활동을 구실로 매번 깔끔한 거래를 해주지 않는 것 같아요. 이런 사정을 알고 있기 때문에 나는 세 분이 그쪽으로 영업 방향을 잡아 활동해보는 것이 좋겠다는 생각을 했습니다. 굉장히 큰 승부가 될 수 있는 사업입니다. 어떻습니까? 해보겠다면 세 분이 활동할 수 있는 영업부서를 만들어드리겠습니다."

세 사람은 무조건 찬성했다. 그리고 신용호의 주도면밀한 사전 조사와 계획에 놀랐다. 자신들은 꿈에도 생각하지 못한 아이디어라며 그의 창의력과 발상에 감탄했다. 더구나 자신들을 우대하기 위해 별도의 영업부서까지 만들어주겠다고 하지 않는가.

이 책상물림 신출내기들에게도 의외로 영민한 데가 있어 신용호를 흡족하게 했다.

"사장님의 계획에 전적으로 찬동하고 일을 하겠습니다. 그런데 우리가 만약 그 거래처를 개척하는 데 성공한다면 지금까지 북일공사가 거래한 양의 수십 배 물량을 구매하게 될지도 모르는데, 막대한 자본금과 수매 영업사원의 확보에 대한 계획은 있는지요?"

"잘 지적해주었습니다. 그 문제 역시 대비책을 세워두었습니다. 수매 영업사원은 계약되는 즉시 모집해서 교육을 시키면 됩니다. 전쟁 중이라 많은 유능한 일꾼들이 직장 없이 놀고 있어 큰 어려움은 없을 것입니다. 그리고 수매 자금 문제 역시 복안이 있으니까 걱정하지 않아도 됩니다."

마지막으로 신용호는 베이징에 나와 있는 일본 회사의 대졸자 수준으로 월급을 주겠으며, 활동비는 별도로 지출하겠다고 했다. 그리고 처음 한 달 동안은 자신을 따라 곡창 지대를 돌며 수매와 수송, 판매 업무를 공부한 뒤에 일을 시작하라고 했다.

이렇게 해서 북일공사는 기존의 시장 영업부서와 특수 기관을 판매처로 하는 새로운 특별 판매 영업부서의 두 기구로 조직이 짜여졌다.

그리고 현장 교육을 마친 특판부의 활동이 시작되었다. 이들이 활동을 시작한 지 몇 달 지나자 희망의 빛이 보이기 시작했다. 그동안 중국인 곡물상들과 거래하면서 그들의 농간에 고통을 받아온 총대리점에서 일본인 특판 사원들의 설득에 귀를 기울이기 시작한 것이다.

연말에는 구체적인 거래 조건이 제시되었다. 그들이 제시한 조건은 우선 총량의 반을 할당해주고 실적이 양호하면 전량을 독점할 수도 있다는 조건이었다. 첫 거래 조건 치고는 기대 이상의 성과였다. 그들 역시 수많은 중국인 수집상을 상대하며 겪었던 번잡함에서 벗어나 수집상을 단순화하는 계기를 만들고 싶어 하는 눈치였다.

특판부의 보고를 받은 신용호는 즉시 자금 조달에 나섰다. 여러 달 전부터 이 문제를 풀기 위해 손을 써둔 첸 사장을 찾아갔다. 첸 사장에게는 추진하고 있는 새로운 사업 내용을 미리 설명해두었고, 성사될 경우 사업에 필요한 자금을 빌릴 수 있도록 주선해줄 것을 부탁한 상태였다.

첸 사장은 '잘됐다! 축하한다!'를 연발하며 자기 일처럼 좋아했다. 그리고 돈을 빌릴 자금주와 약속을 하고 연락할 터이니 함께 가서 결판을 내자고 하면서 대단히 신중하고 까다로운 사람이니 사업계획서를 잘 만들어오라고 했다. 첸 사장 자신도 급전이 필요할 때 신세를 지는 자금주라고 했다.

며칠 후 첸 사장은 중국인 부호에게 신용호를 소개했다. 첸 사장이 미리 말해둔 터라 신용호에 대해 많이 알고 있었다. 그러나 중국인 부호는 그가 제시한 금액이 예상 밖의 큰돈이라 난색을 보였다. 신용호는 사업 내용을 자세히 설명하고 이자 외에 순이익금의 10퍼센트를 주겠다는 자금운용계획서를 보여주었다. 그 밖에도 경리 담당은 자금주가 보내는 사람을 쓰겠다고 제의했다.

하지만 자금주는 여전히 망설이는 눈치였다. 신용호는 초조했다. 돈을 빌리지 못하면 계약이 성사되더라도 모두 수포로 돌아간다는 생각에 가슴이 울렁거렸다. 이럴수록 냉정해야 한다고 스스로를 타이르며 첸 사장을 돌아보았다. 그때 첸 사장이 엉뚱하게 이런 말을 했다.

"이 어른에게 자네 또래의 아들이 있는데, 돈을 빌려주지 않더라도 북일공사에서 일을 좀 하도록 채용할 수 없겠나? 자네가 데리고 있으면 배울 것이 많을 텐데……."

순간 첸 사장의 의도를 파악했다.

"그러지요. 제 또래 아드님이 있는 줄은 몰랐습니다. 돈을 빌려주시는 것과는 상관없이 어르신과 당사자만 괜찮다면 직원으로 채용하겠습니다."

"잘됐네요. 신 사장과 일을 하면 그가 누구든 훌륭한 젊은이가 될 겁니다. 큰 걱정거리 하나 덜었네요. 우리 아들도 신 사장을 존경해요. 북일공사에 가서 일하겠다는 것을 포목점 일을 배우라고 제가 못 가게 했답니다. 베이징 대학을 졸업한 일본인 청년 셋도 신 사장과 사귀어보고 자청해서 그 밑에 들어가 일하고 있다고 우리 아들이 말합디다."

자금주의 마음이 그제야 동요하는 것 같았다. 자금주는 아들 때문에 골머리를 앓고 있었다. 방탕한 생활에서 헤어나지 못하는 아들을 감화시켜 사람만 만들어준다면 돈이 문제가 아니었다. 일이 어렵게 돌아가는 것을 보고 첸 사장이 자금주의 골칫거리를 상기시킨 것이 효과가 있었다. 자금주는 자기 아들을 데려다 일을 시키며 사람 만들어주는 것을 추가하는 조건으로 필요한 돈은 얼마든 빌려주겠다고 약속했다.

신용호는 차입금 수령과는 관계없이 내일이라도 아드님을 회사에 보내면 근무를 시키겠다고 약속했다. 자금주도 수일 안에 보낼 터이니 사람좀 만들어달라고 간곡히 당부했다. 신용호는 가슴을 쓸어내렸다. 천문학적 숫자의 거금을 빌리는 데 성공한 것이다. 모두가 첸 사장의 호의와기지가 아니었으면 불가능한 일이었다.

첸 사장과 알고 지낸 3년 동안의 일들이 파노라마처럼 머릿속을 스쳐지나갔다. 만리타국에서 이런 사람을 알고 지낸다는 것이 얼마나 큰 위안이며 고맙고 또 고마운 일인가. 첸 사장의 상점까지 동행하며 신용호는 거듭 감사의 뜻을 전했다. 첸 사장도 그 못지않게 좋아했다.

이렇게 만반의 준비를 끝낸 후 총대리점과의 정식 계약을 기다렸다.

도약의 발판을 마련한 북일공사

정식 계약을 기다리는 동안 세계는 전쟁의 수렁으로 빠져들고 있었다.

유럽 전체가 전쟁의 소용돌이에 휘말렸고, 이를 틈타 일본은 프랑스령 인도차이나에 진주하여 약삭빠르게 실속을 챙겼다. 8월에는 팔로군40만 명이 서북 지방을 중심으로 출격을 시작하여 산시 성 동쪽과 허난성 서북쪽에서 일본군에 타격을 주었다. 그런가 하면 몇 달 후에는 양쯔강 남쪽에서 국민당군이 기만 전술로 공산군인 제4군을 포위 공격하는어처구니없는 일이 벌어졌다. 적군인 일본군을 앞에 두고 자기네들끼리 싸움을 벌인 것이었다. 그러나 안전지대에 있는 중국 백성들은 강 건너 불구경하듯 동요하지 않았다. 오랫동안 전란에 시달려온 그들은 자기와 가족에게 직접 위해를 주지 않는 한 무슨 일이 일어나든 상관하지 않겠다는 태도였다. 이런 중국인들의 느긋함은 사업을 키우고자 동분서주하는 신용호에게 다행스러운 일이었다.

1941년 정월, 마침내 만척 총대리점에서 정식으로 양곡 납품 계약을 하자는 통지가 왔다. 1분기 수매량은 쌀 1천 석이었고 납품 기한은 3월 말이었다. 좋은 품질의 쌀을 기한 내에 납품하면 양을 늘리겠다는 약속과 함께 철도 수송에 필요한 배차를 주선해주겠다는 확답도 받았다.

계약서를 들고 회사로 돌아온 신용호는 감개가 무량했다. 큰 사업가의 꿈이 이루어질 수 있는 실마리를 잡은 것 같았다. 전 사원이 참석한 연회장에서 그는 계약 내용을 공표하고 자축의 축배를 제창했다.

그리고 내친김에 그동안 생각만 해두고 미루어왔던 복안을 발표했다.

"오늘은 우리 북일공사가 도약의 발판을 마련한 날입니다. 이 기쁜 날, 여러분에게 선물을 주려고 합니다. 나는 평소 회사가 잘되면 사장 한 사람만 돈을 벌어서는 안 되고, 사원 모두가 함께 돈을 벌 수 있어야 한다고 생각해왔습니다. 그래서 이날을 계기로 여러분에게도 이익금을 나누어주는 제도를 만들겠다는 약속을 하겠습니다. 매년 연말 결산을 전 사원에게 공개하고 경비와 인건비를 제한 순이익금의 50퍼센트는 사업에 재투자한 뒤, 나머지 50퍼센트를 여러분과 자금주와 내가 나누어 갖겠습니다."

그리고 분배할 50퍼센트에 대한 구체적인 내용을 설명했다.

"앞으로 필요한 자금은 차입금으로 충당할 계획입니다. 돈을 빌려준 사람에게 원금을 갚을 때까지 이자 외에 분배용 이익금의 10퍼센트를 주고, 사원 여러분에게는 월급 이외에 분배용 이익금의 50퍼센트, 사장인 내가 40퍼센트를 갖겠습니다. 이익 배당은 연말 결산 후 바로 하겠습니다. 이익이 많이 날수록 연말에 여러분에게 돌아가는 돈도 그만큼 많아집니다. 모두 열심히 일해주기 바랍니다."

전 직원이 일어나 박수를 치며 좋아했다. 심지어 춤을 추는 직원도 있었다. 그동안에도 다른 곳에 비해 월급이 많고, 젊은 사장으로부터 인격적인 대우를 받으며 배울 점도 많아 회사 일을 자기 일처럼 해오던 그들이었으므로 진심으로 기뻐하고 고마워했다.

1분기 수매사업은 순조롭게 진행되었다. 영업사원들은 두세 사람이 한 조가 되어 농촌 지역 소도시를 돌며 부지런히 수매하고, 수매한 쌀을 트럭이나 우마차로 기차역까지 운반해왔다. 그리고 특판부 사원들은 화차를 관리하며 수매해오는 쌀의 품질을 점검하고, 지정된 장소로 운반해서 납품하는 일을 전담했다. 이렇게 징후선 철도가 지나가는 도시를 두 달가량 돌아 납품을 끝낼 수 있었다.

1차 납품은 성공적이었다. 만척 총대리점에서는 품질도 우수하고 납품 기일도 단축했다며 수량을 대폭 늘려 배정해주었다. 납품 수량이 증가함에 따라 북일공사 사원은 1백 명을 넘어섰다. 간판을 내건 지 2년 만에 이룬 성과였다. 1백여 명의 영업사원을 움직여 창출하는 물동량과 이익금은 막대했다. '돈이 스스로 돈을 벌어들인다'는 말처럼 차입금을 갚고 나자 이익금은 눈덩이처럼 불어났다. 직원들에게 약속한 이익금을 나누어주고도 2~3년 후에는 엄청난 돈이 모일 것 같았다. 사원들 역시 연말에 받는 배당금이 커지면서 사기가 충천했다.

한눈팔지 않고 오로지 사업에만 열중하고 있는 신용호에게 어느 날 한 장의 전보가 날아들었다. '아버지가 위독하신데, 죽기 전에 너를 한 번 보고 싶어 하니 만사 제쳐놓고 다녀가라'는 어머니의 전보였다. 북일공사를 창업한 후부터 자주 문안 편지를 드렸지만, 매번 건강하게 잘 지내고 있으니 걱정하지 말라는 답장을 보내오던 아버지가 갑자기 위독하다니!

신용호는 잠시도 지체할 수가 없었다. 즉시 베이징 경찰서로 가서 여행증명을 발급받아 그날 밤으로 기차를 탔다. 여행증명 없이 기차를 타고 가다가 검문에 걸리면 무슨 봉변을 당할지 모르는 시대였다. 꼬박꼬박 많은 세금을 내는 북일공사 사장이므로 여행증명은 즉석에서 발급되었다. 조선에서도 사용할 수 있는 일본 돈으로 현금을 가방에 챙겼다.

급행열차를 갈아타며 밤낮 가리지 않고 정신없이 달려가 집에 도착해보니 뜻밖에 아버지는 정정한 모습으로 마당을 거닐고 있었다.

"아버지, 어떻게 된 일입니까? 괜찮으세요?"

아버지는 급히 대문을 들어서는 신용호를 보더니 계면쩍은 표정으로,

"이렇게라도 안 하면 네 놈이 달려오겠느냐?"

하며, 방으로 데리고 들어갔다.

부모님께 인사를 드리고 어리둥절한 표정으로 앉아 있는 신용호에게 아버지가 말문을 열었다.

"네 나이도 이제 스물여섯이다. 돈 버는 것도 중요하지만 이제 장가를 가야 한다. 그래서 너를 장가보내려고 거짓 전보를 쳤다."

아버지는 그의 말은 들으려고도 하지 않고 다음 말을 이어갔다.

"마침 좋은 혼처가 있어 어른들끼리 정혼했다. 네가 오는 대로 혼례를 치르기로 하고, 양가가 준비를 다 해놓고 기다리고 있는 참이다. 그러니 두 말 말고 장가를 들어라."

아버지의 설명에 의하면, 규수는 어머니와 같은 문중인 문화 유씨로 집안도 좋고 보통학교를 나왔을 뿐 아니라, 총명하고 예의범절을 아는 보기 드문 처녀라고 했다. 자신을 설득하려고 애쓰는 아버지와 옆에서 열심히 거들고 있는 어머니의 간절한 눈빛에서 신용호는 부모의 자식 사랑에 대한 진심을 읽을 수 있었다. 부모님은 만리타향에서 노총각으로 늙어가는 아들을 생각하면 잠을 이룰 수 없다고 말했다. 밤낮으로 고민한 끝에 생각해낸 고육책이니 이해하라는 말도 했다. 자식을 위한 부모의 배려와 걱정에 가슴이 뭉클했다.

그동안 신용호는 사업에 열중하느라 결혼을 생각해볼 마음의 여유가 없었다. 부모님의 간절한 소망을 듣고 처음으로 자신의 나이를 실감하며 혼기가 지났다는 것을 깨달았다. 스무 살만 되면 모두 장가를 가는데…… 자신은 혼기를 놓쳐도 많이 놓친 노총각이었다. 부모님이 흡족하게 고른 신붓감이라면 믿고 결혼해도 좋다는 생각이 들어 부모님의 결정에 따르기로 결심했다.

"부모님의 뜻에 따르겠습니다."

하고 명쾌하게 대답했다.

그동안 부모님께 끼친 걱정을 생각할 때 결혼만이라도 선선히 뜻을 받들어 걱정을 덜어드리는 것이 자식 된 도리라는 생각도 들었다.

며칠 후 결혼식이 거행되었다. 신랑은 사모관대를 갖추고 신부는 족두리를 쓰고 신부 집에 가서 올리는 전통 결혼식이었다. 사업에만 집중하느라 이성에는 관심조차 가져볼 겨를이 없었던 신용호는 갑작스레 혼례를 치르게 되어 처음에는 당황했지만 참하고 아름다운 신부를 맞이하고 보니 가슴이 뿌듯했다.

혼례 잔치도 넉넉하고 푸짐했다. 6형제가 모두 모여 대가족이 회포를 푸는 자리가 되었다. 신용호는 부모형제와 한자리에 앉아 정담을 나누었다. 결혼의 기쁨과 함께 가족의 끈끈한 정이 가슴에 와 닿았다. 신갑범도 경성에서 내려와 그의 결혼을 축하해주었다.

비록 짧은 기간이었지만 신용호는 꿈같은 신혼의 나날을 보냈다. 부모님은 신부를 베이징으로 데리고 가라고 했다. 그 역시 그러고 싶었다. 하지만 셋째 형 용원과 신갑범이 일본은 곧 망할 터이고, 일본이 망하면 중국 대륙이 큰 혼란에 빠져 위험해질 터이니 신부는 안전하게 부모님 곁에 두고 가는 것이 좋겠다고 권했다. 설령 일본이 쉽게 망하지 않더라도 신랑이 돈을 벌어 고국에 돌아와 사업을 할 계획이라니까 굳이 어린 신부를 만리타국에 보내 고생을 시킬 필요가 없다는 의견이었다. 이들의 설명을 듣고 아버지와 어머니는 그의 뜻을 물었다.

"두 분 말씀을 듣고 보니, 우선은 저 혼자 돌아가는 것이 좋겠습니다. 그리고 1~2년 후에 정세를 봐서 데려가겠습니다."

아쉽기는 하지만 신부를 위해서도 당장 베이징으로 데려가지 않는 것이 좋겠다고 생각했다. 신용호가 떠나던 날, 신부는 아쉬움과 부끄러움에 고개도 들지 못한 채 배웅을 해주었다.

스승을 잃은 슬픔, 그리고 일본의 패망

아름다운 신부를 얻고, 부모형제로부터 혈육의 정을 듬뿍 받은 다음 베이징으로 돌아온 신용호는 새로운 마음으로 다시 사업에 몰두했다.

납품 영업량은 별다른 변동 없이 매년 일정량을 유지하고 있었지만 시장 영업량은 증가해 거래량이 1년에 1만 석이 넘고 보니 이익금 역시 막대했다. 이제 명실공히 큰 회사를 운영하는 사업가가 된 것이다. 재투자를 하지 않아도 되는 배당금까지 모여 개인적인 여유 자금도 꽤 되었다. 그 돈을 중국은행과 일본은행에 분산 예치했다.

당시 중국에는 크게 두 종류의 통화가 있었다. 1935년 장제스 정부가 중앙은행과 중국은행 등 네 개 은행에 발행권을 준 법폐法幣와 중국 점령지에 진출한 일본은행이 발행하는 원화가 그것이었다. 점령자인 일본은 되도록 법폐를 사용하지 못하도록 압력을 넣었으나, 일본의 손이 미치지 못하는 국부군과 공산군 지역의 교역에 쓰이는 법폐에 대한 중국인들의 선호도가 높아 통용을 막지 못하고 있었다. 북일공사 영업사원들도 수매를 위해 두 가지 화폐를 가지고 다녔다.

신용호는 고향집에 다녀온 뒤부터 개인 돈은 일본은행 쪽으로 몰아 저금했다. 고향집으로 송금하기 편리했기 때문이다. 그리고 매달 허용되는 범위 안에서 어머니 앞으로 송금했다. 한꺼번에 많은 돈은 송금이 되지 않았다.

신용호가 베이징으로 돌아온 지 몇 달 후 신갑범이 북일공사를 찾아왔다. 결혼식을 끝내고 헤어지면서 이제 사업도 궤도에 올랐으니 베이징에 한번 오시라고 초대하자, 가까운 시일 안에 찾아가겠다는 언질을 주어 은근히 기다리던 참이었다.

신갑범은 혼자가 아니라 이육사와 동행이었다.

"고향에 두고 온 신부를 그리워하느라 얼굴이 야위었구나. 하하."

신갑범의 농담에 얼굴이 붉게 물들었다.

"결혼 축하하네. 소식 듣고 용원 군도 볼 겸해서 내려가려 했지만 여의치 않았네."

이육사도 축하의 인사를 해주었다.

따뜻한 차를 마시며 신용호는 두 사람에게 북일공사의 사업 신장을 설명해주고, 조국의 독립을 위해 자신도 역할을 할 때가 되었으니 자금을 쾌척할 방법을 알려달라고 하였다.

이육사는 잔잔한 미소를 띠며 신용호의 손을 꼭 잡았다.

"역시 신군은 조선의 훌륭한 청년 사업가야! 왜놈과 싸우겠다는 동포 청년들이 광복군에 들어와도 총이 모자라는 형편이라네. 임시정부에서 장제스 장군에게 부탁하여 조달을 받고 있지만 어려움이 많네."

"필요하신 금액을 말씀해주시면 내일 당장 은행에서 찾아드리겠습니다. 앞으로도 필요한 자금은 연락을 주시면 언제든 전해드리겠습니다."

그날 저녁 신용호는 중국인 부호들이 많이 드나드는 요릿집으로 두 사

길이 없으면 길을 만들며 간다

람을 모셨다. 일본 관헌의 눈을 피하기 위해서였다.

그곳에서 두 사람으로부터 많은 이야기를 들었다. 일본은 곧 망하게 되어 있다는 것과 충칭에 있는 임시정부에서는 광복군을 조직하여 대일전에 참전시킬 준비를 하고 있으며, 국내에 잠입시켜 무장 투쟁을 할 계획도 세우고 있다는 사실을 알았다.

그런 이야기를 들으며 신용호는 가슴이 뛰었다. 목숨을 걸고 항일 투쟁을 할 수 없지만, 떳떳하고 정당한 방법으로 사업을 일으켜 후원하는 것도 의미 있는 일이라고 생각했다.

"언제라고 단정할 수 없지만 일본이 망하는 것만은 틀림없으니까 항일 운동에 자금을 대주면서 가능하면 고향에 돈을 보내 땅이라도 조금씩 사두도록 해라."

"송금액이 정해져 있어 목돈을 보내기가 쉽지 않습니다."

"그것도 일본이 곧 패망할 것이란 징조라고 할 수 있다. 방법을 찾아보아라."

신갑범의 충고에 이육사도 고개를 끄덕였다.

"나도 신형과 같은 생각이네. 어느 날 갑자기 일본이 패망하면 모든 것을 잃을지도 모르니 미리 대비해두게."

다음 날 신용호는 은행에서 돈을 찾아 이육사가 필요로 한 자금을 챙겨주고, 두 사람에게 따로 넉넉하게 여비를 건네주었다. 어렵게 번 돈이 많이 나갔지만 오히려 기분이 좋았다. 처음으로 조국을 위해 아낌없이 큰돈을 출연했다는 뿌듯함에 흥분을 느끼기도 했다. 앞으로도 계속 이일만은 충실하게 이행하겠다고 다짐했다.

이후 이육사는 자신이 직접 오거나 사람을 보냈다. 그때마다 신용호는 많은 돈을 건네주었다. 언젠가 밤늦게 찾아와 준비해두었던 자금을 건네받으며 이육사는 이렇게 말했다.

"거듭해서 많은 자금을 내놓으니 정말 대견스럽고 고맙네. 신군이야말로 진정한 애국자야. 아무리 피 끓는 열정을 가진 애국 청년들이 많아도 그들이 싸울 수 있는 무기를 대주지 못한다면 아무 소용없어. 신군은 열 명, 스무 명의 광복군 몫을 혼자 하고 있는 것과 다름없다네. 신군 같은 사업가가 없으면 항일운동은 정말 어렵네."

"조선 사람으로서 마땅히 해야 할 일을 하고 있을 뿐입니다."

"그렇지 않아. 파렴치한 친일 사업가들은 이권에 눈이 멀어 총독부에 비행기까지 헌납하고 있는데…… 자네 같은 사업가가 몇 명만 더 있어도 조국의 광복은 금방이라도 이루어질 텐데……"

누군가 엿듣지 못하도록 속삭이듯 나직이 말하는 이육사의 목소리에는 신용호에 대한 감사와 칭찬이 담겨 있었다. 하지만 그는 쇠약한 몸으로 이국 땅에서 어려운 활동을 하고 있는 이육사가 걱정스러웠다.

그해 초여름이 지나고 이육사는 갑자기 연락을 끊었다. 겨울이 다 가도록 연락이 없어 궁금해하고 있는데, 신갑범으로부터 편지가 왔다. 지난여름 이육사가 경성에 왔다가 일경에 체포되어 베이징으로 압송되었는데, 베이징 감옥에서 고문을 받다 1월 중순쯤 순국했다는 내용이었다. 유골은 동생들이 어렵게 국내로 들어왔다는 충격적인 소식이었다.

차가운 베이징 감옥에서 폐병으로 만신창이가 된 몸을 뒤척이다 숨을 거두었을 이육사의 모습이 신용호의 머릿속을 맴돌았다. 아버지와 형들도 여러 차례 일경에 잡혀가 고초를 겪지 않았던가.

신용호는 육사를 생각하며 거리로 나왔다. 찬 바람이 뼛속까지 파고들었다. 엉엉 소리치며 울고 싶었다. 참다못해 두 주먹을 움켜쥐고 허공에 휘둘렀다. 신갑범과 함께 또 한 사람의 스승으로 여겼던 이육사의 죽음을 도저히 받아들일 수 없었다.

신용호는 이육사의 여리고 하얗던 손을 생각하며, 그가 썼던 시를 읊조렸다. 경성에 다녀오며 구입한 잡지 『문장文章』에 실린 이육사의 시를 처음으로 접하고, 자신의 처지를 노래하는 것처럼 가슴이 뭉클해 외워두었던 「절정絶頂」이었다.

매운 계절季節의 채쭉에 갈겨
마츰내 북방北方으로 휩쓸려오다.

하늘도 그만 지쳐 끝난 고원高原
서리빨 칼날진 그 우에 서다.

어데다 무릎을 꿇어야 하나?
한 발 재겨 디딜 곳조차 없다.

이러매 눈 감아 생각해볼밖에
겨울은 강철로 된 무지갠가 보다.

아픈 기억을 잊기 위해 신용호는 사업에 더욱 열정을 쏟았다. 돈을 더 많이 벌자, 많이 벌어서 좋은 일, 보람 있는 일에 쓰자는 오기가 그의 몸을 채찍질했다. 그야말로 달리는 말에 채찍을 가하는 열정이었다.

1944년의 사업 실적을 결산해보니 북일공사 창업 이래 최대의 흑자였다. 직원들의 배당도 그만큼 많아져서 모두가 축제 분위기였다. 해가 바뀌자 정초부터 미국 폭격기가 처음으로 일본 본토를 공습했고, 일본군이 미군에 쫓겨 남양군도의 모든 섬을 내주었다는 소문이 나돌았다. 4월에는 일본의 바로 문전인 오키나와에 미군이 상륙했다는 소문이 파다했다. 중국 전선도 팔로군의 공세가 현저히 강화되었다는 소문이었다. 갑자기 세상이 어수선해지기 시작했다. 일본은 곧 망할 것이니 벌어들인 돈을 현명하게 챙기라고 충고하던 신갑범의 말이 생각났다.

매달 어머니 앞으로 송금한 것이 있기는 하지만 베이징 은행에 잠자고 있는 돈에 비하면 아무것도 아니었다. 조선으로 돈 보낼 궁리를 백방으로 해보았지만 쉽지 않았다. 이육사 선생이 돌아가신 뒤부터 사업에 쏟은 그 무서운 정열을 조선으로 돈을 보내는 데 쏟았더라면 길이 전혀 없지도 않았을 터인데, 아쉽고 원통하기만 했다.

일이 손에 잡히지 않았다. 2분기 쌀 납품도 중단했지만 총대리점에서는 별다른 반응이 없었다. 매점매석이 시작되고 농산물 값이 뛰기 시작했다.

정확한 정보를 수집하며 정세를 관망하기로 했다. 수집한 정보는 모두 일본이 곧 망한다는 것이었다. 망하기는 망하는데, 본토 결전을 준비하고 있어 좀 더 오래갈 것이라고도 하고, 얼마 안 남았다는 관측도 있었다. 신용호는 일본이 곧 망한다는 것을 전제로 대비해야 한다고 생각했다. 일본이 망하면 국부군과 공산군의 적대적인 분위기로 보아 중국은 내전으로 이어질 가능성이 컸다. 결국 사업을 정리하고 고국으로 돌아가야 하는데, 그동안 피땀 흘려 일군 사업과 모은 돈이 아까웠다.

이렇듯 초조하게 몇 달을 보내는 동안 8월이 되고, 두 차례의 원폭 투하에 놀란 일본은 무조건 항복을 선언했다.

경험이 밑천인 빈손의 귀국

8월 15일 정오, 뜨거운 폭양이 베이징의 하늘을 달구고 있을 때 일본 천왕의 항복 방송이 흘러나왔고, 베이징 시민들은 거리로 뛰쳐나와 만세를 부르며 춤을 추었다.

신용호는 회사를 정리하며 귀국할 준비를 서둘렀다. 제조업이 아니어서 정리는 간단했다. 재고는 조금밖에 남지 않았고 현금이 전부였다. 전 사원에게 흡족해할 만큼 돈을 나누어주며 그동안의 노고에 감사했다. 자신의 몫은 그대로 보관했다. 어떻게 될지는 몰라도 끝까지 가지고 있을 작정이었다.

그러고는 조선에 가지고 가서 쓸 수 있는 돈으로 바꾸기 위해 수소문했다. 텐진에 가면 달러를 매입할 수 있다는 말을 듣고 달려가 보았지만 허사였고, 금괴로 바꾸기 위해 수소문했지만 역시 허사였다. 첸 사장이 안타까워하며 자신이 가지고 있는 금괴 두 개를 내놓아 시세의 몇 배나 되는 돈을 주고 샀고, 그나마 데리고 있던 사원이 수천 달러의 미화를 구해준 것이 가지고 나갈 수 있는 돈의 전부였다.

베이징에는 귀국하려는 동포들이 모여들었다. 베이징 근교와 산하이관山海關 너머에 있던 동포들까지 모여들어 인산인해를 이루었다. 일본군이나 광복군에서 복귀하는 젊은이들도 있었다. 중국에 와서도 겨우겨우 끼니를 이어갈 정도로 가난하게 살던 그들은 대부분 먹을 게 없어 굶는 사람들이 많았다. 배가 고파 우는 아이들의 모습은 참담했다.

신용호는 급한 마음에 북일공사 창고에 남은 쌀을 풀어 교포들에게 나누어주었다. 쌀이 떨어지자 은행에서 중국 법폐를 인출해 나누어주며 굶주리는 동포들을 먹여 살렸다. 그러나 이것도 오래 할 수가 없었다. 베이징을 접수한 국부군이 외국인의 예금을 일정 금액 이상은 찾아가지 못하도록 동결시켰기 때문이다. 일본인들의 재산 반출을 막기 위한 조치였으나, 그 바람에 신용호가 은행에 예치한 막대한 돈도 함께 묶이고 말았다. 피땀 흘려 벌어놓은 큰돈이 그림의 떡이 되어버린 순간이었다. 허망했지만 어쩔 수 없었다. 그나마 양곡 매입을 위해 가지고 있던 돈이 있어 아쉬운 대로 교포들을 위해 쓸 수 있었다.

일본이 패망하자 중국 사회는 극도의 혼란을 겪었고, 교포 사회도 격랑에 휩싸였다. 장제스의 국민당파와 마오쩌둥의 공산당파, 그리고 시안西安 사건의 주모자인 장쉐량張學良의 합작파로 나뉘어 세력 다툼을 벌였다.

베이징에 모여든 교포 대학생들도 제각각 지지파끼리 어울려 서로 다투었다. 신용호는 창고 하나를 숙소로 임대해 갈 곳 없는 대학생들을 모앴다. 모두 63명이나 되었다. 그는 이들에게 오로지 조국을 생각하며, 귀국해서 할 일을 미리 계획하라고 당부했다.

그러는 사이 중국 거주 교민의 귀환을 위한 현지 미국인 조사단이 베이징에 도착했다. 브라운 소장이 단장이었는데, 훗날 함경남도 지사를 지낸 정충모가 통역이었다. 조사단은 중국 북부에 사는 교민은 베이징으로, 남부에 사는 교민은 상하이로 집결토록 하고 출항 선박을 주선해 주기로 약속하고 떠났다.

베이징에 모인 귀국 희망 동포는 3만 명에 달했고, 귀국부歸國部라는 부서가 생겨 부서당 1만 명씩 배치되었다. 신용호는 제2귀국부장을 맡아 귀국선이 올 때까지 교포들의 안전을 책임졌다. 몇 달 동안 이들을 입히고 먹이느라 그나마 고국으로 가져가려고 남겨두었던 돈을 모조리 소비했다. 게다가 별도로 데리고 있던 대학생들을 주축으로 교민청년단을 조직하여 치안을 맡기고, 교민들의 불안과 궁금증을 해소해주기 위해 『교민보』라는 신문을 발행했다.

교민들을 위한 구민 활동에는 1인당 4만 원이라는 거액이 소요되었으니, 신용호 혼자 힘으로 이를 감당할 수는 없었다. 막대한 자금을 모두 쏟아부은 터라 하루속히 귀국선이 당도하기만을 학수고대할 뿐이었다.

1년이 지나서야 미군의 상륙용 함정인 LST 한 척이 톈진 항에 들어왔다. 그때의 반가움과 기쁜 마음을 어찌 다 말로 표현할 수 있으랴. 동포들은 조를 편성하고 승선 순서를 기다렸다.

신용호는 1천여 명의 귀환 동포들과 함께 이 배를 타고 톈진 항을 떠났다. 상하이를 거쳐 부산항으로 가는 항로였다. 배는 상륙용 군함이어서 몹시 흔들렸고, 뱃길도 순탄하지 않았다. 설상가상으로 상하이를 들러 우회하는 기나긴 바닷길이어서 고생은 몇 배 더 심했다.

상하이 항을 떠난 배는 동북쪽으로 가고 있었다. 차츰 멀어져 가는 중국 대륙을 바라보는 신용호의 눈에 엷은 안개가 서렸다. 지난 10년 동안 젊음을 송두리째 불사른 대륙이 시야에서 사라지고 있었다. 꿈만 같았다. 현실이 아닌 것 같은 착각이 들었다. 그러나 그것은 엄연한 현실이었다. 신용호가 가진 것은 가방 하나뿐이었다. 머릿속도 텅 빈 것 같고 옷도 입지 않은 맨몸처럼 허전했다.

대륙이 시야에서 완전히 사라졌다. 신용호는 바닷바람을 한껏 들이마시며 심호흡을 했다. 정신이 좀 맑아지는 것 같았다. 갑판 위에서 아무렇게나 뒹굴고 있는 사람들과 아이들의 신음 소리가 현실로 돌아오게 했다.

'그래, 현실은 언제나 나와 함께 있다.

대륙에서 돈을 벌었던 일은 이제 과거의 일이고, 많은 돈을 베이징에 두고 온 것 역시 돌이킬 수 없는 과거의 일일 뿐이다. 삶의 터전을 버리고 몸만 빠져나온 저 헐벗은 동포들과 함께 귀국선에 올라타 고국으로 돌아가고 있는 것이 바로 지금의 내 현실이 아닌가.

고국을 떠나 대륙으로 갈 때도 빈손이었지만 돌아가는 지금도 빈손이나 다름없다. 그러나 고국을 떠나올 때는 의욕과 정열뿐이었지만 돌아가는 지금은 10년 전에는 갖지 못했던 소중한 경험과 통찰력을 지니고 있지 않은가.'

생각이 여기까지 미치자 베이징에 버리고 온 돈이 조금도 아깝지 않았다. 오히려 홀가분한 생각까지 들었다. 빈손으로 험난한 남의 땅에 가서도 성공했는데, 독립된 내 나라 내 땅에서 못할 일이 있겠느냐는 생각이 들었다. 신용호는 수평선을 바라보며 이제부터 새로운 희망을 가지고 새로운 일을 창조해나가야 한다고 마음속으로 다짐했다.

햇빛에 반짝이는 바다의 잔잔한 파도를 바라보며 가족들의 얼굴을 하나하나 그려보았다. 아내의 얼굴만은 또렷하게 윤곽이 잡히지 않았다. 혼례를 치른 뒤 겨우 일주일을 함께 보내고, 헤어진 지 4년 만에 돌아가는데 윤곽이 잡힐 리 없었다. 미안함과 함께 보고 싶은 충동을 억제할 수 없었다.

톈진에서 부산까지 오는 15일 동안 선실도 없는 갑판 위에서 굶은 동포들 가운데 태반은 혹심한 멀미에도 토해낼 것이 없었다. 신용호는 갑판을 오가다가 계급장을 뗀 군복 차림의 한 사나이에게 눈길이 갔다. 상념에 잠겨 출렁이는 바다를 응시하던 사나이와 신용호는 자연스레 대화를 나누었다.

"나는 영암 출신의 신용호라고 합니다."

"나는 구미 태생의 박정희입니다. 신형이 제2귀국부장으로 애쓴 것 잘 알고 있습니다."

서로 나이를 헤아리니 8월생인 신용호가 두어 달 먼저 태어난 동갑내기였다.

"박형은 앞으로 무슨 일을 할 생각입니까?"

"글쎄요…… 일단 은인자중할 생각입니다. 새로운 나라 건설에 할 일이 많겠지요. 신형은 앞으로도 사업을 할 건가요."

"독학을 한 처지라…… 사업 경험이 있으니 사업을 해야겠지만, 그나마 벌어놓은 재산을 모두 중국에 두고 와 막막합니다."

두 사람의 심정을 아는지 잠잠하던 바다가 갑자기 출렁이기 시작했다. 해방된 조국의 앞날도 이렇게 요동칠 것이라 생각하니 가슴이 더욱 무거워졌다.

신용호와 박정희는 신생 조국의 앞날에 밀알이 되자고 서로를 격려했다. 훗날 교보생명을 창업해 회사의 기틀을 잡아나가던 신용호는 5·16 군사정변 소식을 접했다. 검은 선글라스를 끼고 시청 앞 광장에서 '혁명군'을 지휘하는 박정희를 보며 선상에서의 옛 모습을 떠올렸다.

앞으로 한 시간 후면 부산항에 도착한다는 선내 방송이 들렸다. 고국 땅에 거의 다 왔다는 방송을 들어서인지 풋풋한 육지의 풀내가 바닷바람에 실려오는 것 같았다. 멀리 아득한 지평선 위로 10년 만에 돌아오는 조국의 산하가 윤곽을 드러내기 시작했다.

부산항은 귀환 동포들로 붐볐다. 오랜만에 돌아온 동포들은 부두에 마련된 환전소에서 가지고 온 현지 돈을 조선은행권으로 바꾸고 검역을 받은 뒤 고향 길을 재촉했다. 신용호도 검역과 입국 절차를 마치고 경부선 기차를 탔다. 그리고 대전에서 호남선으로 갈아탔다. 차창 밖으로 모내기를 하는 풍경이 눈에 들어왔다. 오랜만에 보는 정겹고 반가운 풍경이었다.

선실도 없는 대형 상륙정 갑판 위에서 여러 날을 고생해 몸은 지쳐 있었지만, 차창 밖 풍경을 바라보는 그의 마음은 들떠 있었다. 그리운 부모형제와 아내가 기다리고 있는 집으로 가고 있다는 생각에 마음이 설레었다.

부모님은 목포 살림을 정리하고 영암의 고향집으로 돌아가 신용호의 귀국을 애타게 기다리고 계셨다. 중국에서 오는 귀국 동포가 인천이나 부산항에 들어올 때마다 신문에서 크게 보도하고 있었지만, 해방된 지 1년이 다 되도록 돌아오지 않아 가슴을 졸이고 있었다. 그 와중에도 환갑이 지난 아버지 신예범은 영암 향교鄕校 일을 보면서 고향 마을에 세워지는 영보국민학교와 영암중학교의 설립회장을 맡아 교육사업을 일으키고 있었다.

신용호가 집으로 돌아온 날, 아버지는 오랜 악몽에서 깨어난 듯 안도의 숨을 내쉬고,

"마지막으로 네가 돌아왔으니 아무 걱정 없다. 여섯 형제가 하나도 다치지 않고 살아남아 왜놈들이 쫓겨간 내 나라 내 땅에서 마음껏 활동을 하게 되었는데 이제 무엇을 더 바라겠느냐. 우리나라만 광복을 한 것이 아니라 우리 집도 광복을 한 것이다. 내 육십 평생에 오늘처럼 기쁜 날은 없었다. 외지에 나가 있는 너의 형들도 모두 불러 잔치를 하자꾸나!"

하시며 그의 어깨를 쓰다듬었다.

항상 아버지의 근엄하고 과묵한 모습만 보아온 신용호로서는 기쁨을 숨기지 않는 모습에서 뜨거운 부정을 느꼈다. 어머니는 애타게 기다리던 아들의 손을 잡고 뱃길에 고생해 수척해진 얼굴을 말없이 바라보고 있었다. 아내는 그토록 애타게 기다리던 남편이 돌아왔지만 새색시 티를 벗지 못하고 부끄러워할 뿐이었다.

외지에 나가 있던 형제들이 신용호의 귀국 소식에 한걸음에 달려와 집 안은 며칠 동안 축제 분위기였다. 아버지와 어머니는 여섯 형제가 한자리에 모여 우애를 나누고 회포를 푸는 모습을 바라보며 기쁨을 감추지 않았다. 형제들은 일제하의 어려웠던 일들을 회상하며 그동안 고생만 하신 부모님의 노후를 편하게 해드리자고 다짐했다.

신용호는 이제 무얼 할 생각이냐는 형님들에게 앞으로의 포부를 이야기했다. 중국에서 모은 돈은 가져올 수 없어 다시 맨손이 되었지만 그동안 역경을 극복하며 쌓은 경험이 있으니 그것을 밑천 삼아 다시 시작해서 사업가로 꼭 성공하겠다고 대답했다.

송양서원의 송양사에 가서 조상들에게 귀국 고유告由를 올리고 아내와 함께 처가에 가서 어른들께도 인사했다. 어머니와 아내의 극진한 보살핌을 받으며 여독을 푼 신용호는 사업으로써 해방된 조국의 미래를 개척하겠다는 부푼 희망을 안고 여행길에 올랐다. 그러나 무너진 경제 기반과 해방 정국의 혼란은 그에게 좌절의 가시밭길을 예고하고 있었다.

— 제4부 —

좌절과 실패의 연속

순간 신용호는 세상사를 깨친 것 같았다. 정상에 오르기 직전까지 산을 바라보면 숲과 바위

만 보였는데, 정상에 오르는 순간 산을 보자 산맥과 들판, 그리고 바다가 눈앞에 펼쳐졌다.

정상에 오르는 것과 그렇지 않은 것은 몇 걸음 차이에 불과해도 볼 수 있는 것은 이렇듯 차이

가 나는 것이구나.

위기는 절망이 아니라 기회

'한 방울씩 떨어지는 물방울이 오랜 세월이 지나자 바윗돌을 뚫었다'는 『탈무드』의 교훈을 곱씹으며, 신용호가 창업한 대한교육보험은 비약적인 발전을 이뤘다. 1978년도에 보험회사의 외형을 가늠하는 보유계약액이 1조 원을 돌파하더니, 1979년에는 2조 원으로 매년 기하급수적인 증가세를 보였다.

회사의 기초를 튼튼하게 다진 신용호는 1975년 회장 자리에서 물러나 명예회장에 추대되었다. 그리고 4년 후 본사 사옥이 준공될 무렵, 자신을 경영철학에 맞는 '창립자'로 불러달라고 자청했다.

'창립자.'

'창립자'라는 직함은 창업 1세들이 회장 또는 명예회장이라는 직함을 유지하며 경영에 군림하던 시대에 생소하게 받아들여졌다. 그러나 '대한교육보험주식회사를 창립한 사람'이라는 평범하고 겸손한 이 직함에는 초심으로 돌아가 회사 발전의 밑거름이 되겠다는 그의 깊은 뜻이 담겨 있었다.

가정을 일으킨 근면하고 성실한 가장이 자식들이 성장해 적당한 때가 되면 모든 실권을 넘겨주고 오로지 가정과 이웃의 발전을 위해 경험과 지혜로 헌신하듯 창립자로서 회사를 보필하겠다는 의지가 담긴 호칭이었다. 처음에는 임직원들조차 낯설어 했지만 차츰 익숙해졌다.

창립자의 신분으로 경영 전면에서 한발 물러난 신용호는 세세한 업무에서 떠나 대한교육보험 가족의 아버지로서 중요한 일을 자문하고 회사의 장래를 계획하고 구상하는 일에 전념했다. 하지만 단군 이래 최악의 국가 위기라는 'IMF 사태'가 터지자 회사를 구하기 위해 일선에 복귀할 수밖에 없었다.

1997년 11월 21일, 정부가 대외 채무를 갚지 못해 발생할 국가 부도 사태를 예방하기 위해 IMF국제통화기금의 구제 금융을 수용한다고 발표했다. 이러한 상황을 예상하고 있었지만, 신용호를 비롯한 교보생명 임직원들의 충격은 실로 엄청났다.

누구라도 그러했겠지만 당시 사업가들은 망치로 뒤통수를 얻어맞은 것처럼 한동안 넋을 잃고 말았다. 하루아침에 문을 닫는 기업들이 속출했고, 외환시장은 파도처럼 출렁거렸다. 불과 몇 달 전 1달러에 6백 원대였던 환율이 2천 원대를 오르내렸다. 부도율은 사상 최고였고 거리에는 실업자들이 넘쳐났다. 직장을 잃고 가정마저 산산조각이 난 사람들은 거리의 노숙자가 되어갔다. 가정경제가 어려워지자 보험 해약자들이 줄을 이었다.

신용호는 IMF의 거센 폭풍을 맞아 대한교육보험을 창업하던 시절을 떠올렸다. 우리나라에 현대적인 보험이 시작된 때는 일제 강점기였다. 일제는 민간 보험회사와 조선총독부 체신국을 통해 상품을 판매했는데, 대부분 강압적인 권유였다. 보험을 통해 조선인의 호주머니를 수탈했고, 이 돈을 식민 통치와 전쟁 비용으로 활용했다. 더구나 일제가 패망한 뒤로 보험금을 찾지 못하게 되자 보험에 대한 인식이 자연히 좋지 않게 형성되었다. 또한 한국전쟁으로 보험업의 토양은 메마를 대로 메말랐다.

신용호는 거북이 등딱지처럼 굳고 메마른 땅을 맨손으로 파헤치며 교육보험이라는 씨를 뿌렸다. 그야말로 무에서 유를 창조하는 모험과 도전이었다. IMF 역시 그때와 다를 것이 없었다.

우선 전 임직원에게 해약 방지 상담 기법을 집중적으로 교육하여 보유계약을 사수하는 데 총력을 기울였다. 동시에 상황 변화에 대처하기 위해 업계 최초로 실직자를 위한 보험을 개발했다. 이를 통해 IMF 초기의 대량 해약 사태를 극복한 뒤에는 회사가 보유하고 있는 주식을 매도하는 한편, 자산을 국공채 중심으로 전환해 평가손을 줄여 나가기 시작했다.

회사의 유동성 확보에 주력해 2조 원의 지급 능력을 확보하자 신용호는 경영진에 '위기는 절망이 아니라 기회'임을 강조했다. 위기 속에서 기회를 찾으라는 지시였다. 위기 상황은 보험산업의 핵심인 우수한 인력을 확보할 수 있는 기회이므로 남들이 감원할 때 사원을 뽑아야 한다고 경영진을 설득했다. 그래서 1998년과 1999년에 각기 6백 명의 신입사원을 채용케 했고, 1999년에도 IMF 이후 급증하고 있는 실업자 가정의 주부들을 생활설계사로 적극 입사시키도록 했다.

비상시에는 비상한 방법으로 위기를 타개한다는 역발상逆發想 전략이었다. 다른 기업들이 신규 채용을 중단하는 것은 물론이고, 구조조정을 단행해 대량으로 실직자를 양산시키는 것과 정반대의 모험이었다.

신용호는 인력 감축을 건의하는 임원에게 이렇게 말했다.

"보험업은 인재산업입니다. 사람에 의해 모든 것이 이루어집니다. 사람을 아끼고 키워야 회사가 발전합니다. 그것이 나의 신념입니다. 위기라고 해서 경험 있는 직원들을 회사 밖으로 내모는 것은 눈앞의 이익을 위해 내일을 포기하는 것과 같습니다."

"하지만 경영 여건이 좋아질 때까지 긴축할 필요가 있습니다."

"맞는 말입니다. 회사가 어려운 만큼 불필요한 경비를 줄이고, 허리띠를 졸라매야지요. 그러나 사람에 대한 투자는 오히려 늘려야 합니다. 그래야 회사의 미래가 있습니다."

신용호의 사람에 대한 투자와 인재 보호는 직원들의 사기에 큰 영향을 미쳤다. 실직자가 넘쳐나는 IMF의 거센 파도 속에서도 자신들을 소중하게 여기는 창립자의 신념을 확인한 직원들은 회사에 대한 애정을 더욱 확고히 갖게 되었다.

인재를 존중한 신용호의 경영철학과 역발상이 빛을 발한 것이었다. 거칠고 험난한 위기의 파도를 넘기고, 회사는 다시 순항을 거듭했다. 임직원들은 신용호의 저돌적인 위기관리 능력을 '대산 다이너마이트'라고 부르며 창립자의 항해술에 박수를 보냈다.

IMF 때 적지 않은 타격은 있었지만 재무구조는 항상 반석 위에 올려놓아야 한다는 신용호의 평소의 신념이 위기를 헤치고 기회를 만든 동력이 된 것이다. 거대한 둑이 일시에 무너져 내린 것처럼 회사는 물론이고 한국 경제 전체가 물에 잠겼던 공황에서 벗어나자, 신용호는 북악산을 바라보며 끊임없는 위기와 도전, 그리고 새로운 창조의 다리를 건너야 했던 지난 삶을 회상했다.

쓰러지지 않기 위해 멈출 수 없는 자전거처럼 한순간도 긴장의 끈을 놓을 수 없었던 사업가의 길이었다. 해방과 함께 물거품처럼 사라졌던 중국에서의 성공 이후 얼마나 많은 좌절의 쓴잔을 마셨던가.

지난날을 돌아보는 신용호의 어깨 위로 어둠이 내려앉고 있었다.

건국의 밑거름이 될 출판사업

해방을 맞고도 1년이 지난 뒤에야 고국으로 돌아온 신용호는 해방된 조국 땅에서 자신이 해야 할 사업이 무엇인가를 찾기 위해 여행길에 올랐다. 만주와 중국에서 그랬던 것처럼 사업의 아이디어를 탐색하는 현장 답사였다.

서울에 올라오자마자 신갑범을 찾아가 귀국 인사를 하고, 인생과 사업의 눈을 뜨게 해주었던 서울 거리를 차분하게 살펴보았다. 거리와 건물들은 변함이 없는데 건물 벽과 담벼락에는 가는 곳마다 자극적인 정치 구호와 포스터가 어지러이 붙어 있고, 사람들의 표정에도 어느새 해방의 감격은 사라지고 없었다.

해방된 지 1년여가 지났지만 정세는 밝지 않았다. 한반도를 남북으로 갈라놓은 38선은 점점 굳어져 사람의 왕래마저 막혀 있었고, 좌우익이 함께 참여하는 과도정부를 만들자고 시작한 미소공동위원회 회담도 무기 휴회에 들어가 다시 열릴 기미가 보이지 않았다. 여운형과 안재홍이 주도하는 좌우합작운동 역시 해방 직후부터 대립과 투쟁으로 일관해온 양 진영의 양보를 받아내기는 어렵다는 것이 중론이었다.

해방의 감격과 함께 온 나라 백성들이 기대에 부풀어 있던 독립에의 꿈도 차츰 멀어져 가는 것만 같았다. 이승만 박사는 전라북도 정읍에서 남조선만이라도 자율적 정부를 수립해야 한다는 연설을 했고, 그보다 앞서 북조선에서는 무상 몰수, 무상 분배의 토지 개혁이 전격적으로 실시되었다. 남북이 완전히 갈라질 징조가 나타나고 있었다.

경제 역시 영등포 일대를 비롯한, 일본인들이 경영하던 전국의 공장들이 문을 닫아 공산품은 물론 생활필수품까지 부족해 물가가 천정부지로 뛰고 있었다. 쌀값은 해방 당시의 5~6배로 치솟아 영세민과 갈 곳 없어 서울로 모여든 귀환 동포들은 그날그날의 끼니를 이어가기도 어려운 형편이었다.

모두 하나가 되어 하루속히 독립정부를 세워 산적한 문제들을 풀어야 함에도 정치가들은 주도권 쟁탈과 이념 투쟁으로 아까운 시간을 보내고 있었다. 청춘을 불사르며 쌓아 올린 재산을 중국 땅에 남겨두고 오직 해방된 조국으로 돌아간다는 장밋빛 꿈을 안고 돌아왔지만 현실은 기대했던 것과는 거리가 너무 멀었다.

신용호는 우울한 마음으로 서울을 떠났다. 나라 안의 정치와 경제는 혼란을 거듭하고 있지만 지방의 형편은 어떤지 알아보고 싶었다.

길이 없으면 길을 만들며 간다

전국 어디를 가나 농촌은 바빴다. 단오가 지나 모내기도 거의 끝나가고 있었다. 일제가 매년 강제로 빼앗아가던 공출 제도가 없어져 추수한 곡식을 자기 마음대로 먹고 시장에 팔 수 있게 되었다. 소작료도 3분의 1로 내린다는 군정청 발표가 있었기 때문인지 농촌은 도시에 비해 생기 있어 보였다. 그러나 가난한 사람들은 서울과 다를 바 없었다. 품팔이 일감도 얻지 못해 밥을 굶는 사람들이 허다했다.

대구의 방직공장을 비롯해 전국의 크고 작은 공장들은 태반이 가동을 중단하고 있었다. 가내공업 수준의 작은 공장들이 조잡한 물건들을 생산하고 있었지만, 이것조차 원료가 없어 쉬는 곳이 많았다. 나라 전체의 산업시설이 시들어가고 있었다. 이런 와중에도 전국 어디를 가나 좌우익의 세력 다툼은 극한으로 치닫고 있었다.

'이 혼란과 무질서는 당분간 수습이 어려울 것 같은데, 이런 여건 속에서 어떤 사업을 해야 한단 말인가? 지금 이 나라에 도움이 될 사업은 도대체 무엇일까?'

신용호는 지방 도시와 농촌을 돌아다니며 곰곰이 생각했다. 그리고 고민했다. 10년 전 중국으로 떠나면서 열심히 돈을 벌어 고국으로 돌아와 조국에 도움이 될 만한 사업을 하겠다는 결심을 한시도 잊은 적이 없었다. 그러나 조국의 현실은 혼란과 정체의 불모지나 다름없었다. 하지만 아무리 어려운 여건 속에서도 분명 길은 있다는 확신을 가지고 있었다.

여행에서 돌아온 신용호는 많은 사람을 찾아다니며 이야기를 나누었다. 그러나 대부분 무질서와 인플레를 이용해 일확천금을 노리려는 생각 뿐이었다.

돈벌이가 되는 사업이라고 해서 남들처럼 아무 사업에나 손을 댈 수는 없었다. 남의 나라인 중국에서 유통업을 할 때에도 정도를 지켰는데, 해방된 조국에 돌아와 시작하는 사업을 돈벌이만 생각하고 펼칠 수는 없지 않은가. 나라의 장래에 도움이 되는 보람 있는 사업을 떳떳하게 하고 싶었다.

당시 우리나라는 삼무일유三無一有라는 말을 누구나 실감할 정도였다. 자원과 기술, 그리고 자본은 없고 오직 인력만 넘쳐나고 있었다.

고심에 고심을 하는 가운데 한 가지 아이디어가 떠올랐다. 그것은 출판이었다. 좋은 책을 만들어 넘쳐나는 인력이 올바른 가치관을 갖고 새로운 문물을 깨친다면, 조국의 앞날이 열릴 것이라고 생각했다.

이런 생각을 하고 있을 무렵, 종로에 있는 책방에 들렀다가 모처럼 기분 좋은 광경을 보았다. 작은 서점 안에 손님들이 빼곡하게 들어서서 열심히 책을 보고 있었다. 책을 사가는 사람들도 많았다. 물가고로 장사가 안 된다고 아우성인데 서점만은 그렇지 않은 것 같았다. 서점 주인에게 물어보니 출판사에서 좋은 책만 내주면 불티나게 팔리고, 서점도 돈을 번다고 했다.

한 달 이상 전국을 다니면서 우울한 현실만 보아온 그의 눈에 처음으로 긍정적인 광경이 잡힌 것이다. 그냥 보아 넘길 신용호가 아니었다. 그는 곧바로 출판 사정을 알아보고 시장 조사를 하기 시작했다.

해방 직후의 우리나라 출판 여건은 황무지를 개척하는 것과 다름없었다. 일제는 1930년대 말부터 조선어 말살 정책을 펴며 우리말 신문과 출판물의 발간을 금지시켜 해방이 될 때까지 우리말로 된 책의 출판은 거의 불가능했다. 해방과 함께 미군정이 시작되면서 언론 출판의 자유가 허용되자 뜻있는 사람들이 출판사를 차리고 우리말로 쓴 좋은 책을 내기 시작했다. 우리말로 된 단행본이 나오면 순식간에 팔려 나갔다. 우리말과 글에 대한 사랑과 갈증이 그만큼 컸다.

그러나 출판 여건은 갈증을 해소해줄 만큼 좋지 않았다. 우선 종이와 우리말 활자는 물론이고 원고가 부족했다. 책의 전국적인 공급 조직도 전혀 갖추어져 있지 않았다. 출판 역시 다른 분야의 사업처럼 시작하는 데는 어려움이 많았다. 그러나 적은 자본금으로 시작할 수 있다는 데 매력이 있었고, 국민을 계몽하고 나라의 장래에 도움이 되는 업종이라는 점이 마음을 이끌었다.

'출판사업을 하자! 출판이야말로 국민을 교육하고 문화 발전에 기여하는 보람 있는 사업이 아닌가. 그리고 건국의 밑거름이 될 수 있도록 사업 방향을 잡자. 나 역시 책을 통해 지식을 습득하지 않았던가.'

그렇게 결론을 내린 신용호는 곧바로 사업에 착수했다. 하지만 중국에서 빈털터리로 귀국한 신용호는 사업 자금을 마련하느라 애를 먹어야 했다. 많지 않은 자금이었지만 어수선한 해방 정국으로 인해 이를 마련하는 것도 간단치 않았다. 신용호는 중국에서 사업으로 성공했다는 것을 잘 알고 있는 지인들을 찾아다니며 사업 취지를 설명하고 나서야 겨우 자금을 빌릴 수 있었다.

자금이 마련되자 수소문 끝에 대중적인 인기가 높은 문필가 김용제

金龍濟를 소개받아 주간으로 모시고, 출판사를 등록했다. 출판사 이름은 '민주문화사民主文化社'였다.

김용제 주간과 상의한 끝에 첫 출판은 당시 해방 정국을 주도하며 민중으로부터 추앙받고 있는 여운형呂運亨 선생에 관한 책으로 결정했다. 여운형은 한일병합 후 중국으로 망명하여 독립운동을 하다 상하이 임시정부의 1차 내각에 참여한 뒤 모스크바 피압박민족대회에 참석하여 일제의 한국병합의 부당함을 세계에 알린 인물이었다. 뿐만 아니라 지하 항일조직인 조선건국동맹을 조직하는 등 독립운동을 계속한 애국지사였다. 특히 그의 뛰어난 웅변술이 대중을 사로잡고 있어 책이 많이 팔릴 것 같았다.

신용호와 김용제는 여운형의 일대기를 민주문화사의 첫 작품으로 출판하기로 결정하고 이내 작업에 들어갔다. 원고 작성과 출판 준비는 순조롭게 진행됐다. 김용제 주간이 소개한 이만규가 원고를 쓰고, 신용호는 인쇄소를 알아보고 인쇄용지를 확보하며 출판 과정을 꼼꼼히 공부했다. 이렇게 준비해서 1946년 말, 『여운형선생투쟁사』가 출간되었다.

책이 나왔을 때는 감개무량했다. 소년 시절 '천일독서'를 하며 책에 빠졌던 기억이 되살아났다. 그때 읽은 책이 오늘의 자신을 만들어주었는데, 지금 그런 책을 직접 만들어내는 출판사 사장이 되었다는 사실이 꿈만 같았다.

'사람은 책을 만들고, 책은 사람을 만든다.'

신용호는 출판을 통해 조국의 미래를 창조할 인재를 양성하리라 다짐했다.

길이 없으면 길을 만들며 간다

『여운형선생투쟁사』는 출간되자마자 빠른 속도로 팔려나갔다. 공급이 달릴 정도였다. 여운형에 대한 국민의 높은 기대와 대중적 인기 때문이었다. 인쇄용 종이가 부족해 선화지로 잡지를 인쇄하던 시절이었으므로, 신용호는 종이를 확보하는 데 많은 고생을 했다. 책이 품절되지 않도록 혼신의 노력을 기울였다. 책은 18쇄까지 찍기에 이르렀다.

그러나 책은 많이 나가는데 대금 회수가 제대로 되지 않았다. 당시에도 책의 유통 구조는 일선 서점에서 외상으로 받아 독자에게 판매한 뒤 한 달에 한 번씩 판매 대금을 지불하는 것이 관례였다. 그러나 유통 구조가 원시적인 데다 관리 체계도 허술해 서점에서 책을 팔고서도 이런저런 구실을 내세워 대금 지불을 제대로 하지 않았다. 어느 출판사나 거래 서점의 미수금이 누적되는 것이 보통이었다. 더구나 『여운형선생투쟁사』처럼 베스트셀러인 경우 단기간에 많은 부수를 가져가고 대금 지불은 늦다 보니 미수금은 순식간에 눈덩이처럼 커질 수밖에 없었다. 팔린 물건값은 들어오지 않는데 돈을 들여 물건을 만들어 계속 외상으로 공급하는 형국이었다.

신용호는 그제야 출판의 불합리한 유통 구조를 절감했다. 외상 거래는 어쩔 수 없다 해도 일선 서점에서 판매 대금을 양심적으로 지불해주는 상도의가 지켜지지 않는 한, 좋은 책을 내는 출판사는 살아갈 수 없었다. 이런 유통 구조는 해방 후의 무질서하고 혼란스러운 사회상과 맞물려 책의 유통시장을 더욱 어렵게 만들었다.

결국 여운형 선생의 전기에 이은 후속 책의 출판을 보류하고 전국의 거래 서점을 직접 찾아가 실태를 파악했다. 불합리한 유통시장을 개선하지 않는 한 민주문화사를 유수한 출판사로 키울 수 없다는 것을 절감했다.

한 달 동안 전국의 서점 주인들을 만나보고 지방 도매시장의 구조와 생리를 분석한 결과, 아깝지만 민주문화사의 문을 닫아야 한다는 결론을 내릴 수밖에 없었다.

출판이야말로 국민을 교육하고 문화 발전에 기여하는 훌륭한 사업임에 틀림없었다. 그러나 이 사업을 계속하려면 밑 빠진 독에 물을 붓듯 많은 자본금을 투자하지 않으면 안 된다는 사실을 뒤늦게 알게 된 것이었다. 쏟아붓는 돈의 회전이 너무 늦고 또 손실 비율이 컸다. 자신이 준비한 자본금으로는 도저히 이와 같은 출판시장의 구조적 결함을 메워가며 책을 계속해서 낼 수가 없었다.

적은 자본금으로 시작할 수 있다는 장점과 독서를 통한 국민교육과 문화 발전에 기여할 수 있는 사업이라는 긍지로 시작했다. 시작하자마자 베스트셀러를 출판하여 일단 성공한 셈이지만 취약한 유통 구조를 계산하지 않던 것이다.

민주문화사의 문을 닫기로 결심한 신용호는 미수금을 최대한 거두어들이고 결산을 보았다. 미수금이 많아 투자한 자금의 반 가까이가 결손이었다. 소년 시절 천일독서를 하면서 그처럼 소중하게 보듬던 책을 만들며 돈을 벌 생각이었지만 아쉽게도 그 꿈은 접어야 했다. 미련 없이 물러나 다른 길을 찾아야 한다고 스스로를 달랬다.

아무리 좋은 일이라도 불가항력이라고 판단되면 깨끗이 손을 떼고 일단 물러나야 한다는 교훈을 얻었다. 그러나 그때의 아쉬움은 30여 년 후 출판 유통의 혁명을 선도하고 출판문화의 획기적인 발전을 가져온 교보문고의 설립으로 이어졌다.

인공 치하에서 살아남다

　민주문화사의 간판을 내린 신용호는 새로운 각오로 군산직물群山織物을 설립했다. 해방 전까지 규모가 큰 방적·방직공장은 대부분 일본인 소유였다. 고급 기술자 역시 모두 일본인이었으므로 그들이 돌아간 뒤엔 기술자와 원료 부족으로 공장들을 가동하지 못하고 있었다. 수요는 있는데 생산이 안 되고 인플레가 심해 가격이 오를 수밖에 없었다. 해방 직후 광목 1마 가격이 21원이던 것이 군산직물을 시작한 1947년 말에는 276원으로 2년 만에 13배가 올랐다. 옥양목은 25원에서 728원으로 29배가 올랐지만 공급이 수요를 따라가지 못하고 있었다.

　신용호는 휴업 중인 군산의 방직공장을 지역 유지인 장명서 씨의 아들 수성, 수창 형제의 도움으로 인수해 가동을 시작했다. 원료인 면방적사가 귀할 때였지만, 영등포의 방적사 공장을 직접 찾아다니며 원료를 확보하는 데 총력을 기울였다. 그 결과 공장은 정상적으로 가동되었고, 생산되는 광목은 상인들이 기다렸다 현금을 지불하고 구입해갈 정도로 호황을 누렸다.

　그러나 생산을 시작한 지 1년도 되기 전에 갑자기 광목과 옥양목이 시장에 대량으로 공급되기 시작했다. 군정청이 원료난을 해소하기 위해 미국에서 조면을 대량으로 수입하여 대형 방직공장에 공급했기 때문이었다.

신용호는 앞으로 소규모 면방직 공장은 어려워질 거라 판단했다. 동업자에게 상황을 설명하고 비단을 짜는 견직絹織공장으로 바꾸자는 제안을 했다. 그러나 동업자의 생각은 달랐다. 혼자서라도 면방직을 계속하겠다는 것이었다. 할 수 없이 군산직물을 동업자에게 넘겨주고, 익산에 견직 공장인 한양직물漢陽織物을 창업했다.

일본에서 들어온 인견사人絹絲를 원료로 첨단 무늬의 비단을 양산했다. 예상대로 고급 의류의 수요가 폭발한 데다 거친 잠견사에 비해 올이 곱고 촉감 좋은 인견사는 순식간에 인기를 끌었다. 신용호가 두 번의 좌절 끝에 성공의 기틀을 다지고 있을 때, 남한 단독정부가 수립되었다. 남한만의 단독정부였지만 40여 년 만에 독립된 정부를 갖는 국민의 감격과 기대는 컸다. 전국이 축제 분위기였다. 신용호는 이제 내 나라 내 정부가 수립되었으니 한양직물을 대기업으로 성장시켜 국가의 산업 발전에 기여하겠다고 결심했다.

정부 수립과 함께 사회가 어느 정도 안정되면서 인플레 속에서도 구매력이 살아나고 있어 새 사업은 출발부터 호조였다. 해를 넘기자 기존 시설로는 감당할 수 없을 정도로 수요가 증가했다. 신용호의 면밀한 시장 조사와 예측이 적중한 결과였다.

신용호는 자신이 생산한 견직물의 품질을 향상시켜 수출할 계획을 세웠다. 수출로 달러를 벌어들여 국가에 공헌하고 돈도 번다는 꿈을 안고 생산을 독려하는 한편 직접 시장 개척에도 나섰다.

고국에 돌아온 뒤 처음으로 미래에 대한 확신을 가지고 밤낮으로 일에 열중했다. 공장에서 자고 집에 들어가지 않는 날이 많았다. 아내에게는 미안했지만 언제나 일이 먼저였다.

이렇게 야심 차게 사업가의 길을 개척하며 공장 설비를 증설하기 위해 밤낮으로 일에 몰두하고 있을 때, 한국전쟁이 터졌다. 38선 근처에서 자주 벌어지는 충돌이려니 생각했으나, 며칠 후 익산역이 북한의 미그기에 폭격당하자 긴장하지 않을 수 없었다. 계속해서 들려오는 전황도 국군이 밀리고 있다는 소식이었다.

설마설마하는 동안에 대전이 적의 수중에 들어갔고, 익산에도 인민군이 들어왔다. 전황을 예의 주시하던 그로서도 미처 예상치 못할 만큼 북한군은 파죽지세로 밀고 내려왔다.

"사장님, 인민군이 벌써 경찰서와 군청을 접수했습니다. 군청에 인공기가 걸리는 걸 제 눈으로 보고 왔습니다. 지금이라도 피란길에 올라야 하지 않겠습니까."

시퍼렇게 질린 한양직물의 과장 한 사람이 피란을 재촉했지만 신용호의 발길은 쉽게 떨어지지 않았다. 어떻게 세운 회산데 또다시 포기해야 한단 말인가. 이국 땅에서 피땀 흘려 일구었던 북일공사가 떠올랐다.

"인공 치하가 되면 사장님은 어찌 될지 모릅니다. 우선 급하니까 저희 고향집으로 피신하시지요."

"자네의 고향집에…… 그곳이라고 안전하겠는가?"

"우선 피신했다가 안전한 곳으로 옮기시지요."

신용호는 과장과 함께 익산 근교로 몸을 피했다. 과장 부모의 배려로 한동안 숨어 지낼 수 있었다. 그러나 가구 수가 적은 오지 동네에서 남의 눈치까지 피할 수는 없었다. 숨어 지낸 지 한 달쯤 지나 마을 사람의 밀고로 익산보안대에 잡혀가는 몸이 되었다.

공산주의자들은 자본가와 지주는 반동이며 인민의 적이라고 규정해 처형하고 있었으므로 한양직물 사장인 신용호는 체포되는 순간 죽은 목숨이라고 생각했다. 해방된 조국에서 뜻을 펼쳐보기도 전에 한 줌 흙으로 변할 처지가 된 신세가 한없이 서글펐다.

익산보안대 유치장에서 죽음을 각오하고 처분만 기다리고 있던 중 보안대원이 그를 불러냈다. 이제 죽는가 보다 생각하고 그들이 인도하는 방으로 들어가보니 뜻밖에 한양직물 직공 10여 명과 과장이 보안대 간부 옆에 서 있었다.

"동무가 한양직물 사장 신용호요?"

그렇다고 대답하자,

"동무는 한양직물 사장으로 인민의 적이오. 자본가는 인민과 노동자의 피를 빨아먹는 존재요. 마땅히 사형에 처해야 하지만 저 동무들이 이구동성으로 동무의 선행을 칭찬하고 인민의 적이 아니라며 선처해달라고 호소하기 때문에 살려주겠소. 앞으로는 공화국을 위해 열성으로 일해야 하오!"

하며 나가도 좋다고 했다.

그가 붙잡히자 과장을 비롯한 한양직물 직공들이 연일 보안대에 찾아 가 구명운동을 벌였던 것이다. 평소 공장 노동자들에 대한 차별 없는 대우와 인간적인 배려로 인심을 산 것이 목숨을 잃을 뻔한 급박한 상황에서 신용호를 구해낸 것이다. 다롄과 베이징에서부터 직원들을 자신과 대등하게 생각하며 배려하던 습관이 한양직물을 운영하면서도 자연스레 나타난 것이지만, 직원들에게는 그것이 남다른 감동으로 다가왔던 것이다. 사람을 소중하게 생각하고 배려하는 것 이상으로 사람을 감동시키는 것은 없다는 진리를 절실하게 깨달은 사건이었다.

보안대에서 풀려난 신용호는 낮에는 산속에 숨고, 밤에만 길을 재촉해 영암에 당도할 수 있었다. 고향 마을은 집성촌인 데다 교육사업으로 명망이 높은 아버지 덕분에 안전하게 숨어 지낼 수 있었다.

인공 치하의 살벌한 분위기 속에서 전황을 예의 주시하던 신용호는 9·28서울수복을 맞아 흩어졌던 직원들을 불러모아 공장 문을 열었다. 하지만 불과 넉 달 만에 중공군의 참전으로 1·4후퇴가 시작되자 또다시 피란길에 올랐다. 중공군이 서울을 점령하고 한강을 건너 수원 근처까지 왔다는 뉴스를 접하고 지인들의 권유로 제주도로 향했다.

제주도에 도착하자마자 신용호는 사업을 구상했다. 잠시라도 쉴 수 없는 형편이기도 했지만, 용솟음치는 사업가 기질이 그를 가만두지 않았다. 제주도에는 전군에 병력을 공급하는 육군 훈련소가 있었고, 비교적 상류층 피란민이 많아 경기가 좋았다.

제주도 농민들도 감자 농사를 주로 짓기에 먹고사는 데 별 지장은 없었다. 그러나 섬 밖으로 감자가 팔려나가지 않아 적잖은 고통을 받고 있었다. 감자는 보관이 어려워 빨리 소비하지 않으면 썩어버린다는 사실이 그의 동물적 사업 감각을 자극했다.

그는 농가를 돌며 감자를 수집해 육군 훈련소에 납품하면서 판로를 개척했다. 중공군이 아직 내려오지 않은 남부 지방의 감자 소비처를 알아보던 중에 군산의 풍한주정공장이 원료인 감자가 없어 개점휴업 상태라는 소식이 들려왔다.

그는 뱃길을 이용해 군산으로 감자를 반출하며, 전쟁이 장기화될 것에 대비해 본격적인 사업을 모색했다. 하지만 제주도에서 할 수 있는 사업은 한계가 분명했다. 제대로 된 공장 설비를 갖추기도 힘들뿐더러, 물건을 만들어도 판로가 한정되어 있었다.

답답한 마음을 달래기 위해 한라산에 올라 망망대해를 바라보던 신용호는 문득 유달산에 오르던 목포에서의 독학 시절을 떠올렸다. 암담하던 그때도 바다를 보며 마음을 추스르지 않았던가. 새장에 갇힌 새처럼 온몸에서 끓어오르는 사업의 열정을 풀지 못해 갑갑하던 마음이 조금 가라앉는 것 같았다.

그러던 중 애타게 기다리던 소식이 들려왔다. 수원까지 밀고 내려왔던 중공군이 UN군의 반격으로 후퇴하기 시작했고, 2월 10일에는 서울이 다시 수복됐다는 것이다. 뉴스를 듣자마자 짐을 챙겨 서둘러 익산으로 돌아왔다.

다시 빈손으로 서다

피란에서 돌아온 신용호는 한양직물을 다시 가동했다. 그러나 숙련된 기술자들과 직원들이 대부분 전쟁의 파도에 휩쓸려 실종되거나 사망해

제품 생산부터 판매까지 모든 업무에 두서가 없었다. 전쟁으로 인해 대구와 부산을 제외한 전국의 주요 도시들은 모두 초토화되었고, 수 백만의 피란민들이 천막을 치고 근근이 목숨을 이어가고 있는 실정이라 비단 수요도 급감했다. 더구나 전쟁을 통해 서양의 문화와 문명을 접한 한국인의 옷차림에도 큰 변화가 생겼다. 농민이나 노인들도 한복을 벗어던지고 양복과 양장을 입었다. 여성들도 블라우스나 스웨터를 걸치는 세태가 되었다.

건국과 함께 창업한 한양직물은 한국전쟁이라는 천재지변 앞에 좌초되고 말았다. 세 번째 좌절이었다. 회사를 정리한 신용호는 양복과 양장으로 바뀐 의복 패턴에 착안해 영등포에 염색사染色糸로 다양한 무늬를 넣어 직조하는 동아염직東亞染織을 창업했다.

동아염직은 업계의 주목을 받으며 순조롭게 출발했다. 하지만 이 사업 역시 전쟁의 여파로 얼어붙은 경기 침체의 파고를 넘지 못하고 문을 닫아야만 했다. 회사를 정리한 이후 지친 몸과 마음을 안고 고향으로 내려와 월출산에 올랐다. 월출산은 언제나 그렇듯 우뚝 솟아 말없이 그를 품에 안아주었다.

바람계곡에서 천황봉을 거쳐 구정봉에 이르자 땀으로 온몸이 흥건히 젖었지만, 능선의 바위 경관과 영암 벌판이 아름답게 펼쳐졌다. 멀리 남해바다의 짙푸른 물살이 넘실대고 있었다. 들판에서 갑자기 솟구쳐 오른 월출산은 화강암 바위들이 오랜 세월을 겪으며 갖가지 모양의 기암괴석을 이루고 있었다.

순간 신용호는 세상사를 깨친 것 같았다. 정상에 오르기 직전까지 산을 바라보면 숲과 바위만 보였는데, 정상에 오르는 순간 산을 보자 산맥과 들판, 그리고 바다가 눈앞에 펼쳐졌다. 정상에 오르는 것과 그렇지 않은 것은 몇 걸음 차이에 불과해도 볼 수 있는 것은 이렇듯 차이가 나는 것이구나. 그는 산에서 깨친 생각을 곱씹었다.

조국으로 돌아와 몇 년간 펼친 사업의 실패를 불가항력으로 돌렸던 자신의 태도를 깊이 반성했다. 실패의 원인은 자만이었다. 해방 정국의 혼란과 전쟁이라는 변수가 있음에도 중국에서 두 번씩 사업에 성공했다는 자신감에 빠져 쉽게 생각한 점은 없었는지 돌이켜보았다.

이때의 경험으로 신용호는 '일하면서 배우고, 배우면서 일한다'는 새로운 좌우명을 가슴 깊이 새기게 되었으며, 훗날 직원들에게 첼로의 거장 파블로 카잘스의 일화를 자주 들려주었다.

무명인 그레고르 피아티고르스키가 무대에 올랐을 때, 객석 정면에 카잘스가 앉아 있었다. 신인 연주자 피아티고르스키는 온몸이 얼어붙었다. 첼로의 거장 앞에서 기가 질려 연주에 자신을 잃은 것이다. 그런데도 그가 연주를 마쳤을 때 카잘스는 박수갈채를 아끼지 않았다. 그러면서 "당신의 연주 가운데 한 대목은 오랫동안 나도 고심하던 것이었소. 그런데 당신의 연주를 들으며 느끼는 것이 많았소"라고 말했다. 상대가 파릇파릇한 신인일지라도 배울 게 있을 땐 주저 없이 배운다는 자세는 첼로의 거장을 더욱 위대하게 만들었던 것이다.

신용호는 와신상담하며 새로운 사업 구상에 돌입했다. 서울을 비롯한 주요 도시와 지방을 돌며 나라 안의 형편을 제대로 살펴 장기적이고 안정성 있는 사업이 무엇일까를 고심했다. 그러는 동안 1953년 7월 휴전협

정이 조인되고, 3년 동안 수많은 젊은이들의 목숨을 앗아간 동족상잔의 비극이 끝났다. 정부도 서울로 돌아왔다.

전쟁이 끝나면서 신용호의 시각 또한 바뀌었다. 휴전이 되자 미국과 UN은 전후 복구사업에 나섰다. 1953년 12월 5일, 미국은 경제 재건 및 재정 안정 계획을 위한 한미경제합동위원회 협정에 조인하고 5억 3천만 달러의 원조안을 확정했다. 이를 계기로 국내에서는 파괴된 공장 건설이 추진되고 실업계에서도 의욕을 보이기 시작했다. 그러나 공장을 짓고 기계를 만들려면 철강이 있어야 하는데, 우리나라에는 제철회사가 없었다. 이런 사실을 파악한 신용호는 이 분야를 조사하고 연구하기 시작했다.

폐허가 된 국토에는 부서진 전차와 각종 포탄 탄피가 도처에 무진장으로 널려 있었다. 이것을 수집하여 이용한다면 원료 문제는 걱정하지 않아도 될 것 같았다.

그다음엔 제철공장을 짓는 데 필요한 기술을 공부하며 자본금을 투자할 재력가를 물색했다. 공장 건설에 들어갈 자금 규모가 워낙 커서 투자자가 있어도 은행 대출을 받아야 했다. 다행히 뜻 맞는 투자자들도 여럿 찾고, 산업은행에서 부족한 자금 6억 원을 대출해주겠다는 확약을 받아 한국제철韓國製鐵을 설립했다.

영등포 오류동에 20만 평의 부지를 매입하고, 국내 최초로 냉간압연冷間壓延 시설을 도입했다. 산업은행의 약속을 전제로 우리나라에서 가장 큰 제철공장의 건설은 차질 없이 진행되었다. 건설에는 막대한 자기자본과 차입금이 투자되었다. 그러나 건설 막바지에 산업은행에서 갑자기 대출 중단을 통보해왔다. 자본금을 댄 동업자 중에 야당의 중진인 양일동 의원이 들어 있어 한국제철이 야당 회사로 낙인찍힌 것이 원인이었다. 물론 은행이 자발적으로 그렇게 판단하여, 대출을 거부한 것은 아니었다.

사사오입 개헌안을 국회에서 통과시키면서까지 정권 연장에 혈안이 돼 있던 자유당 정권이 은행에 압력을 넣은 것이었다. 그야말로 청천벽력이었다.

한국제철 창업 3년 전에 상공부는 인천에 국영인 '인천제철'을 짓고 있었다. 하지만 건설 공정이 턱없이 진전되지 않았으면서도 공사에 들인 비용은 한국제철이 1년간 쏟아부은 자금의 10배에 가까웠다. 한국제철에 대출해주는 심사과정에서 제철업 전반에 걸친 현황이 조사될 것이고, 그렇게 되면 인천제철의 방만한 경영 실태가 드러날 수도 있었다. 이를 우려한 자유당에서 산업은행에 대출을 못하도록 조치를 취했던 것이다.

산업은행을 믿고 막대한 자금을 투자한 그를 비롯한 많은 동업자들은 망연자실했다. 그와 주주들이 합심해서 사채를 끌어대며 몸부림쳤지만 역부족이었다. 1955년 초봄, 시운전을 눈앞에 두고 제철회사 공사는 아쉽게도 중단되고 말았다. 신용호의 일생에서 가장 힘든 시련이었다. 이때의 경험으로 그는 사업가는 정치를 가까이해선 안 된다는 뼈저린 교훈을 얻었다.

귀국 후 9년 동안 여러 회사를 설립하고 운영했지만 모두 단명으로 끝났다. 양심적인 기업관과 정도 경영을 추구하는 그의 경영철학을 수용할 정도로 한국 사회와 경제계가 성숙하지 못했기 때문이기도 했다.

신용호는 집은 물론이고 손목시계까지 다 팔아치운 빈털터리 신세가 되었다. 아내와 함께 이불 보퉁이만 챙겨 좁은 셋방으로 이사 가야 하는 신세였다. 공사 대금을 마련하기 위해 끌어다 쓴 고리채는 눈덩이처럼 쌓여 있었다. 밀린 임금 해결까지 대표이사였던 그의 몫이었다. 분노에 앞서 쓴웃음이 나왔지만, 빚 독촉에 한탄할 짬조차 없었다. 하지만 누르면 누를수록 튀어 오르는 용수철처럼 다시 일어서야 했다.

　전쟁의 상처가 아물듯이 신용호도 마음을 추스르고 재기의 발판을 모색하기 시작했다.

— 제5부 —

국민교육과 민족자본

우리나라는 부존자원이 부족하다. 있는 것은 훌륭한 소질을 갖춘 근면하고 부지런한 인력뿐인데, 그들은 교육을 받지 못하고 있다. …… 국가가 발전하려면 인재를 양성하고 인력 개발을 게을리 해서는 안 되는데, 국가에는 교육 예산이 없어 국민학교에도 의무 교육을 도입하지 못하고 있는 형편이 아닌가. 그러나 우리 민족의 교육열은 세계 제일이다. 농촌, 어촌, 도시 서민 모두가 자녀 교육에 대한 소망은 간절하지만 교육비 부담 때문에 고초를 겪고 있다. 이들 어려운 학부모와 학생들의 학비 부담을 덜어주고, 국가의 인재로 자랄 수 있도록 길을 열어주는 것이 바로 국민교육진흥사업이다.

세계 최초로 교육을 보험에 접목

1983년 3월 21일, 여느 때처럼 점심 식사를 마친 신용호는 책 향기를 맡기 위해 교보빌딩 지하의 교보문고로 향했다. 책을 통해 지혜를 깨친 그에게 책은 스승이자 인생의 나침반이었다.

매장 바닥에 앉아 책을 읽는 아이들을 볼 때마다 신용호는 뭉클한 감동에 젖었다. 책을 살 돈이 없어 하숙생들이 읽고 난 책을 빌려 읽던 시절이 떠오르며, 책의 광장에서 마음껏 독서삼매에 빠진 아이들이 대견하고 기특했다. 저 아이들도 책을 통해 세상의 이치를 깨달아 장차 큰 그릇으로 자라날 것이라 생각하니 감회가 새로웠다.

매장을 구석구석 살핀 신용호가 사무실로 돌아오자 임원진이 모여 있었다. 오후에 별다른 일정이 없었기에 신용호는 의아한 생각이 들었다. 회사에 무슨 일이 생긴 것이 아닌가 하고 걱정스런 마음이 들었다. 하지만 임원들의 표정이 밝아 그런 일은 아닐 것이란 생각이 들었다.

"창립자님! 축하드립니다. 조금 전에 세계보험협회의 존 비클리^{John S. Bickley} 회장에게서 전문이 왔습니다. 창립자님에게 '세계보험대상'을 수여

한다는 내용입니다."

신용호는 방금 교보문고를 다녀오며 보았던 노벨상 수상자들의 액자를 떠올렸다. 교보문고를 다니며 책을 좋아하게 된 청소년들이 훗날 노벨상을 수상하기를 염원하며 출입구 벽에 역대 수상자들의 액자를 직접 걸었는데, 자신이 '보험의 노벨상'을 받게 되다니……. 신용호는 임원들의 축하를 받으면서도 실감이 나지 않았다. 세계보험대상은 1972년에 제정된 이래 1983년 신용호가 수상하기까지 11년 동안 수상자가 여섯 명밖에 배출되지 않았을 정도로 심사 기준이 엄격했다. 따라서 이 상의 수상은 신용호가 보험의 역사에 커다란 족적을 남겼다는 것을 의미했다.

작은 거인 신용호의 눈가에도 이슬이 맺혔다. 을지로1가에 있는 이층집 다락방을 빌려 톱밥 난로 하나로 추위를 이겨가며 회사 창립을 준비하던 시절이 떠올랐다.

해방 후, 사업에서 몇 차례 톡톡히 쓴맛을 본 신용호는 복잡하고 힘들었던 뒷수습을 끝내고 여행길에 올랐다. 조용히 지난날을 돌아보고 앞으로의 일을 생각할 시간이 필요했다. 전국을 여행하며 나라 안의 사정을 살펴보는 동안 좋은 영감이나 아이디어를 얻을 거라는 기대감도 있었다.

부산행 기차에 오른 그의 눈에 차창 밖으로 낯익은 초여름 풍경이 들어왔다. 모내기 철인데도 모를 내는 농부들은 별로 눈에 띄지 않았다. 가뭄이 심각하다는 것을 신문에서 읽어 알고 있었지만 차창 밖으로 보이는 들판은 논바닥이 하얗게 드러날 정도로 메말라 있어 마음을 무겁게 했다.

서울 친척 집에 다녀온다는 옆자리의 중년 농부도 너무 오랫동안 비가 오지 않아 모내기를 하지 못했다며 한숨을 내쉬고 있었다. 나라 꼴이 이 모양이니 하늘이 노한 것이라고 푸념했다. 앞자리의 청년도 6월 들어 쌀값이 폭등하는 바람에 도시나 농촌이나 가난한 사람들은 굶어 죽을 형편인데 자유당 정권은 장기 집권에만 정신이 팔려 있고 민생 걱정은 안중에 없다고 불평이었다.

신용호 역시 자유당 정권의 희생자가 아닌가. 한국제철을 세워 공업화에 보탬이 되겠다는 생각으로 정열을 불태웠던 자신의 모습이 떠올랐다. 함께 기차를 타고 가는 두 사람처럼 정부를 원망하고, 야당 정치인을 창설 멤버로 모신 것을 후회해보았지만 이미 엎질러진 물이었다.

여행을 하면서 유쾌하지 않은 생각이 떠오를 때마다 그는 우리나라에도 정부의 눈치를 보지 않고 간섭도 받지 않는 은행이 있으면 얼마나 좋을까 생각해보았다. 선진국처럼 사업성과 신용만 있으면 누구에게나 자금을 대출해주는 은행이 있었다면 한국제철은 그처럼 부당하게 준공을 앞두고 문을 닫지 않아도 되었을 것이다.

'그런 은행을 만들 수는 없을까!'

전쟁으로 온 나라가 황폐해지고 국민들이 하루 세 끼 밥도 먹지 못해 미국이 주는 잉여 농산물로 겨우 풀칠하는 처지인데도 장기 집권에만 골몰해 있는 정권 밑에서 그런 은행을 생각한다는 것은 꿈같은 발상이었다. 그러나 여행하는 동안 줄곧 이 꿈같은 생각이 머릿속을 떠나지 않았다.

가는 곳마다 오랜 가뭄으로 농촌이 어려운 때여서 그의 발길은 가볍지 않았다. 대구와 경주를 거쳐 고향으로 갔다. 2년 전 고희연 때처럼 부모님은 건강했다. 아버지는 여전히 활력을 잃지 않고 영암 향교에 나가고 계셨다. 부모님과 함께 며칠을 보내는 동안 고향 사람들의 어려운 형편도 듣게 되었다. 고향에는 여전히 어렵게 사는 사람들이 많았다. 곡식이 떨어져 죽으로 연명하는 집도 있었다. 영보국민학교를 세운 아버지의 영향을 받아 가난한 집 아이들도 국민학교와 중학교에 입학은 했지만 월사금을 내지 못해 중도에 그만둔 아이가 많았다.

보통학교 문턱에도 가보지 못한 그로서는 학비가 없어 학교를 중퇴할 수밖에 없는 고향 마을 아이들이 가장 마음에 걸렸다. 돈이 있으면 이들을 돕고 싶었지만 지금은 자신도 실업자였다.

오랜 가뭄이 끝나고 장마가 시작되던 날, 신용호는 집을 떠났다. 늦게나마 비가 내려 모를 내느라 농촌은 눈코 뜰 새 없이 바빴다.

비에 젖은 월출산이 한결 가까워져 있었다. 감청색 바위산의 늠름하고 오묘한 모습을 정면으로 바라보며 읍내로 향하는 그의 마음도 오랜만에 가벼웠다. 비가 와서 모처럼 활기를 띠는 고향 마을을 돌아보며 저들이 잘살면 얼마나 좋을까, 저들의 아들딸들이 월사금 걱정하지 않고 학교에 다닌다면 얼마나 좋을까 하고 생각했다.

서울행 기차에 오른 뒤에도 고향의 가난한 부모들을 생각하며 무엇인가를 계속 찾고 있었다. 배우지 못한 것이 한이 되어 자식만은 무슨 짓을 해서라도 공부를 시키려고 몸부림치는 농촌의 가난한 부모. 삯바느질이든 콩나물 장사든 가리지 않고 열심히 해서 아들을 공부시키는 도시의 가난한 아낙네들. 소를 팔아 마련한 등록금으로 자식을 대학에 보낸다 해서, 대학을 우골탑牛骨塔이라 부를 정도로 열성적인 한국의 교육열. 세계에 이처럼 교육열이 강한 민족은 없지 않은가 싶었다.

'그래, 이렇게 가난하면서도 열성적으로 자식을 가르치고 싶어 하는 학부모들이 학자금을 쉽게 마련할 수 있는 방법을 찾아보자. 이것을 사업과 연결시켜보자!'

생각이 여기까지 미치자 문득 넷째 형 용복의 말이 떠올랐다.

"보험이란 사망, 화재, 사고 등 뜻하지 않은 사고에 대비해 일정한 보험료를 미리 내고 사고가 발생했을 때 보험금을 찾아 그 손해를 보상하는 거야. 내가 근무한 곳이 바로 이런 일을 하는 보험회사였지."

일제 강점기에 조선인이 경영하던 조선생명에 근무하다가 해방과 함께 그만둔 용복이 중국에서 귀국한 그에게 해준 말이었다.

신용호는 넷째 형의 말을 곰곰이 생각하며 가난한 학부모들의 학자금 마련을 돕는 일과 이를 보험에 접목시킬 수 있을 것이라는 확신을 하게 되었다. 사망, 화재, 사고 때 보험금을 지급하는 보험처럼 중학교나 고등학교나 대학교에 갈 때 학자금을 지급하는 보험을 만들면 되지 않겠느냐는 아이디어가 떠오른 것이다. 여기까지 생각이 미치자 넷째 형이 갑자기 그리워졌다. 하지만 그는 6·25 때 실종되어 지금은 없었다.

'그렇다, 다른 보험처럼 푼돈을 저축시켜 필요할 때 학자금을 목돈으로 지불해주는 보험을 만들면 된다! 교육과 보험을 접목시키자! 교육과 보험을……'

꼬리를 물고 떠오르는 생각을 정리하는 동안 기차는 어느덧 서울역에 도착했다. 언제나 냉정하고 차분하게 심사숙고할 뿐 좀처럼 흥분하지 않던 그였지만 이번 여행에서 큰 고기를 낚았다는 예감으로 가슴이 뛰었다. 집으로 가는 신용호의 발걸음은 몇 년 만에 처음으로 가벼웠다.

신용호는 여행에서 얻은 아이디어를 진지하게 연구하기 시작했다. 보험을 광범위하게 공부하며 교육과 관련된 보험을 알아보고, 그런 보험이 있다면 어떻게 운영되고 있는지 조사할 필요가 있었다. 우선 영업 활동을 하고 있는 국내 보험회사를 찾아가 영업 내용과 영업 품목을 조사했다.

1955년 당시 우리나라의 보험회사는 화재보험과 해상보험을 제외하고는 휴면 상태였다. 특히 생명보험은 6·25전쟁 동안 완전히 자취를 감출 정도로 유명무실해져 있었다. 휴전 후 정부는 생명보험 산업을 육성하기 위해 많은 노력을 했다. 하지만 협동·고려·흥국·한국생명 등 기존의 회사 가운데 대한생명 하나가 겨우 영업을 시작하고 있을 뿐 나머지는 모두 휴면 상태였다. 1인당 국민소득이 60달러 수준으로 세계에서 가장 가난한 나라의 국민들이 당장 먹고살기도 어려운 형편에 먼 앞날을 기약하고 매달 보험료를 낸다는 것은 현실에 전혀 맞지 않았다. 조사해본 결과, 보험회사가 영업할 만한 경제적·사회적 여건이 아직 갖추어져 있지 않았다.

그러나 오히려 자신감이 생겼다. 어떤 보험회사도 교육과 연계시킨 영업 품목을 도입한 일이 없다는 사실을 확인했기 때문이었다. 백방으로 자료를 수집하며 일본과 선진국의 사정도 알아보았지만 세계 어느 나라에도 교육과 연계된 보험 품목은 과거에도 없었고 현재에도 없었다.

'바로 이거다! 가고 싶어도 길이 없어 가지 못하는 가시밭에 길을 열어 주면 된다. 가난한 부모들도 자식들을 중학교, 고등학교, 대학교에 보낼 수 있는 보험의 길을 닦아놓으면 사람들은 모여들 것이다!'

교육보험에 대한 믿음이 신용호의 마음에 구체적으로 자리 잡기 시작했다. 그는 충무로의 일본 서점에 들러 관련 도서를 일본에 주문하여 들여오기도 하고, 국립 도서관과 대학 도서관에도 출근하다시피 했다. 보험과 관련된 서적을 찾아 읽기 시작한 것이다.

도서관에는 보험에 관한 서적이 거의 없었지만 많은 공부가 되었다. 보험의 전근대적인 형태가 옛날부터 상부상조의 미풍으로 우리나라에 내려오는 계契라는 것도 알았다. 그리고 우리 조상들이 해온 계의 종류는 매우 다양한데, 그중에는 자녀 교육을 목적으로 한 '학계學契'가 있었다는 기록을 책에서 찾아낼 수 있었다.

학계는 설립 때 일정 기금을 모으거나 매년 얼마씩 돈을 내서 이자 놀이를 하기도 하고, 곡식을 모아 춘궁기에 장리쌀(장리長利로 빌려주거나 꾸는 쌀로, 빌려주는 쌀의 절반 이상을 한 해 이자로 받았음)을 빌려주는 등 사업을 하여, 그 운용 수익을 계원에게 학자금으로 지급하고 서당 운영에도 사용했다. 계원 수는 마을 단위의 수십 명에서 몇 개 마을이 참가한 1백 명 이상의 것도 있었다. 계원 상호 간의 공동체의식이 높아 1백 년 이상 장수한 계도 있었다. 계에 관한 연구서를 읽으며 신용호는 옛날식 교육보험인 학계를 개발한 조상들의 교육열에 크게 감탄했다.

학계에서 회원들이 낸 기금을 운용하여 얻는 과실로 계원들의 자제에게 학자금을 지불했다는 것은 보험금의 이식 운용과 조금도 다르지 않아 놀라웠다.

우리나라의 보험문화는 신라 진평왕대인 7세기 초 원광법사圓光法師가 창안한 점찰보占察寶에서 비롯되었다. 화랑의 세속오계를 창안한 그가 만든 점찰보는 불교에서 재단을 만들어 특정 공공사업을 수행할 목적으로 일정한 자산을 마련한 뒤 그 기금을 대출해 생긴 이자로 경비를 충당하는 원시적인 보험이었다. 신라시대에는 김유신의 명복을 빌고 공덕을 기리는 공덕보가 있었고, 고려시대에는 승려들의 학문을 진작시키는 장학보, 불경을 간행하기 위한 명경보, 천재지변으로 어려워진 난민들을 구제하기 위한 제위보 등이 있었다.

보험을 공부하는 동안 신용호는 보험회사의 역할에 대한 또 하나의 희망을 갖게 되었다. 보험회사에서는 가입자들로부터 보험료를 선납받아 적립하고 일정 기간이 지난 후 약속된 보험액을 지급하기 때문에 아직 지급되지 않은 자금은 큰 자본으로 축적되어 국가의 경제 활동과 산업 발전에 투자하는 민족자본이 될 수 있다는 사실이었다. 선진국에서는 사회보장 역할뿐만 아니라 경제와 산업 발전에 끼치는 보험회사의 공헌이 크다는 것도 알았다.

원조 자금 없이는 공장 건설은 고사하고 다리 하나 제대로 놓지 못하는 현실을 잘 알고 있는 그로서는 보험회사가 커지면 국가의 경제·산업 발전에 필요한 민족자본을 형성할 수 있다는 사실에 고무되었다.

1년여 동안 신용호는 보험에 대해 철저히 공부했다. 모르는 것은 전문가를 찾아가 묻고 배웠다. 아는 것이 힘이라는 것은 독학 시절부터 몸에 밴 신조였다. 보험에 대해 알면 알수록 힘이 생겼다. 보험, 특히 교육보험에 대한 희망과 함께 자신감이 생겼다.

신용호는 그동안 공부하고 생각한 것을 이렇게 정리했다.

우리나라는 부존자원이 부족하다. 있는 것은 훌륭한 소질을 갖춘 근면하고 부지런한 인력뿐인데, 그들은 교육을 받지 못하고 있다. 금강석도 갈고닦지 않으면 보석이 될 수 없듯, 우수한 소질과 능력도 이를 교육하고 키우지 않으면 쓸모가 없다. 국가가 발전하려면 인재를 양성하고 인력 개발을 게을리해서는 안 되는데, 국가에는 교육 예산이 없어 국민학교에도 의무 교육을 도입하지 못하고 있는 형편이 아닌가. 그러나 우리 민족의 교육열은 세계 제일이다. 농촌, 어촌, 도시 서민 모두가 자녀 교육에 대한 소망은 간절하지만 교육비 부담 때문에 고초를 겪고 있다. 이들 어려운 학부모와 학생들의 학비 부담을 덜어주고, 국가의 인재로 자랄 수 있도록 길을 열어주는 것이 바로 국민교육진흥사업이다. 더불어 학부모들이 납입하는 보험료가 쌓이면 그것은 곧 국가 발전에 쓰일 민족 자본이 되는 것 아닌가.

'교육보험회사를 창립하면 국민교육진흥과 민족자본형성이라는 큰 사업이 동시에 시작되는 것이다. 이처럼 대의명분이 있고 떳떳한 사업이 세상에 어디 있는가!'

신용호는 회사 설립의 이념적 위상을 그려보았다. 그리고 교육보험회사를 설립하면 창립 이념을 '국민교육진흥'과 '민족자본형성'으로 내세우겠다고 결심했다.

우여곡절 끝에 설립 인가

혼자 공부하고 연구한 결과를 토대로 보험사업을 창안한 신용호는 주위 사람들의 의견을 듣기 시작했다. 제일 먼저 찾은 사람은 일제 강점기 때 조선은행에 근무했고 인천중공업 전무를 지낸 조동완趙東完으로 아우 용희의 친구였다.

신용호의 설명을 듣고 난 그는 언제 이처럼 훌륭한 사업을 창안했느냐며 감탄했다. 그러고는 적극 협조하겠다고 약속했다. 얼마 후 또 한 사람의 동조자 안대식安大植을 데리고 왔다.

세 사람은 매일 만나 신용호가 창안한 교육보험안을 검토하며 마스터 플랜을 작성했다. 어느 정도 자신감을 얻은 그는 시장 조사에 나섰다. 보험 가입 대상자들의 의견을 다양하게 듣기 위해서였다. 성패를 예측할 수 있는 가장 중요한 단계였다.

1956년 가을부터 연말까지 대도시, 중소도시, 농촌, 어촌 등지에서 중산층 이하를 상대로 조사를 진행했다. 서울의 남대문과 동대문 시장을 비롯해 부산·대구·대전·광주 등 큰 도시의 시장 바닥을 누비고, 도별로 농촌과 어촌도 고루 찾아다녔다. 시장 바닥의 지게꾼이나 좌판 아주머니 같은 가난한 도시 영세민들도 많이 만났다. '소원이 무엇이냐'는 질문에 '우리 아들 대학 나와 잘사는 모습을 보는 것'이라는 대답이 가장 많았다.

교육보험의 취지를 설명하고 그런 제도가 생기면 가입하겠느냐고도 질문했다. 동서 해안의 어민이든 강원도 광산도시의 광부든 모두 한결같이 그런 보험이 나오면 누가 들지 않겠느냐고 반겼다. 농촌에서는 소도 팔고 땅도 팔아 아들을 대학 보내는데 그런 좋은 보험이 나온다면 얼마나 좋겠냐며 꼭 실현시켜달라고 부탁까지 하는 사람이 많았다. 만나본 사람의 90퍼센트가 가입하겠다는 반응을 보였다.

"이만하면 시장 조사 결과는 아주 희망적이야. 대만족이야!"

신용호는 1천여 명을 설문한 분석표를 보고 흡족했다.

"형님께서 우리나라 서민들이 가장 절실하게 바라는 것이 무엇인지 정확히 짚은 결과입니다. 가장 중요한 것이 시장 조사인데, 결과는 회사를 만들어도 좋다는 대답 아닙니까?"

조동완과 안대식도 조사 결과에 고무되어 이렇게 말했다.

서민들에 이어 사회 지도층과 교육계·학계·종교계의 덕망 있는 인사들을 찾아다니며 그들의 의견도 물었다. 가입 대상자로 분류할 수 있는 사람들은 아니지만, 이들의 동의는 앞으로 회사를 발족시킬 때 자본금 모집과 여론 조성에 큰 도움이 될 수 있기 때문이었다. 특히 교육계는 회사 설립 후 계속 협조를 받아야 할 곳이다.

회사 설립의 취지와 시장 조사 내용을 설명하고 일일이 의견을 물었다. 한결같이 회사 설립의 당위성에 찬성하며 격려를 아끼지 않았지만, 생명보험이 살아나지 못하고 있는데 교육보험이라고 예외가 될 수 있느냐고 걱정하는 사람도 있었다. 그러나 각급 학교 교장들은 한 사람도 빠짐없이 좋은 계획이라고 칭찬하며 학교마다 가정이 어려워 진학하지 못하는 아이들이 많은데 꼭 회사를 설립해달라고 부탁했다. 대학교수들도 등록금을 내지 못해 휴학하는 학생이 많다며 어떠한 난관이 있더라도 꼭 성사시켜달라고 신신당부했다. 교육계의 반응은 반가움을 넘어 뜨거울 정도였다.

교육계를 비롯한 사회 지도층 인사들의 격려에 용기를 얻은 신용호는 더 이상 시간을 끌 필요가 없다고 판단했다. 회사 설립을 위한 실질적인 작업으로 들어가기 전에 그는 두 사람과 저녁을 먹으며 그동안 마음속에 새겨둔 사업 목적을 처음으로 털어놓고 동의를 구했다.

"자네들이 회사 설립 작업을 함께해주고 회사가 발족된 뒤에도 함께 일해주겠다니 든든하네. 그런데 명심해둘 게 있어. 회사가 발족하더라도 그 앞에는 가시밭길이 놓여 있어. 맨손가락으로 생나무를 뚫는다는 비상한 각오와 집념 없이는 성공하지 못할 거야. 고생하면서 꾸준히 노력할 각오를 단단히 해야 할 거야. 그리고 꼭 이해하고 동조해주어야 할 것이 또 하나 있어. 나는 교육보험을 돈만 벌기 위해 시작하고 싶지는 않아. 물론 많은 가입자를 확보해야 회사도 커지고 많은 돈을 끌어모을 수 있겠지. 그러나 이 돈을 잘 운용해서 돈이 없어 학교에 가지 못하는 학생들을 교육시켜 국민교육도 진흥시키고, 학부모들이 맡겨두는 돈은 우리 민족의 자본이라 생각하고 민족자본 형성에 주력할 거야. 그러니까 우리가 지금 하고자 하는 교육보험회사는 다른 기업들처럼 돈만 벌면 되는 회사가 아니라, 국민교육진흥과 민족자본형성을 위해 설립하는 공익회사라는 생각을 갖자고."

신용호가 밝히는 회사 설립 취지를 듣고 두 사람은 숙연해졌다. 그들의 표정에서 신용호는 자신의 뜻을 이해하고 동조하겠다는 마음을 읽고 안심했다.

"그럼 내 뜻에 동조하겠다는 약속의 표시로 축배를 드세."

그리고 두 사람의 잔에 술을 가득 채워주었다. 세 사람은 도원결의를 하는 『삼국지』의 주인공들처럼 앞으로 설립할 교육보험회사의 성공을 위해 헌신할 것을 약속했다.

1957년 새해 벽두부터 신용호는 회사 설립을 위해 바쁘게 움직였다. 보험회사를 설립하려면 발기인과 주주를 모집하고 정부로부터 회사 설립 인가를 받아야 했다. 가장 중요한 것이 발기인을 초빙하고 주주를 모집하는 일이었다. 이는 자본금을 출자하는 사람을 모집하는 것이므로 쉬운 일이 아니었다. 그러나 사회 저명인사들의 반응으로 보아 아주 어려운 일이 아닐 것이라는 기대를 했다.

하지만 예상은 완전히 빗나갔다. 재력 있는 사람은 물론이고, 함께 일할 능력을 갖추었다고 생각되는 사람을 수십 명이나 일일이 찾아다니며 사업 내용을 설명하고 함께 일하자고 제안했지만 좋은 반응을 얻지 못했다. 한결같이 부정적이었다.

"지금 생명보험이 모두 영업이 안 돼서 휴면 상태인데 보험회사를 시작하는 것은 시기상조 아닙니까. 아무리 좋은 품목을 개발했다 해도 지금은 때가 아닙니다."

접촉한 사람들 모두가 이런 반응이고 보니 신용호로서도 어쩔 수 없었다. 자신의 유일한 자산은 새로운 사업에 대한 개척자 정신뿐인데, 주위의 냉담한 반응을 확인한 순간 맥이 풀리는 듯했다. 하지만 거기서 좌절할 신용호가 아니었다. 그에게는 확신이 있었다. 힘이 들더라도 회사부터 설립해놓고 밀고 나갈 결심을 했다. 회사 설립을 위한 발기인 총회부터 연 다음 주주를 모집하는 작업을 계속하기로 했다.

그해 5월 15일, 발기인 총회가 열렸다. 참가한 발기인은 발기인 대표 신용호와 조동완·조준호趙俊鎬·이규갑李奎甲·최봉렬崔鳳烈·구기운具基運·국오현鞠悟鉉 등이었다. 신용호가 작성한 발기 취지문을 채택하고 이를 언론기관에 배포했다. 새로운 보험회사가 설립된다는 것을 세상에 알리는 행사였다.

발기인 총회를 마친 신용호는 발기 취지문을 들고 주주 모집에 나서는 한편 발기인들과 함께 보험회사 설립 인가 취득 절차를 점검했다. 5월 5일 발족한 동방생명이 인가를 받는 데 어려움이 많았다는 정보가 들어왔다. 보험시장이 어려운 때여서 신규 보험회사를 쉽게 허가하지 않을 거라는 짐작은 하고 있었다. 재무부에 알아보니 새로운 보험회사는 허가하지 않는다는 방침이 서 있었다.

난관에 부딪힌 주주 모집에 이어 또 하나의 벽이 나타난 것이다. 그러나 조금도 동요하지 않았다. 재무부의 허가 취득은 자신의 노력으로 가능하다고 확신했다. 생명보험회사와 달리 자신이 창안한 교육보험은 국민교육진흥과 직결된 사업이기 때문이었다.

그러나 자본금을 납입할 주주 모집은 희망이 없었다. 열악한 경제적·사회적 여건과 정치적 불안정은 자본가들을 더욱 움츠리게 하고 있었다. 지난해 5월 15일, 제3대 대통령 선거를 며칠 남겨두고 민주당의 신익희 후보가 유세 도중 갑자기 타계하여 이승만 대통령이 당선은 되었지만, 부통령에는 야당인 민주당의 장면 후보가 당선되었다. 야당 대통령 후보에게 갑작스런 변고만 일어나지 않았다면 이승만의 당선은 어려웠고 자유당 정권도 무너졌을 것이다. 정국은 걷잡을 수 없이 혼란스러워져 대통령 선거 3일 후 전국에 계엄령이 선포되었고, 9월에는 장면 부통령 저격 사건이 일어났다.

그다음에는 민심이 떠난 자유당 정권을 규탄하는 야당의 장충단 군중 집회에 깡패들이 나타나 습격하는 놀라운 사건이 일어났다. 이처럼 1년 내내 불안한 정치적 위기가 계속되고 있는데, 자본금을 내놓고 보험회사를 함께하자는 설득이 먹혀들 리 없다는 것은 신용호도 잘 알고 있었다. 그래서 끝내 성사되지 않으면 빚을 내서라도 단독 출자를 할 수밖에 없다는 결론을 내렸다.

문제는 재무부의 보험회사 설립 인가였다. 담당 공무원을 아무리 설득해도 신규 보험회사는 설립 인가를 내줄 수 없다는 말만 했다. 정부의 방침이 그렇다는 것이었다. 과장이나 국장도 마찬가지였다. 그러나 물러설 수는 없었다. 정부 방침이 확고해 실무국장의 재량으로는 안 된다고 판단한 신용호는 장관을 만나 설득하는 방법을 생각했다. 즉시 장관 면회를 신청했지만 보험회사 인가 문제라면 만날 필요가 없다는 대답이 돌아왔다. 그래도 만나서 이야기나 한번 들어달라며 여러 차례 면회를 신청했지만 번번이 비서실에서 퇴짜를 놓았다.

장관실에서 면회를 시켜주지 않으면 집으로 찾아갈 수밖에 없다 생각하고 아침 출근 시간에 맞추어 집으로 찾아갔다. 거기서도 수행비서가 막았다. 그러나 단념하지 않았다. 무슨 수를 써서라도 장관을 만나 설명을 하고 설득하지 않으면 안 되었다. 신용호는 하루도 빠지지 않고 김현철 재무부 장관의 집에 가서 수행비서를 설득하고 장관이 출근하는 것을 지켜보며 자신을 불러주기를 기다렸다.

김현철 장관 집 대문 앞으로 출근한 지 6개월이 지난 어느 날, 오랜 기간 대문 앞을 서성이는 그를 유심히 살피던 장관이 수행비서에게 연유를 물었다.

"저 사람은 누군데 매일 내 집 앞을 서성대나?"

"보험회사 인가 건으로 찾아왔다고 합니다. 담당 부서에 물어보니 신규 허가를 하지 않는다며 장관님과의 면담을 막으라고 하기에……."

"보험회사라…… 어디 이야기나 한번 들어보게 집으로 안내하지. 몇 달째 나를 만나기 위해 내 집으로 출근을 하는데 박정하게 대할 수는 없지."

마침내 신용호는 수행비서의 안내를 받아 김현철 장관과 독대를 하게 되었다. 그 자리에서 자신이 작성한 발기 취지문을 건네고 교육보험은 국민교육을 통한 인재 양성을 목적으로 하고 있다는 것을 설명했다. 시장 조사 내용을 조목조목 예로 들어가며 우리 국민의 높은 교육열을 감안할 때, 생명보험과는 달리 많은 호응을 받아 저축에도 크게 기여할 수 있다고 설득했다. 끝으로 사업 계획을 일목요연하게 정리한 서류를 건네주었다. 한동안 사업계획서를 검토하며 이것저것 질문하던 장관이 흡족한 듯 부드러운 미소를 띠고 말했다.

"정말 훌륭하오. 어떻게 이런 좋은 생각을 다 했소? 이런 일이라면 국가에서도 적극 나서서 해야 할 일 같군요. 하지만 지금은 정부에서 보험회사는 더 이상 허가하지 않기로 정책을 세워, 대통령께 보고를 드려야 하니 돌아가서 기다리세요."

"장관님! 교육은 백년지대계라고 하지 않습니까. 이 나라의 미래가 교육에 있습니다. 교육열 높은 우리 국민들이 형편이 어렵더라도 호응해줄 것입니다."

"하하! 신 선생의 마음 잘 압니다. 나도 동감하고 있어요. 내가 각하께 잘 말씀을 올리리다."

"감사합니다."

"몇 달간 우리 집으로 출근을 시켜 미안해요. 아랫사람들에게도 그럴 만한 사정이 있었을 테니 신 선생이 이해하시구려."

장관 집을 나오면서 신용호는 맑은 공기를 한껏 들이마셨다. 막힌 가슴이 확 뚫린 것처럼 후련했다. 장관의 태도로 보아 일은 반드시 성공할 것이라는 확신이 생겼다.

얼마 후 통지를 받고 장관실을 찾아간 신용호에게 장관은 만면에 미소를 띠며 말했다.

"대통령께서도 보고를 들으시고, 그 사람 훌륭한 생각을 하는 사람이니 잘 도우라고 말씀하셨어요. 실무 국장에게 이야기해둘 터이니, 서류를 갖추어 인가 신청을 내도록 해요."

신용호는 장관에게 진심으로 감사하다는 인사를 하고, 회사를 잘 운영해서 국가 발전에 이바지하겠다는 약속을 했다.

발기인들도 신바람이 났고, 회사 설립 작업은 급진전되었다. 신용호는 자본금을 투자할 주주 모집을 중단하고 회사 설립 인허 신청 서류를 준비했다.

하지만 순풍에 돛을 단 것 같은 회사 설립에는 또 하나의 장애물이 기다리고 있었다. 보험회사 이름에 '교육'이라는 단어를 넣지 못한다는 실무자의 고집에 부딪힌 것이었다.

서류를 검토하던 담당자가 예상치 못한 문제를 거론했다.

"회사명을 대한교육보험주식회사로는 할 수 없습니다."

"그게 무슨 말입니까?"

"보험법 4조의 규정에 따라 생명보험이란 단어가 반드시 들어가야 합니다."

"교육 관련 보험을 모집하는 회사에 교육이란 단어를 쓰지 말라니요?"

"법이 그런 걸 난들 어떡합니까."

"교육보험과 생명보험은 성격이 전혀 다릅니다."

"아! 그거야 저도 잘 알고 있습니다. 귀에 딱지가 앉도록 들은 내용 아닙니까."

"잘 아시면서 그런 말씀을 하십니까. 교육이란 단어가 꼭 들어가야 합니다."

"신규 허가를 내주지 않도록 되어 있는 것을 대통령 각하의 용단으로 허가해드리는 건데, 이만 고집을 꺾으시죠."

사명社名을 놓고 아까운 시간을 보내며 줄다리기할 때가 아니라고 생각한 신용호는 발기인 총회를 열어 '교육보험'이라는 상호를 잠정적으로 접고, 임시방편으로 '태양생명보험주식회사'라는 상호로 우선 설립 인가를 받기로 결정했다. 일단 설립 인가부터 받아놓고 정식으로 회사 설립 작업을 진행하면서 상호 변경 문제를 다시 추진해 나가기로 했다. 두 걸음

길이 없으면 길을 만들며 간다

앞으로 나가기 위해 한 걸음 물러서는 전술을 택한 것이다.

태양생명보험주식회사의 회사 설립 인허 신청서는 해를 넘기지 않고 12월 20일 제출했고, 제출한 지 한 달 만인 1958년 1월 27일, 재무부 장관으로부터 정식으로 회사를 설립해도 좋다는 내인가를 받았다. 만으로 마흔이 조금 지난, 이른바 불혹^{不惑}의 나이에 신용호는 일생 동안 흔들리지 않고 평생 펼쳐나갈 사업의 첫 삽을 뜨게 된 것이었다.

'생명보험'이 아닌 '교육보험'으로 출범

회사 설립 인가를 받은 신용호는 등기 절차와 자본금 불입을 어렵게 마치고 창립총회를 준비했다. 법정자본금은 주주 모집이 계속 부진해 사재를 털고 부족한 금액은 빚을 내서 맞추었다. 그러나 창립총회 이전에 '교육보험' 상호를 넣기 위해 백방으로 노력했지만 재무부에서는 여전히 법적으로 불가능하다며 고개를 저을 뿐이었다.

무슨 일이 있어도 상호에 '교육보험'이라는 말을 넣어야 했다. 국민교육진흥과 민족자본형성이라는 창립 이념을 관철하기 위해서는 상호 이미지가 무엇보다 컸기 때문이다. 영업 면에서도 업계가 개점휴업 상태인 '생명보험'의 이미지를 가지고는 고객을 끌어모을 수 없다는 판단이었다. 다른 생명보험 상품과 차별화하겠다는 의지와 자존심은 절대 버릴 수 없었다. 회사가 가장 주력할 영업 상품인 교육보험은 신용호 자신이 처음 창안했고, 세계 최초의 보험 상품이므로 차별화는 당연하다는 생각이었다. 어떤 난관이 있어도 반드시 관철시켜야 할 문제였다.

상호 문제가 풀리지 않은 상태에서 1958년 6월 30일 태양생명보험주
식회사는 창립총회를 개최하고 회사 설립 절차를 마무리했다. 회사 설
립 인가를 받은 지 5개월 만이었다.

발기인 대표 신용호의 사회로 진행된 창립총회는 창립까지의 경과보
고에 이어 정관 승인, 이사 선임 등 회사 창립에 필요한 의안을 가결하고
회사를 출범시켰다. 총회에서 선임된 이사는 신용호·조준호·조동완·안
대식·박진양朴鎭洋이며, 감사에는 이정우李玎雨·국진만鞠眞晚이 선임되었다.
대표이사 사장에는 신용호, 전무이사에는 조준호가 선임되었다. 박진양
이사와 두 감사를 제외하고 모두 발기인들이었다.

사장으로 취임한 신용호는 '대한교육보험주식회사'라는 상호를 법적으
로 승인받기 위한 마지막 전략을 짰다. 먼저 재무부 관리들을 다시 접촉
해 아무리 생각해도 상호는 꼭 변경해야겠으니 협조해달라고 부탁했다.
창립총회를 열기 전부터 재무부 당국자들을 수없이 찾아다니며 설득하
고 교육보험 상호의 당위성을 설명했기 때문에 보험에는 '생명'이라는 용
어가 들어가야 한다는 고정관념에 사로잡혀 있던 그들에게도 차츰 신용
호의 생각을 이해하는 분위기가 형성되어 있었다. 이런 재무부의 분위기
를 파악하고 있었으므로 마지막 카드를 내놓아야겠다는 생각을 했다.

그가 준비한 비장의 카드는 상법을 적용한 상호 변경이었다. 주식회사
는 주주총회의 결의에 의해 상호를 변경할 수 있다는 상법 조항을 이용
하기로 한 것이다. 신용호는 창립총회 직후 전격적으로 임시 주주총회를
열고 '태양생명보험주식회사'를 '대한교육보험주식회사'로 변경한다는 의

제를 의결해두고 있었다.

그리고 재무부의 담당관에게 사전 양해를 얻은 뒤, 임시 주주총회의 결의 서류를 첨부하여 상호 변경 신청을 냈다. 합법적인 절차를 밟으면서 담당관의 체면도 세워주었던 것이다. 이렇게 되자 재무부에서도 신용호의 빈틈없는 준비와 노력에 두 손 들지 않을 수 없었다. 합법적인 절차를 거쳐 '대한교육보험주식회사'로 상호를 변경한다는 서류를 제출했기 때문에 더 이상 막을 명분이 없었다. 옳다고 생각하는 일을 위해서는 절대로 물러서지 않는 그의 집념 앞에 재무부의 고집이 꺾이고 만 것이다. 태양생명보험주식회사를 창립한 지 불과 11일 만에 얻어낸 상호였다.

1958년 7월 11일, 상호를 '대한교육보험주식회사'로 변경해도 좋다는 재무부의 정식 허가가 났다. 신용호는 큰 소리로 만세를 불렀다. 이로써 회사 설립과 관련한 난관은 모두 극복한 셈이었다. 상호 승인과 함께 '진학보험'이라는 보험 상품도 인가를 받아 대한교육보험주식회사의 첫 번째 영업 상품도 회사 상호와 함께 탄생했다.

신용호는 홀가분한 마음으로 개업 준비를 서둘렀다. 먼저 종로1가 60번지의 2층 건물로 사무공간을 넉넉하게 넓혀 이사를 했다. 임원 7명을 포함하여 46명으로 5부 8과와 검사실을 둔 조직을 완료했다. 일반 생명보험회사와는 다르다는 것을 고객들이 쉽게 알 수 있도록 광고지와 '진학보험'을 설명하는 전단을 만들고, 사무 서식과 고객용 계약 서식의 인쇄도 모두 끝냈다. 이처럼 영업과 사무에 필요한 준비를 완전히 갖춘 8월 7일, 역사적인 개업식을 거행했다.

그야말로 불가능을 가능케 한 의지와 집념의 산물이었다. 개업식은 조촐하지만 희망에 찬 분위기에서 치러졌다. 정·관계 인사들과 경제계 인사들도 참석해 새로 태어난 대한교육보험의 앞날을 축복해주었다. 신용호는 개업 인사에서 하객과 임직원들에게 그동안 자신이 터득한 경영철학과 경영 신조를 밝힌 뒤, 회사의 장래를 약속하며 임직원들에게 꿈을 심어주었다.

"세상 사람들은 대부분 남이 놀 때는 놀고 남이 일할 때는 일하려고 합니다. 다시 말해서 남과 다른 면이 없습니다. 그러고서도 자기는 남보다 잘살고 잘되기를 바랍니다. 그러나 똑같은 사람으로서 남보다 덜 쉬고 덜 자면서 더 일하지 않는 이상 어찌 남보다 더 잘살 수 있겠습니까.

보험사업은 먼 장래를 내다보는 면밀한 고등 수리 원칙에 의해 눈에 보이지 않는 상품을 창안하여 이를 보급하는 것입니다. 보험 상품은 눈에 보이지 않으므로 실수요자인 가입자들은 다른 유형의 상품처럼 이를 느끼거나 실용가치를 실험해보고 가입할 수 없습니다. 따라서 그 수요는 꾸준한 설득만으로 창조해 나가야 하는 것입니다.

남보다 앞서 가기 위해서는 남이 미처 생각하지 못한 기발한 것을 창안해내고 남보다 더 노력하여 더 치밀하게 조사하고 검토하고 계획한 후에 이를 과감하게 실천해야 비로소 가능합니다. 그렇게 해야만 사회의 경쟁에서 승리할 수 있을 것입니다."

신용호는 남다른 노력과 창의적인 연구, 그리고 과감한 실천으로 회사를 발전시켜 나가겠다는 의지를 천명한 뒤 개업 인사 말미에 회사의 비전을 제시하였다.

"오늘의 개업식이 초라하다고 서글퍼하지 맙시다. 선진국에서도 신생

보험회사가 자리를 잡으려면 50년이 걸립니다. 그러나 저는 25년 이내에 우리 회사를 세계적인 회사로 만들겠습니다. 그리고 25년 이내에 서울의 가장 좋은 곳에 가장 좋은 사옥을 짓겠습니다."

인사말이 끝나자 사원들은 물론 내빈들도 열렬한 격려의 박수를 보냈다. 신용호는 이것이야말로 결코 낭만적인 꿈이 되어서는 안 되고 현실적인 꿈이 되어야 한다고 다짐했다. 낭만적인 꿈은 막연한 동경이지만, 현실적인 꿈은 미래에 대한 설계이며 계획이고 목표라고 생각했다.

신용호는 잠시 눈을 감고 지금 자신이 이루어야 할 꿈은 무엇인가 다시 확인해보았다. 독학을 할 때의 꿈과 중국 대륙에서 역경과 싸우며 키우던 꿈, 해방된 조국에 돌아와서 몇 가지 사업을 하며 간직했던 꿈을 대한교육보험주식회사를 성공시킴으로써 모두 이루리라 다짐했다. 개업식이 끝나자 임직원들과 내빈들이 자기 자녀들 몫으로 진학보험을 한 계좌씩 가입하며 회사의 앞날을 축복해주었다.

개업식에서 약속한 세계적인 보험회사를 만들기 위한 기나긴 여정의 첫발을 내디뎠다. 신용호는 무더위가 한풀 꺾이는 8월 중순부터 본격적인 활동을 시작하게 되어 다행이라고 생각했다. 가을은 사람의 몸과 마음을 맑게 하고 의욕을 북돋아주기 때문이다. 더불어 농촌에도 어느 정도 경제적 여유가 생기는 추수철이었다.

신용호는 영업부 직원들에게 진학보험 개척의 지침을 주어 활동 계획을 세우도록 하고, 자신은 전무와 함께 개업식 이전부터 준비해온 지사 조직부터 마무리했다. 경기·충북·전남북·경남북(충남·춘천 지사는 11월에 설치)의 도청 소재지에 지사를 설치하고 지사장을 임명했다.

지사의 운영 형태는 총대리점 제도였다. 총대리점 제도란 지사장이 모든 인력과 시설과 활동을 책임지고 계약고의 일정률을 본사로부터 수당으로 지급받는 형태의 도급제였다. 스무 살 때 다롄의 후지다 상사에서 총대리점 제도를 창안하여 운영했던 것을 보완한 제도였다. 이 제도는 지사장의 능력과 노력에 따라 이익을 얼마든지 올릴 수 있어 지사장 선임에는 어려움이 없었다.

그 후 이 제도를 변형, 발전시킨 보험설계사 제도가 보편화되었다. 하지만 창업 직후 신용호가 창안한 총대리점 제도의 지사 설립은 그때까지 단체보험 모집에 주력하고 개인보험 모집을 소홀히 해온 기존의 생명보험사들이 생각지 못한 과감하고 획기적인 아이디어였다. 이 제도의 도입 덕분에 창립 직후 지사 설치와 운영에 필요한 비용을 크게 절감했을 뿐더러, '진학보험'의 개척을 촉진시킬 수 있었다.

지사 설치를 마무리한 신용호는 본사 임직원들이 연구한 마스터플랜을 검토한 뒤 첫 번째 영업 방향을 결정했다. 본격적인 '진학보험' 영업을 하기 위한 홍보와 탐색을 겸한 활동이었다. 이는 1인 1교―人―校 개척 전략으로 한 사람이 한 학교씩 맡아 진학보험을 홍보하고 가입을 권유하는 영업이었다.

시장 조사를 하기 위해 만난 일선 교사와 교장들의 반응으로 보아 교육계의 협력을 얻기는 어렵지 않다고 생각했다. 학생들의 가정 형편을 잘 알고 있는 교사들의 협조만 얻을 수 있다면 학부모 한 사람씩 무작위로 찾아다니는 것보다 몇십 배의 효과가 있을 것이라는 판단을 했다.

1인 1교 개척 활동에는 외근사원뿐만 아니라 임직원과 사무직원까지 모두 참여시켰다. 임직원 모두 영업 전선에 뛰어들어 일치단결하여 미래를 개척한다는 결의를 다지는 것은 사원들의 응집력을 높이는 데 효과가 크다고 보았다. 신용호는 사장으로서 처리해야 할 일이 많았지만 다른 사원들과 마찬가지로 학교 하나를 맡았다.

"저도 사장으로서의 역할을 수행하면서 여러분과 똑같은 일을 해내겠습니다. 그리고 반드시 1등을 하겠습니다."

서울 시내의 국민학교 명부를 놓고 임직원들은 자기가 맡을 학교를 선택했다. 신용호는 변두리 학교 하나를 골랐다. 가난한 집 아이들이 많이 다니는 학교를 골라야 한다고 생각했기 때문이다. 임직원들이 학교를 고르자 신용호는 이렇게 약속했다.

"한 달 동안의 성적을 매겨 1등부터 3등까지는 포상금을 푸짐하게 주겠으니 열심히들 하세요."

그러자 한 영업사원이 웃으며 말했다.

"사장님이 1등을 하겠다고 선언하셨으니 우리는 1등 하기 글렀네요."

모두가 웃었다.

"걱정 마세요. 내가 1등을 하면 2등을 1등으로 올려줄 테니까요."

또 한바탕 웃음이 터져 나왔다.

격의 없이 파안대소하는 직원들을 보며 포상 제도는 많이 도입할수록 좋을 것이라는 생각이 들었다. 사람은 누구나 자기가 잘했을 때 칭찬해주면 신바람이 나고, 거기에 물질적인 보상까지 따르면 의욕이 배가되기 마련이었다. 이것은 그가 지난 20년 동안 사업을 하면서 터득한 진리이기도 했다.

한 달 후의 성적은 신용호가 1등이었다. 모든 임직원들이 놀랐다. 회사 설립 초창기에 산더미처럼 쌓인 사장 업무를 처리하면서 틈틈이 그가 담당한 변두리 국민학교에 나갔을 뿐이었다. 게다가 자신의 현장 체험을 예로 들어가며 사원 교육에도 많은 시간을 할애했는데도 1등을 한 게 믿기 힘들다는 표정이었다.

"끊임없이 연구하고 생각하면서 꼭 해내겠다는 집념을 가지고 한시도 쉬지 않고 부지런히 활동한 결과입니다. 여러분도 이런 자세로 일하면 안 되는 일이 없을 겁니다."

신용호는 약속대로 1등을 양보하고 2등을 1등으로 올려 3등까지 포상했다. 임직원들의 사기가 오르는 것을 보고 솔선해 모범을 보이면서 사소한 일일지라도 약속을 지킨다는 것이 얼마나 중요한가를 다시 한번 확인했다.

신용호의 진두지휘 아래 9월에 인가가 나온 '아동보험'과 창립 이듬해 1월에 인가를 받은 '육영보험'까지 세 개의 보험 상품을 들고 본사와 지사의 외근사원 수백 명이 열심히 영업을 하여 보험 가입자 수가 1만 명에 가까워졌다. 그럼에도 회사의 자금 사정은 어려웠다. 운영 자금을 넉넉히 가지고 출발하지 못했기 때문이었다. 가입자 수가 3만 명은 넘어야 운영 자금이 겨우 돌아갈 것 같았다.

개업 직후부터 운영 자금을 마련하기 위해 신용호는 많은 고생을 해야 했다. 창립 이듬해까지도 부족한 판매 경비와 내근 직원의 급여를 해결하기 위해 급전을 얻어와야 할 때가 한두 번이 아니었다. 돈을 빌리기는 쉽지 않았다. 잘되는 회사에는 서로 돈을 갖다 쓰라고 보채는 사채업자들이 그에게는 돈을 잘 빌려주지 않았다. 정보가 빠른 그들은 대한교육보험이 운영비도 넉넉지 않은 상태에서 출발했다는 것을 잘 알고 있었다. 거기에다 보험회사는 영업이 안 되고 장래성이 없다는 사회적 통념도 사채를 얻는 데 매우 불리하게 작용했다.

창업 초 2년 동안 신용호는 실로 형언할 수 없는 고초를 겪었다. 자존심이 견뎌낼 수 없을 정도의 수모를 겪은 것도 한두 번이 아니었다. 월급날까지 급전을 빌리기 위해 사채업자들을 찾아다니며 사정하고 돌아다니다가 빈손으로 사무실로 돌아오는 날이면 직원들의 얼굴을 똑바로 쳐다볼 수 없을 정도였다.

훗날 신용호는 회사가 잘될 때도 초심을 잃지 않기 위해, 이때를 항상 떠올렸다고 회고했다.

"창업 후 2년이 다 되도록 눈에 띄는 실적은 고사하고 경비조차 나오지 않았습니다. 간부들조차 이제 손을 떼자고 공공연히 건의했습니다. 묵묵히 일하는 사원들에게 나쁜 영향을 줄까 봐 회의적인 태도를 보이는 간부들을 모아놓고 자신 없으면 그만두라고 했습니다. 그들은 회사 사정을 누구보다 잘 알고 있으면서도 상여금과 퇴직금까지 독촉해 빚을 내서 주었습니다."

신용호는 안팎으로 꽉 막힌 현실에 죽고 싶은 생각이 들기도 했다. 그럴 때마다 죽을 용기가 있으면 그 용기로 난관을 극복하라고 자신을 채찍질했다.

이렇듯 어려운 가운데서도 직원들을 교육하고 독려하며 계속해서 새로운 판촉 아이디어를 개발하여 착실하게 실적을 올려나갔다.

창립 이듬해인 1959년에는 보험 모집 현상금 제도를 도입해 큰 성과를 올렸으며, 대학생 지부 설치에 이어 이듬해 쿠폰제 실시, 1961년에 백화점 점두 판매 제도 도입 등 판매 증대에 전력을 다했다. 이 중 보험 모집 현상 행사는 1959년 6월과 9월 두 차례에 걸쳐 본사와 지사의 외근 사원을 대상으로 시행했는데, 효과가 매우 커서 무려 50억 환이라는 계약 실적을 올렸다. 보험 모집 현상의 성과로 대한교육보험은 어려운 고비를 넘기게 되었고, 신용호도 한숨 돌릴 수 있었다. 업적에 대한 보상은 사람의 의욕을 높여준다는 진리를 다시 한번 깨닫게 한 행사였다.

이렇게 해서 자금난으로 살얼음판을 걷는 것과 다름없던 초창기 2년을 무사히 넘기고 1960년대를 맞이했다.

초창기 시장 개척

새해를 맞아 신용호는 신년 계획을 세우고 지난 2년을 돌아보며 1960년대를 구상했다. 새해에는 정치·사회 환경이 아무리 나쁘더라도 그동안 구상해둔 신상품을 개발하고 사원 교육을 강화하여 계약고를 배로 늘림으로써, 10년 이내에 업계 정상의 지위를 점령하고야 말겠다는 다짐을 했다.

그러나 해가 바뀌면서 정국은 더욱 어수선해지고 있었다. 3월 15일 제5대 정·부통령 선거를 앞두고 여야의 정치 공세가 극심해지면서 선거전이 고조되었다. 그 와중에 1월 말 야당인 민주당의 대통령 후보 조병옥 박사가 신병 치료를 위해 미국에 갔다 타계하는 불행한 일이 다시 일어났다. 지난번 선거에서 야당의 신익희 대통령 후보가 유세 중에 갑자기 타계한 데 이은 두 번째 변괴였다. 이미 민심은 자유당 정권에 등을 돌린 지 오래였다. 그러나 자유당은 3월 15일, 노골적인 관제 부정 선거로 이승만과 이기붕을 대통령과 부통령으로 당선시켰다.

3·15부정선거는 1956년의 제4대 정·부통령 선거와는 비교할 수 없을 만큼 매수와 협박이 공공연히 자행된 선거였다. 야당의 강력한 대통령 후보가 타계했음에도 자신이 없었던 자유당은 '올빼미표', '피아노표'라는 신조어가 나올 정도로 노골적인 부정 선거를 감행했다. 야당은 즉시 선거 무효를 선언했다. 3월 15일 마산에서 일어난 시위를 시작으로 부정 선거 규탄 시위는 전국으로 확산되었고 급기야 4·19혁명으로 이어졌다.

혁명적 변혁의 소용돌이 속에서 정치·경제·사회는 완전히 마비 상태에 빠졌다. 대한교육보험의 영업 활동도 큰 타격을 받을 수밖에 없었다. 신용호는 사태를 주시하며 미증유의 혼란으로 모든 사람이 절망하고 체념하더라도 자신만은 냉정해야 한다고 다짐했다. 호랑이에게 물려가도 정신만 차리면 산다고 하지 않았는가. 어떤 혼란도 시간이 가면 수습되고 정리되어 정상으로 돌아올 것이므로, 그동안 자기가 해야 할 일을 성실하게 하고 있으면 된다고 생각했다. 정치가도 아닌 자신이 나라를 위해 할 수 있는 것은 정직하고 성실하게 사업에 매진하는 것이라고 믿었다. 간부들은 물론 외근사원들에게까지 들뜨지 말고 침착하고 성실하게 맡은 일을 해나가자고 당부했다.

한 치 앞을 내다볼 수 없는 불안한 상황이 계속되는데도 불구하고 신용호는 보험인으로서 처음으로 보람 있는 일을 해냈다. 4월 11일, 3백여 명의 국민학교와 중학교 졸업생에게 대한교육보험 최초로 보험금을 지급한 것이다. 지급 보험금 총액은 570만 환이었다. 그해 말까지 대한교육보험은 총 1,939만 환의 보험금을 약 1천5백 명의 학생들에게 지급했다.

창업 직후 활동비와 월급을 조달하기 위해 온갖 수모를 감수하며 모집한 '진학보험'과 '아동보험' 가입 학생들에게 지급하는 최초의 보험금이어서 그의 감회는 남달랐다.

'이들은 나의 소원인 교육사업의 첫 수혜자가 아닌가. 앞으로 수혜 학생이 매년 수십만 명이 되도록 노력해야 한다. 그래야 나의 꿈이 이루어지는 것이다.'

보험금 지급이 시작되면서 신용호를 비롯한 직원들은 보람과 함께 긍지를 느꼈다. 창업 직후 황무지를 누비며 '진학보험'이라는 씨앗을 심은 것이 그제야 열매를 맺기 시작했기 때문이었다.

신용호는 내일 지구가 멸망할지라도 한 그루의 사과나무를 심겠다는 마음으로 교육보험의 씨앗을 심어나가야 한다고 다시 한번 다짐했다. 장면 총리가 이끄는 민주당 정권이 들어서고, 1년 내내 시위로 날이 새고 날이 저무는 극한의 혼란 속에서도 그는 이런 마음으로 미래를 내다보고 임직원을 독려하며 회사를 이끌었다.

4·19의 혼란 속에서 '교육보험'을 인가받아 영업을 시작했다. 새로운 보험 상품인 '교육보험'은 기존의 '진학보험'과 '아동보험' 그리고 '육영보험'의 취약점을 보완한 상품이었다. 한번 가입하면 초등학교부터 고등학교까지 졸업할 때마다 보험금을 지급하여 진학 학자금으로 계속해서 쓸

수 있도록 체계화한 보험이었다. 대학에 진학하지 않는 사람은 독립 사업 자금으로 쓸 수 있을 뿐만 아니라, 가입자가 중도에 사망하면 사망보험금으로 지급받을 수도 있는 획기적인 상품이었다.

신용호는 '교육보험'이 회사 발전에 크게 공헌할 것이라는 확신을 가졌다. 그리고 이만한 상품이면 자녀 교육에 미래의 희망을 걸고 있는 우리나라의 가난한 모든 부모들에게 큰 희망을 줄 수 있다고 확신했다.

'교육보험'을 세상에 내놓은 신용호는 전 임직원에게 자신이 관리요원이자 판매요원이라는 각오로 활동해달라고 부탁했다. 나라 전체가 송두리째 흔들리고 있는 혁명적 변혁기의 어려움 속에서 태어난 '교육보험'을 살려내기 위해서는 비상한 각오가 필요했던 것이다. 그러고는 매일매일 정치·사회의 동향을 분석하며 영업 전략을 짜는 데 골몰했다.

각종 이권단체들이 벌이는 시위가 날마다 계속되어 사회는 안정되지 않았지만 비상계엄이 해제되고 내각책임제 개헌안이 발의되는 등 나라의 앞날에 서광이 비치기 시작한 5월 말, 신용호는 그동안의 부진을 만회하기 위한 영업 아이템을 내놓았다. 6월부터 11월까지 6개월간을 '지구별 책임 개척 및 보전 혁신 기간'으로 정하고 이 기간 중에 신규 개척 목표액을 전년도의 총 계약액과 비슷한 85억 환으로 정했다. 목표액을 달성하기 위해 중앙 담당 부서를 개편하여 관리와 지원을 강화하고, 지사에 대한 지원도 대폭 늘렸다. 또 그동안 외면하고 있던 단체보험 시장도 개척하기로 했다.

6개월 동안 신용호는 본사와 지사의 실적을 주 단위로 평가하면서 일선에서 진두지휘했다. 정치·사회의 불안과 혼란으로 줄어들고 있는 계약액을 늘리기 위한 총력전이 이어졌다.

온 나라가 거의 마비되다시피 한 혼란 속에서 6개월 동안 총력전을 벌인 뒤 연말 결산을 해본 결과, 보유계약액이 전년도 실적과 비교하여 6퍼센트 정도 감소해 있었다. 다른 생명보험회사들이 신규 가입자 모집은 고사하고 기존 가입자의 대량 이탈로 보유계약액이 큰 폭으로 감소하여 낙담하고 있던데 비해, 이 정도로 어려운 환경을 극복했다는 것은 불행 중 다행이라고 자위할 수밖에 없었다. 4월에 판매하기 시작한 '교육보험'의 역할이 컸고, 보전부를 신설하여 이미 가입한 고객 관리에 총력을 기울인 것이 도움이 되었다고 신용호는 분석했다.

4·19민주혁명으로 거저다시피 정권을 잡은 민주당 정부는 사회 혼란과 각계각층의 주장을 진정시킬 힘이 없었다. 그러나 신용호는 미국이나 우방들이 민주적인 새 정부에 호의적이므로 자유당 정부보다는 잘할 것이라고 생각했다. 시간이 가면 사회도 안정을 찾을 것이라는 희망을 가졌다.

그런 기대를 안고 단체보험 시장 개척에 큰 비중을 두고 본격적인 활동에 나섰다. 당시 생명보험업계는 개척하기 어려운 개인보험은 등한시하고 단일 계약고가 큰 단체보험으로 명맥을 유지하고 있었다.

대한교육보험은 '진학보험', '아동보험', '육영보험', '교육보험' 등 교육 관련 보험 상품을 개발하여 개인보험의 가능성을 업계에 인식시켜왔지만, 다른 생명보험사들은 노력이 많이 들면서 실익이 적은 개인보험 시장을 외면하고 단체보험 시장에만 매달려 있었다. 이런 업계의 추세를 잘 알고 있는 그가 단체보험을 외면하고, 어렵고 비용이 많이 드는 교육 관련 개인보험 개척에만 정열을 쏟은 것은 회사의 설립 이념인 국민교육진흥의 기초를 먼저 다진 후 단체보험 시장에 참여하겠다고 생각했기 때문이었다. 그러나 신속하게 회사의 외형을 키워 경영 기반을 반석 위에 올려놓기 위해서는 단체보험 시장도 개척해야 한다고 판단하고 상품 개발을 서둘렀다.

대한교육보험 최초의 단체보험 상품인 '단체복지보험'을 승인받자 곧바로 판매에 들어갔다. 단체보험 개척에 대한 전략을 짜고 외근사원을 교육하며 만반의 준비를 하고 있는데, 꿈에도 생각지 못한 5·16군사정변이 일어났다.

전 국민이 놀라고 불안해했다. 그러나 군인들은 오랜만에 자유를 만끽하며 중구난방으로 자기 목소리를 내던 모든 세력을 잠재우고 강압적인 방법이기는 하지만 단기간에 사회를 안정시켰다. 민주주의는 후퇴했지만 사회의 혼란은 가라앉았다.

정권을 잡은 군사정부는 혁명 공약의 하나인 국가 경제 재건을 위해 경제기획원을 신설한 뒤 경제개발5개년계획을 수립하면서, 자원을 조달하기 위해 범국민적 저축운동을 벌이기 시작했다. 절약과 내핍 생활을 국민에게 호소하며 범국민운동 차원으로 저축운동을 확대시켜 나갔다. 이를 계기로 직원들의 활동을 강화한 대한교육보험은 연말에 연간 '교육보험' 신계약 총액 137억 환을 달성했다. 전년에 비해 네 배의 실적을 올린 것이다. 사회 안정이 기업 활동에 얼마나 중요한 역할을 하는가를 체험한 해였다.

5·16 다음 해 정부는 제1차 경제개발5개년계획을 발표하고 내자內資

조달을 위해 모든 공무원과 국영 기업체 직원의 월급에서 2퍼센트씩을 강제로 저축하게 하는 '국민저축조합법'을 제정하고 보험회사를 은행과 동등한 저축기관으로 지정했다. 덕분에 대한교육보험도 일반 은행처럼 영업을 할 수 있게 되었다. 이는 모든 생명보험회사에 도약의 계기가 되었다.

이를 계기로 생명보험회사들은 매월 2퍼센트씩 의무적으로 저축하는 기관과 회사의 단체보험을 유치하기 위해 발을 벗고 나섰다. 규모가 큰 단체와 기관을 유치하기 위한 보험회사들의 각축전이 극심해졌다. 창업 후 개인보험 영업만을 통해 자생력을 갖춘 대한교육보험이 단체 영업에서 성과를 거둔다면 비약적인 발전을 기대할 수 있었다.

신용호는 단체보험 개척이 사세를 키울 수 있는 가장 좋은 기회라 판단하고 직원들을 독려하는 한편 자신도 직접 모집 전선에 뛰어들었다.

첫 번째 단체 계약은 전국엽연초생산조합연합회와 체결한 '국민저축계약'이었다. 국민저축조합법이 발효된 2월 초부터 찾아다니기 시작해 6개월 만에 성사시킨 대한교육보험 최대의 계약이었다. 다른 임직원들도 교섭에 나섰지만 신용호의 공이 가장 컸다. 사장 명함을 들고 실무자와 간부들을 찾아다니며 대한교육보험의 설립 취지를 설명하고, 교육보험이 가난한 학생들에게 진학의 길을 열어주어 국민교육진흥에 이바지하고 있다는 점을 강조하며 협력을 부탁했다.

다른 생명보험회사들은 직원이나 중간 간부급이 찾아와 영업을 하고 있지만 대한교육보험은 하루가 멀다 하고 사장이 직접 찾아와 창립 이념을 설명하며 간곡하게 부탁하는 모습에 실무자와 간부들의 마음이 쏠리기 시작했다. 결국 그의 성실하고 지극한 설득이 조합 간부들과 담당자의 마음을 움직이는 데 성공한 것이다.

1962년 6월 20일, 대한교육보험은 전국엽연초생산조합연합회와 총 12억 원의 단체보험 계약을 체결했다. 이 계약액은 단일 계약으로는 당시 업계 최대였다. 계약 10일 전인 6월 10일, 화폐 단위를 10분의 1로 절하하는 화폐 개혁이 있었기 때문에 화폐 개혁 전의 액수로 따지면 120억 환이었다.

이어 11월에는 해군과 1억 5천만 원의 '단체복지보험'을 체결하고, 1963년 3월에는 전국 교육 공무원과 '국민저축' 계약을 체결하는 등 계속해서 단체 계약을 성공시켜 나갔다. 그리고 개인보험인 '교육보험' 개척에도 심혈을 기울여 전체 개인보험의 50퍼센트 이상의 실적을 유지했다.

그 결과 1964년에는 보유 계약 1백억 원을 돌파하여 창업 6년 만에 업계 2위로 부상했다. 그해 신용호는 제1회 저축의 날에 '최우수 저축기관'으로 대통령 표창을 받았고, 이듬해에는 '국민교육진흥에 기여한 공로'로 문교부 장관 표창도 받았다. 국민교육진흥과 민족자본형성이라는 소망을 이루기 위해 맨손으로 회사를 일으켜 형극의 길을 걸어온 그로서는 처음으로 나라가 자신과 회사의 창립 이념을 인정해주는 것 같아 마음이 흐뭇했다. 그러나 갈 길은 아직 멀었다.

'남들은 뭐라고 찬사를 보내도 지금까지 이룩한 실적은 창립 이념을 실현할 수 있는 최소한의 기초를 다진 데 지나지 않다. 본격적인 시작은 이제부터다!'

회사의 기초를 반석 위에 올려놓기 위해서는 무슨 일이 있어도 교육보험을 통한 개인 영업은 물론이고, 규모가 큰 단체보험을 더 많이 개척해야 한다는 생각으로 신용호는 진행 중이던 육군과의 계약 성사를 위해 모든 힘을 바치기로 결심했다. 국내에서 가장 액수가 큰 육군과의 계약만은 반드시 자기 힘으로 성사시켜 회사의 계약보유액을 단숨에 끌어올리고 싶었다.

신의로 업계 정상에 서다

육군은 1961년 3월부터 체신부의 '새살림보험'에 매월 약 2억 원씩을 저축하고 있었다. 은행이나 보험회사보다는 정부 기관인 체신부와의 거래가 안전하다고 생각했기 때문이다. 그러나 체신부와 거래한 지 1년이 지나 이자를 계산할 때 사고가 생겼다. 체신부 담당자가 개인별 통장에 찍어온 이자 계산이 90퍼센트나 틀린 것이 발견되었다. 이자를 적게 계산한 것이 발견되어 수십만 명의 이자를 다시 계산하고 통장을 재발행하는 소동이 벌어졌다.

육군에 드나들던 직원으로부터 이 사실을 보고받은 신용호는 곧장 육군 징수과 담당자를 찾아가 인사를 하고 착오가 일어나지 않는 제도는 물론이고, 장병들에게 이익을 줄 수 있는 보험 상품을 개발할 터이니 대한교육보험에 저축을 넘겨달라고 부탁했다. 그러나 담당 장교는 일언지하에 거절했다. 그도 그럴 것이 창립한 지 4년밖에 안 되는 작은 보험회사에 관심을 가질 리 없었다. 신용호는 그때부터 매주 서너 번씩 직접 찾아가 담당자와 친분을 맺으면서 한편으로는 육군에 알맞은 상품 개발을 서둘렀다.

제일 먼저 군의 특성부터 연구했다. 군인은 전출·전입·전역이 잦을 뿐더러 매년 호봉이 올라 급여 변동이 있을 때마다 추가 계약을 해야 하는 등 업무가 번잡했다. 그래서 체신부에서 그런 실수를 저질렀던 것이다. 육군과 거래하려면 이를 간소화할 수 있는 방법을 연구할 필요가 있었다.

이런 실태 파악과 연구 끝에 군의 특성에 맞추어 '특종저축보험'을 개발하였다. 특종저축보험은 단체 전용 상품으로 육군이 갖는 업무의 번잡함을 해소하고, 매달 내야 하는 보험료를 3분의 1 이하로 낮추어 부담을 줄였으며, 제대할 때 약속한 보험금과 특별배당금을 지급하는 상품이었다.

새로 개발한 단체 전용 보험 상품을 들고 신용호는 문턱이 닳도록 육군을 드나들었다. 물론 다른 보험회사들도 너나 할 것 없이 육군을 드나들었다. 단일 계약으로는 국내뿐만 아니라 동양 최대의 금액이 될 것이니 그럴 수밖에 없었다. 대한교육보험보다 큰 K생명은 중앙정보부장인 김형욱을 동원해 육군에 압력을 넣었고, D생명에서도 실력 있는 정치인을 동원하여 로비를 벌이고 있었다.

다른 군소 회사도 있었지만 결국 연륜이 가장 짧은 대한교육보험과 K, D생명의 3파전으로 압축된 상태에서 줄다리기가 계속되었다. 사내에서 유력한 정계나 관계 인사를 동원하자는 제안도 나왔다. 신용호가 한국제철을 통해 호되게 곤욕을 치렀던 사실을 익히 알고 있는 간부들도 있었지만 워낙 다급하다 보니 이런 건의가 나왔던 것이다. 하지만 그로서는 간부들의 초조한 마음은 이해하면서도 그런 방법을 동원할 생각은 추호도 없었다.

"두고 보세요. 육군과의 계약을 반드시 성사시킬 겁니다."

이렇게 선언하는 신용호에게는 나름의 전략이 있었다. 첫째가 인간적인 신의를 쌓는 것이었다. 담당자인 경수과 책임 장교는 여러 차례 접촉하는 동안 처음 대했을 때와는 달리 신용호의 성실한 인품과 맨손으로 대한교육보험을 설립해 가난한 집 아이들의 교육을 돕기 위해 직원들과 똑같이 뛰면서 고생하고 있다는 사실을 알고 호감을 가지고 있었다. 더욱이 국민교육진흥과 민족자본형성이 대한교육보험의 창립 이념이라는 것을 듣고 마음속으로 신용호를 신뢰하고 있다는 것을 그의 언행에서 느낄 수 있었다. 신용호는 자신의 진실한 마음을 알고 있는 담당자와 착실히 신의를 쌓아가는 것이 중요하다고 생각했다.

두 번째는 육군 장병들에게 이익을 주는 일이었다. 우체국 저금이나 은행 저금은 연 복리가 30퍼센트였다. 그러나 신용호는 연 복리 32.3퍼센트에 사망이나 재해를 당했을 때 추가로 보상까지 하는 파격적인 상품으로 장병들에게 이익을 줄 생각이었다. 연 복리 32.3퍼센트를 지급하더라도 정기예금 금리와 연계되어 있기 때문에 금리가 떨어지면 이자도 비례적으로 떨어져 큰 손실이 없다는 것을 계산에 넣고 있었다.

군 장병들에게 이익을 준다고 하면 아무리 정치권력이 나선다 해도 군 보험을 가져올 수 있다고 굳게 믿었다. 이러한 제안을 담당 장교에게 알려주고 나서 기회를 보고 있는 중에 또 하나의 호재가 생겼다. 김성은 국방부 장관이 군인 자녀를 위한 학교를 지으려고 하는데, 예산이 없어 여러 가지 방안을 연구 중이라는 정보가 들어왔던 것이다.

사병들은 대개 한 곳에 근무하다가 제대하지만 장교 등 직업 군인들은 이동이 잦은 것이 군의 특징이다. 따라서 가족을 부양하는 장교들은 이사가 잦고 그때마다 자녀들은 전학을 다녀야 한다. 때문에 국방부는 자녀 교육으로 인한 장병들의 고민을 덜어주고 사기를 높이기 위해 전방이 가까운 강원도 춘천에 군인 자녀를 위한 학교를 지으려고 기공식을 가졌다. 일단 시작을 해놓고 건축비는 어떻게든 해결할 생각이었다.

그러나 막상 건축비를 조달하려고 하자 제대로 되지 않았다. 문교부에서 군인 자녀만을 위한 학교는 교육의 형평성에 어긋나 건축비를 줄 수 없다고 통보해온 데다 국방부 예산도 군 전력 증강과 군인만을 위해 쓸 수 있을 뿐 가족들을 위해서는 쓸 수 없게 되어 있었다. 문제를 해결하기 위해 백방으로 노력하던 김성은 장관은 군인연금에 사활을 건 보험회사의 협조를 받기로 했다. 그래서 보험회사 대표들을 국방부 회의실로 모이게 했다.

신용호도 연락을 받고 국방부 회의실로 달려갔다. 낯익은 보험회사 상무와 전무들이 모여 있었지만 사장은 자기 한 사람뿐이었다. 김성은 장관은 학교 건설 규모를 설명하고 보험회사 간부들에게 군인학교 건축비와 운영비를 얼마나 출연할 수 있는지 금액을 적어내라고 했다. 그러자 다른 생명보험 전무와 상무들은 회사에 들어가 사장과 상의한 후 써내겠으니 시간을 달라고 했다. 하지만 신용호는 주저하지 않고 2억 원을 써서 국방장관에게 건넸다. 1967년 당시 2억 원이면 큰 금액이었다. 다른 생명보험회사가 감히 생각할 수 없는 거금이었다.

대성학원 설립위원이자 영보국민학교 설립자로 고향에서 교육사업에 헌신했던 아버지의 모습이 떠올랐다. '강한 나라가 되려면 국민이 깨쳐야 한다'고 입버릇처럼 교육의 중요성을 강조하던 아버지의 목소리가 귓전을 맴돌았다. 교육보험을 통해 건전하고 투명한 민족자본을 형성하고 국민교육에 앞장서겠다는 대한교육보험의 대표로서 2억 원을 쾌척키로 한 것이다. 2억 원이란 큰돈을 군인 자녀들의 교육에 내놓는다 해도 군인보험을 독점한다는 보장은 없었다.

회사의 규모로 볼 때 과할 수는 있지만 목숨을 걸고 나라를 지킨 군인들에게 당연히 해야 할 일이라고 생각했다. 문서를 작성해 김성은 장관에게 건네는 순간, 이육사의 모습이 아련히 떠올랐다. 언제였던가, 1943년 초여름 북일공사 시절 마지막으로 찾아온 이육사에게 독립운동 자금을 전달하던 장면이 오버랩되었다. 이육사는 그에게 자금을 건네받으며 충칭과 옌안을 다녀오겠다고 은밀하게 속삭였다.

"신군에게 상세한 이야기를 하지 않는 것은 만약을 모르기 때문이네. 행여 나에게 무슨 일이 있더라도 나와 자네는 생면부지일세."

신용호는 이육사가 일본군의 손길이 미치지 않는 충칭과 옌안에 가는 것은 광복군에게 조달할 무기를 구입하기 위해서일 것이라고 생각했다.

그토록 애타게 기다리던 조국의 광복을 불과 1년 반 앞두고 차디찬 이국의 감옥에서 순국한 이육사가 하늘나라 어디선가 자신을 굽어보고 있을 것 같았다. 그러자 사업가가 되어 조국에 봉사하겠다고 했던 약속을 다시금 실천하게 되었다는 자긍심이 온몸을 휘감았다.

김성은 장관의 굵직한 목소리에 신용호는 짧지만 깊은 상념에서 깨어났다.

"신 사장의 군軍에 대한 애정을 확인했습니다. 군의 특성에 맞는 상품도 개발하고, 화랑지사花郞支社를 통해 주요 단위 부대와 보험 계약을 맺은 것도 잘 알고 있습니다. 조만간 단체보험을 체결할 회사를 선정하겠습니다."

치밀한 전략과 과감한 결단으로 신용호는 1967년 4월 초, 육군과 계약을 체결했다. 반드시 성사시키겠다는 회사 간부들과의 약속을 지킨 것이다. 육군과의 계약 소식이 알려지자 회사 안은 온통 감격과 환희로 가득찼다. 업계에서는 업계 막내가 엄청난 일을 해냈다는 사실에 놀라 말문을 열지 못했다.

계약액은 170억 원, 우리나라의 생명보험사상 단일 계약으로는 최대였다. 육군과의 계약이 성립됨으로써 대한교육보험의 보유계약액은 374억 원이 되어 보험업계 정상의 위치에 우뚝 서게 되었다. 그리고 창립 10주년인 1968년 8월까지 총 보유 계약액은 460억 원으로 증가했고, 월평균 신계약액도 20억 원을 돌파하는 고속 성장을 이어갔다. 연간 신계약 점유율 23퍼센트, 보유 계약 점유율 30퍼센트, 연간 수입보험료 점유율 26퍼센트, 총자산 점유율 30퍼센트로 업계 정상을 튼튼히 지키며 회사를 반석 위에 올려놓은 것이다.

선진국에서도 보험회사가 완전히 자리를 잡는 데는 50년이 걸린다고 했다. 그런데 가장 늦게 출발한 대한교육보험이 창립 9년 만에 국내 업계 정상의 자리에 올랐다는 것은 놀라운 일이었다. 많은 사람들이 이 쾌거를 축하해주었다.

정상의 자리. 신용호는 지난 9년을 돌아보며 생각했다. 그것은 '성실함'의 승리였다. 자신의 인생관이자 대한교육보험의 사훈인 '성실誠實'이 이루어낸 성과였다. 하지만 맨손가락으로 생나무를 뚫겠다는 의지와 노력이 따르지 않았다면 회사를 업계 정상의 위치에 끌어올리지 못했을 것이며, 앞으로의 발전도 기약할 수 없었을 것이었다.

멀리 보고 넓게 보라

창립 9년 만에 회사를 업계 정상에 올려놓은 신용호는 사장 자리를 유능한 경영인에게 물려줄 때가 왔다고 판단했다. 일반 관리 업무는 사장에게 맡기고, 자신은 보다 총괄적인 기획과 전략을 세우기로 했다. 미래 지향적인 정책 개발에 시간을 쓰는 것이 외형이 커진 회사를 계속 발전시키는 데 도움이 된다고 생각한 것이다. 정책 결정 기능은 자신이 맡고, 밀도 있는 실무 추진 기능은 사장이 맡는다는 구상이었다.

1967년 5월 15일, 신용호는 사장 자리를 조준호 부사장에게 넘겨주고 자신은 이사회 회장이 되었다. 조준호는 창립 준비를 할 때부터 그의 사업 이념에 공감하고 회사의 발전을 위해 몸과 마음을 바쳐온 창립 동지였다.

이사회 회장 취임 후 신용호는 현장 순회에 나섰다. 보험은 일선 현장의 설계사들이 고객을 유치하는 업무가 시작이며 끝이다. 따라서 단 한

명의 고객이라도 확보하는 것이 중요한 일이다. 수천 건의 계약은 한 건의 계약이 수천 번 반복된 것이다. 따라서 보험 영업은 거저가 없다. 뿌린 만큼 거둘 뿐이다.

신용호는 현장을 돌며 일선 직원들과 어울려 대화를 나누는 가운데 문제점도 파악하고, 자신의 경영철학을 전파했다.

그 첫 번째는, 세상에는 거저와 비밀이 없다는 것이었다.

"거저 생기면 공짜와 요행을 바라게 되고, 노력 없이 쉽게 얻으려 들기 마련입니다. 그러다 보면 남을 속이거나 세상을 원망하게 되고, 비관에 빠져 의욕을 잃게 마련입니다."

신용호의 말에 외근 직원들은 고개를 끄덕였다. 세상에 거저가 없다는 것은 매일같이 고객을 만나는 자신들도 절실하게 공감하고 있었다.

그는 농촌 출신이 대부분인 외근 직원들이 쉽게 이해할 수 있도록 쌀을 화제 삼아 이야기를 이어나갔다.

"쌀을 한자로 쌀 미*라고 하는데, 이 한자를 풀어쓰면 88八+八이 됩니다. 쌀 한 톨을 얻는 데 농부의 땀과 정성이 여든여덟 번이나 미치기 때문입니다. 여러분도 고객과 만나 새로운 계약을 체결하기 위해서는 농부의 심정이 되어 땀과 정성을 쏟아야 합니다."

신용호의 비유 적절한 논리에 외근 직원들은 소리 없이 쌀 미자를 반복해 적으며 결의를 다졌다.

"다음으로 중요한 것이 씨를 뿌리지 않으면 거둘 게 없다는 점입니다. 티끌 모아 태산이라는 말이 있듯이, 매 순간 열정을 가지고 자신이 하고 있는 일에 투자해야 결실을 볼 수 있습니다. 매일 신문에서 지식 정보를 한 건씩만 오려서 모아 두고 틈날 때마다 정독한다면 10년 후에는 여러분 중 누구라도 박사 학위 논문을 서너 편 쓸 수 있는 지식이 축적될 것입니다. 조금씩 천천히, 그러나 꾸준한 투자만이 과실이 되어 돌아옵니다."

독학으로 보험업의 생리를 깨치고, 교육보험이라는 독창적인 사업 아이디어를 창안한 그다운 영업철학이었다. 외근 직원들은 회장이자 창립자인 신용호의 평범하지만 당연한 진리의 일깨움에 자신을 뒤돌아보게 되었다는 표정이었다.

신용호는 1천6백여 명으로 늘어난 외근 직원들 한 명 한 명에게 자신의 영업철학을 심어준 다음 선진국의 보험시장을 살펴보기 위해 해외 출장을 다녀왔다. 그리고 국내외를 시찰하면서 '제2의 창사운동'을 구상했다. 대한교육보험이 업계 정상에 오르고 신용호가 이사회 회장에 취임한 1967년은 정부의 제2차 경제개발5개년계획이 시작된 해로, 지난 5년 동안 9퍼센트 대의 경제 성장이 이어져 국민들은 희망에 부풀어 있었다. 구로동 수출공업단지를 준공하고 전주공단을 건설하기 시작하는 등 정부는 수출과 공업 입국에 총력을 기울이고 있었다. 정부가 내놓은 제2차 계획의 청사진도 의욕적이었다.

신용호는 제2차, 3차 경제계획이 계속 성공한다면 1970년대에는 우리나라도 가난에서 벗어나 중진국 대열에 들어설 수 있다고 예상했다. 뿐만 아니라 국민들도 선진국처럼 한 사람이 여러 가지 보험을 들 수 있는 경제적 힘이 생기는 시대가 올 거라고 전망했다. 따라서 1년 후만 바라보고 계획을 세우던 근시안적인 태도를 버리고 5년, 10년을 내다보는 중·장기 계획을 세워 새로운 경영 환경에 대비해야 할 때라고 보았다.

5년, 10년 후의 대한교육보험의 미래상은 어떻게 설정해야 할까. 선진 국을 시찰하면서 그는 끊임없이 생각하고 생각했다. 보험은 국민의 생활 수준과 직결되는 품목이라 정부의 경제 정책을 연구하며 미래를 설계 해야 하는데, 정부는 제2차 계획이 끝나는 5년 후의 우리나라 GNP를 1966년의 세 배로 잡고 있었다. 그렇다면 대한교육보험의 보유계약액은 세 배나 네 배로 잡아도 될 것 같았다. 경제가 발전하면 취업자도 늘어 나고 국민 개개인의 소득도 그만큼 늘어날 것이므로 노력하기에 따라서 는 그 이상의 계약액을 올리는 것도 불가능하진 않다는 생각이 들었다. 1967년 4월의 회사 총 보유계약액이 374억 원이니까 1971년의 총 보유계 약액을 1천억 원 이상으로 계획해도 될 것 같았다.

이런 계획을 세우기 위해서는 먼저 혁신과 재창조의 전략이 필요하다 고 생각했다. 우선 신규 계약을 양적으로 대폭 늘려나가기 위해서는 외 근 직원을 계속 보충하면서 능률을 높일 수 있도록 조직하고 교육을 시 켜야 하며, 보유계약액의 보전 관리조직도 개선, 발전시켜야 했다. 과학 적이고 합리적인 새로운 경영 관리 기법을 도입하여 회사를 새롭게 탄생 시키지 않으면, 1970년대의 새로운 보험시장에서 선두 주자의 자리를 유 지할 수 없다는 생각을 했다. 이에 따라 신용호는 '제2의 창사운동'의 방 향을 변화와 혁신으로 설정했다.

변화와 혁신은 어찌 보면 신용호가 일생 동안 붙잡고 실천한 화두였 다. 고정관념을 깨뜨리는 아이디어와 독창적인 인사관리, 그리고 경영철 학이 바로 변화와 혁신의 정신에서 비롯되었다.

'제2의 창사운동'의 첫걸음은 경영 부문의 제도 개혁이었다. 그 첫 작업이 예산 관리 제도의 도입이었다. 초창기 우리나라 생명보험회사들은 예산 관리 제도를 도입하지 않고 있었다. 생명보험은 공장에서 물건을 생산하여 시중에 판매하는 제조업과 달리 사업비가 유동적이기 때문에 사전에 예산을 세운다는 것은 매우 어렵고 무의미한 것으로 인식되어왔다. 때문에 생명보험사들은 실제로 발생하는 사업비를 사후에 관리하는 소극적인 방법을 택하고 있었다. 적극적으로 사업을 펼치는 경우에는 사업비를 먼저 투자한 후 업적이 뒤따르지 못하면 막대한 경비가 초과 지출되는 어려움을 겪고 있었다.

신용호는 이런 비합리적인 제도를 시정하고 예산의 과학적인 운용 방법을 창출하기 위해 관리부 산하에 예산과를 신설하고 과감하게 예산 관리 제도의 도입에 나섰다. 선진국 생명보험회사의 예산 관리 제도를 수집하여 예산과의 직원들과 함께 연구하고 이를 바탕으로 대한교육보험의 특성에 맞는 제도를 만들었다. 예산 관리 제도의 도입으로 과학적 경영 관리 시대가 열렸고, 신규 계약이 폭증한 1970년대에도 목표 관리와 예산 절감이 가능하게 되었다.

예산 관리 제도를 개혁한 후에는 '제2의 창사운동'을 모든 부문으로 확대하여 전개했다. 인력 양성 체계를 새롭게 정비하는 한편, 업무 처리 기준과 절차를 규정한 사규집인 『사무취급규정』을 발간했다.

또 계약 관리 기간이 긴 보험의 속성을 절감하여, 수리통계과장을 일본에 보내 전산 실무를 공부시키고, 간부 사원 네 명으로 하여금 전산화 계획을 본격적으로 연구하도록 했다. 1970년에는 간부 사원 두 명을 다시 일본에 파견하여 10개월 동안 니혼생명日本生命과 일본 IBM에서 전산 교육을 받게 했다. 그들이 돌아온 뒤 전자계산실을 발족시켜 구체적으로 전산화 작업을 추진하기 시작했다.

전자계산실에서는 보험 사무의 전산화 작업을 추진하여 개인보험 업무의 전산화를 일단락 지었다. 1975년에는 IBM사의 최신 대형 컴퓨터(IBM 370-125)를 단독으로 수입, 설치했다. 이는 국내 보험사로서는 최초였을 뿐만 아니라, 정부 기관을 제외한 민간 기업으로서 대형 컴퓨터를 업무용으로 단독 설치한 예는 아주 드물었다.

대형 컴퓨터로 데이터베이스를 구축하여 서울-부산 간 온라인 시스템을 가동시켰다. 보험업계 최초로 온라인 업무를 시작하면서 빠르고 정확한 고객 서비스의 새로운 시대를 열었다.

전산화 작업을 추진하면서 신용호는 직원들에게, "앞으로 컴퓨터를 모르면 간부가 될 수 없다!"라고 입버릇처럼 말했다. 컴퓨터의 원리를 알고 자유자재로 이용할 줄 모르는 사람은 앞으로 아무것도 할 수 없으니 열심히 배우라는 말이었다. 극소수의 사람들을 제외하고 컴퓨터는 자기와 상관없다고 생각하던 1970년대 초반에 그는 이미 정보화 시대를 예견하고 있었다.

그의 예상대로 대한교육보험은 1971년 3월 업계 최초로 보유 계약 1천억 원을 돌파했으며, 3년 후에는 2천억 원을 돌파했다. 전산화가 되지 않았다면 처리할 수 없는 방대한 물량이었다.

보유 계약 2천억 원을 돌파하자 5백여 명의 임직원과 전국의 기관장이 참석한 가운데 '대약진 총궐기 대회'를 개최했다. 이 자리에서 '제1차 5개년 계획'을 발표했다. 5개년 계획은 창립 20주년이 되는 1978년까지 '제2의 창사운동'을 차질 없이 마무리 짓고, 1980년대 새로운 도약과 고도성장을 지속할 수 있는 기반을 다지기 위한 장기 계획이었다.

1978년의 총 보유 계약 목표를 1조 5천억 원으로 정하고 이를 실현하기 위해 기관 수를 4백 개, 조직원을 1만 5천 명으로 확대하는 것 등을 골자로 한 계획이었다. 이 계획은 제1차 오일 쇼크 등의 영향으로 1조 원을 돌파하는 데 그쳤으나, 2천억 원을 돌파한 지 불과 4년 만에 5배를 성장시킨 경이적인 신장세였다. 창업한 지 만 20년, 대한교육보험은 당당하고 늠름한 성년이 되었다. '제2의 창사운동'도 유종의 미를 거두며 마무리되었다.

'회사를 이처럼 건강한 성년이 되도록 키우느라 그동안 고생도 많이 했지! 이만하면 일단 성공한 셈이야. 그러나 대한교육보험의 백년대계를 완성할 때까지는 아직 갈 길이 멀지!'

신용호는 회사 창립 20주년을 맞아 스스로를 평하며, 동시에 가슴속에 품고 있는 회사의 미래를 헤아렸다.

그리고 '제2의 창사운동'을 준비하던 1969년 9월 25일, 보험인으로서는 최초로 국민훈장을 받았다. 저축의 날, 대통령이 직접 수여한 국민훈장의 수여 사유로 정부는 네 가지 공적을 밝혔다.

첫째, 국내 최초로 '교육보험'을 창안·개발함으로써 국민 저축을 통한 경제 발전에 크게 기여한 공로.

둘째, 업계가 개척이 용이한 단체보험을 위주로 한 데 비해 창립 때부터 개인보험에 주력함으로써 업계 전체 개인보험의 50퍼센트를 점유하는 등 가계 저축 증대에 탁월한 성과를 거둔 공로.

셋째, 창립 10년간 경영 합리화에 힘써 가장 늦게 시작한 대한교육보험을 최우수 업체로 육성시키는 등 생명보험의 발전에 선도적 역할을 한 공로.

넷째, 보유계약액 764억 원(업계 점유율 36.4퍼센트)을 거두어 정부의 저축 목표를 초과 달성하는 한편, 저축된 자금의 96퍼센트 이상을 주택 건설, 지하자원 개발, 간척사업, 도로·항만 건설 등 국가 기간산업에 조달함으로써 경제 개발과 사회복지에 이바지한 공로.

이 공적 사항들은 창업 때부터 10년 동안 신용호와 대한교육보험의 임직원들이 이루어낸 사업 성과를 정부가 평가한 것이었다.

하지만 대한교육보험의 성장에는 말 못할 고뇌도 있었다. 대표적인 것이 신용호의 독특한 인재관을 이해하지 못한 임직원들의 오해였다.

신용호는 보험을 '거절의 영업'이라고 인식했다. 아무리 좋은 상품을 소개해도 고객은 거부의 자세로 듣기 마련이다. 앞으로 닥칠 위험에 대비한 상품을 판매하는 것이기에 고객의 입장에선 거부감이 들 수도 있다.

더구나 대부분의 사람들은 당장의 생활에 급급해 미래 상품인 보험의 필요성을 당장 느끼지 못한다. 그래서 보험설계사들은 쉽게 지치고 자신감을 잃기 쉽다. 신용호는 우수한 보험맨은 항시 겪는 실패와 좌절을 낙관적으로 받아들여야 한다고 생각했다. 당장의 성과나 실적보다 실패와 좌절을 어떻게 극복하고 받아들이는가를 중요하게 보았고, 보험맨의 자질을 갖춘 사원들을 많이 양성하는 길이 곧 성공의 비결이라고 생각했다. 하지만 당장의 실적에 급급한 일선 현장의 영업 책임자나 일부 임원들은 신용호의 인재관을 받아들이지 못했다.

그에 따라 미래 지향적인 인재관을 고집하는 신용호의 경영철학은 당장의 영업 성과에 매달리는 임원들의 인재관과 부딪치는 일이 종종 발생했다. 그럴 때마다 신용호는 회사의 미래를 위해 혁신적인 인사를 단행할 수밖에 없었다.

신용호의 독특한 인사 관리는 보험업의 특성에서 연유했다. 눈에 보이는 물건도 없고, 고정된 판매망이나 거래처가 없는 보험업은 능동적인 경영 전략이 필요하다. 경제 환경에 가장 영향을 많이 받는 것이 보험업이다. 따라서 신용호는 보험업이야말로 고착화된 체계를 고집하면 성장할 수 없다고 믿었다.

시시각각으로 변하는 경제 상황은 물론이고 고객들의 라이프스타일 변화에 맞게 회사를 이끄는 리더들도 끊임없이 자기 혁신을 해야만 회사가 발전한다고 믿었다. 그래서 보험회사는 '안정'을 추구하는 일반 기업과 달리 항상 '변화'해야 퇴보하지 않는다는 경영철학을 갖고 있었다. 그에 따라 신용호는 변화무쌍한 경제 흐름에 맞추기 위해 개방적이고 혁신적인 인사 관리를 단행할 수밖에 없었다.

회사의 미래를 위해 일반 기업들이 원칙으로 삼는 연공서열을 깨는 인사를 단행할 때마다 신용호는 아픔을 곱씹어야 했다. 그럴 때면 신용호는 대상자들을 불러 위로해주었다. 평소에는 반주로 와인 한 잔 정도를 마시는 그였지만, 그런 자리에서는 청탁을 불문하고 통음했다.

젊은 시절, 문학가와 음악가를 꿈꾸었던 신용호는 예술적 감성이 뛰어

길이 없으면 길을 만들며 간다

났다. 일제 강점기 때 성악가였던 셋째 형 용원에게서 보듯 그 역시 음악 수준이 남달랐다. 현장 경영을 중시했던 신용호는 틈만 나면 전국의 지점을 순회하며, 일선에서 고객과 만나는 설계사들과 애환을 나누었다. 그때마다 신용호는 보험업의 산증인으로서, 선배 설계사로서 지혜와 경험을 아낌없이 나누어주었는데 식사 자리에서 흥이 나면 「사랑의 미로」와 같은 유행가를 부르며 설계사들의 노고를 위로했다.

보험업계는 사원 구성비에서 여성들이 차지하는 비중이 높다. 1960년대 이후, 보험업계가 양적으로 팽창하면서 자연스레 채용된 여성들은 전업으로 취업 전선에 뛰어든 직업적 보험인에서부터 가계에 보탬이 되고자 부업 삼아 일하는 주부들까지 다양했다.

신용호는 주부사원들의 강인한 어머니의 마음을 높이 평가했다. 그리고 보험업에서 판매자와 고객은 하나라는 사실에 주목했다. 상품을 판매하는 직원들 스스로가 누구보다 보험을 필요로 하는 고객이었다. 따라서 보험업의 발달은 고객과 직원들 모두를 만족시킨다고 판단했다.

보험을 이해한 고객이 상품에 가입하고, 보험의 혜택을 입은 고객이 감동하여 판매자가 되기 때문이었다. 이를 신용호는 '핵분열'이라고 했다. 작은 씨앗 하나가 꽃을 피우고 그 꽃에서 수천 개의 새로운 씨앗이 여물어 마침내 꽃밭을 이루는 것을 뜻했다. 이러한 고객과 판매자의 동일성은 보험업의 성장으로 이어지고, 보험사는 늘어나는 보유 계약액을 산업에 투자해 경제 활성화를 선도하게 되므로 고용을 창출했다.

신용호의 핵분열론은 인류가 오랜 세월 경험을 통해 만들어낸 조직관리에서 얻은 지혜라고 할 수 있다. 인류는 더불어 살면서 다양한 조직

체계를 만들어냈다. 위에서 아래로 이어지는 수직적 관계와 옆으로 이어지는 수평적 관계, 구심점으로부터 원형으로 퍼지는 점조직 등이 기본적 모델이다. 이러한 기본적 모델을 토대로 다양한 조직이 생겨났다. 신용호의 핵분열 형태는 고객과 판매자가 하나가 되고, 고객 감동을 통해 고객이 새로운 고객을 만들어낸다는 점에서 획기적이었다.

물론 핵분열이 이루어지려면 고객의 만족과 감동이 필연적이다. 따라서 신용호가 핵분열을 통한 조직 확대를 강조한 것은 고객에게 무한한 책임과 봉사를 해야 한다는 자신과의 약속이자, 설계사들에 대한 독려였다. 더구나 보험설계사는 무자본 무점포로도 본인의 역량과 노력 여하에 따라 무한한 성장 가능성이 열려 있으므로 신용호는 고객이며 판매자인 주부 설계사들을 각별하게 대했다.

하지만 주부들은 장기간 근속하는 정착률이 떨어지기 마련이었고, 연고 판매에 치우치는 경향이 있었다. 때문에 주부들의 판매 소득을 향상시키고, 전문 보험설계사로 양성하기 위한 교육을 중시했다.

주부들에 대한 교육에서 그가 특히 강조한 것은 '한번 고객은 영원한 식구'라는 명제였다. 고객은 보험의 필요성에 의해 맺어진 인연이지만 계약 체결로 인연이 끝나서는 안 된다는 점을 인식시켰다. 믿음과 신용으로 맺어진 고객과의 인연의 끈을 반드시 놓지 말라며, 종로에 있던 육의전六矣廛 상인 사회의 독특한 문화를 예로 들었다.

"육의전 상인들에게는 아버지가 자식에게 단골손님의 명부인 복첩福帖을 넘겨주는 전통이 있었습니다. 그들은 복첩을 조상의 신주와 나란히 모실 정도로 소중하게 여겼습니다. 복첩에는 단골들의 집안 내력부터 기제사를 모시는 날까지 상세한 정보가 기록되어 있었습니다. 상인들은 이 복첩을 대대로 물려받아 단골을 관리했습니다. 심지어 단골을 복인福人이라 부르며 귀하게 대했습니다. 단골 덕분에 자신의 집안이 대대로 장사를 하며 행복하게 살 수 있기에, 복인이라 부른 것입니다. 보험 영업도 마찬가지입니다. 한번 인연을 맺은 고객을 정성으로 대한다면, 고객이 고객을 이어주게 됩니다. 고객은 바로 여러분의 자산입니다."

주부들에 대한 그의 애정과 배려는 회사 발전에도 기폭제로 작용했다. 다른 한편으로 대한교육보험은 여성들의 사회 참여를 촉발시킨 기업으로 한국 경제에 큰 족적을 남기게 되었다.

— 제6부 —

사람이 희망, 인재를 키우다

교보문고는 독학 시절에 하숙생들에게 빌려 읽은 책으로 세상에 대한 눈을 뜨고, 인생을 설계했던 신용호의 오랜 꿈이 담긴 공간이다. 자신처럼 꿈을 가진 청소년들이 책을 통해 큰 그릇이 되고, 이 나라와 인류에 공헌해주기를 염원하는 메시지이기도 하다.

교보생명의 광화문 사옥이 들어설 당시 세종로 사거리는 지상에 횡단보도가 없어 사방으로 길을 건너는 모든 사람이 지하도를 이용하고 있었다. 신용호는 서울시의 허가를 얻어 교보생명 빌딩의 지하 공간과 세종로 지하도를 연결해놓았다.

이와 같은 입지 여건 때문에 교보생명 빌딩은 준공도 되기 전에 지하 1층을 임대하겠다는 사람들과 기업체의 청탁이 줄을 이었다. 대한교육보험 부동산기획팀도 지하 공간에 각종 고급 식당과 편의 시설 등을 입점시키는 사업계획을 수립했다.

그러나 신용호의 생각은 달랐다.

"서점 개설을 전제로 사업계획을 짜보도록 하세요."

그의 지시에 기획팀은 발칵 뒤집혔다. 노른자위 상권에 적자가 뻔한 서점을 운영하겠다는 그의 지시가 얼토당토않다고 생각했던 것이다. 담당자는 그 많은 업종 중에 하필이면 가장 장사가 안 된다는 서점일까 하고 불만스러워하면서도 자료를 수집하고 서점계의 현황을 분석하여 계획을 세웠다. 손익 계산을 추정해보니 임대료를 계산하지 않더라도 큰 적자라는 결과가 나왔다.

그러나 계획서를 검토해본 신용호의 판단은 달랐다. 종로통에 있는 몇 개 서점들의 영업 현황을 바탕으로 도출한 이 분석을 그대로 적용해선 안 된다는 생각이었다. 서울의 중심 세종로 사거리에 위치한 교보생명 빌딩의 지하 공간은 입지적 이점이 탁월하고 세종로 지하도와 연결되어 있는 데다, 매장 면적이 운동장처럼 넓고 평면 구조라는 장점이 있다. 이 장점을 최대한 살려 선진국의 서점 못지않은 내부 디자인을 하고 운영을 현대화하여 명품 서점을 만들면 1~2년 안에 손익분기점을 넘어설 수 있다고 확신했다.

신용호는 일본 도쿄에 있는 기노쿠니야紀伊國屋나 산세이도三省堂 서점보다 더 크고 좋은 서점을 만들어 젊은이들이 모여들게 하고 그들의 독서 의욕을 북돋아주고 싶다고 했다. 하지만 누구 하나 그의 제안을 반기는 임원이 없었다. 우리나라의 독서 인구 수준으로 보아 적자가 크게 날 거라는 예측 때문이었다.

"물론 1~2년 동안은 적자가 납니다. 그러나 적자가 나더라도 우리 대한교육보험이 꼭 해야 하는 사업입니다. 우리 회사의 창립 이념이 무엇입니까. 국민교육진흥 아닙니까. 청소년들을 학교에서 가르쳐 사회에 내보내기만 하면 다 되는 게 아닙니다. 학교를 다닐 때는 물론이고 사회에 나와서도 계속 책을 읽고 폭넓은 지식을 흡수하여 인격을 높이고 능력을 키워나가야 합니다. 이런 조건을 갖추어야 우리나라가 선진국이 되는 것입니다.

그런데 지금 우리나라의 서점들을 보세요. 종로에 있는 종로서적을 제외하고는 전국의 모든 서점이 구멍가게 수준입니다. 월간지와 참고서를 주로 팔고 있고, 문학이나 교양도서는 대중이 좋아하는 베스트셀러 수준의 책이나 몇 권 갖추고 있는 실정입니다. 책 수준이 조금만 높아도 찾는 사람이 적으니까 가져다 놓질 못하고 있어요. 때문에 꼭 사고 싶은 책을 사려면 출판사를 수소문해서 찾아가야 구할 수 있는 실정 입니다. 그러나 서점만 탓할 순 없습니다. 진열할 공간이 좁기 때문에 어쩔 수 없어요. 형편이 이러니까 뜻있는 출판사에서 수준 높은 교양서적이나 학술서적을 출판하고 싶어도 받아주는 서점이 없어 출판을 꺼리는 형편입니다.

나라가 발전하고 선진국이 되려면 베스트셀러도 읽어야 하지만 인문과학이나 자연과학과 같은 전문 교양도서가 많이 출판되어야 하고, 이런 책이 많이 읽힐 수 있도록 독자들과 만날 수 있는 광장을 만들어야 합니다. 서점을 하고 싶은 이유가 바로 청소년을 비롯한 각계각층의 독자들이 원하는 책과 만날 수 있는 장소를 만들어주어야겠다는 생각에서 비롯되었습니다."

신용호는 장황하다고 생각하면서도 전에 없이 긴 이야기를 했다. 그리고 이렇게 마무리했다.

"쉽게 말하면 우리나라에 처음으로 책 백화점을 차리는 겁니다. 백화점에 가면 없는 물건이 없지요. 우리나라에서 나온 책을 모두 비치해서 누구나 찾는 책을 다 접할 수 있게 하자는 것입니다.

물론 외국 서적도 수입해서 팔아야 합니다. 그래서 유치원 아이들부터 대학교수에 이르기까지 책을 찾는 사람들이 자유롭게 드나들며 마음대로 책을 들춰보고, 돈이 없으면 서서 읽고 가는 도서관 같은 책방을 만드는 것입니다. 아침부터 저녁까지 지식을 갈망하는 사람들이 북적대고, 그들이 발산하는 열기로 이 사옥을 뜨겁게 달구고 싶습니다. 그리고 청소년 시절부터 우리 서점을 사랑하고, 우리 서점에서 책을 많이 사본 사람들이 커서 훌륭한 작가나 대학교수도 되고 사업가도 되고 노벨상도 타고 대통령도 된다고 생각해보세요. 그 이상 나라를 위하는 사업이어디 있으며, 또 얼마나 보람 있는 사업입니까! 이것이 바로 우리 회사가제2의 창사운동을 하듯 제2의 국민교육진흥운동을 시작하는 것이라고생각합니다."

그동안 혼자서 머릿속에 담아놓은 이야기를 회사 간부들에게 털어놓고 나니 신용호는 마음이 한결 상쾌해지면서 의욕이 배가되는 기분을느꼈다.

서점 이름을 '주식회사 교보문고'로 정하고 본격적인 내부 디자인이 시작되었다. 신용호는 서점 입구에 '사람은 책을 만들고 책은 사람을 만든다'는 글귀를 새기도록 지시했다. 해방 직후 민주문화사를 설립해 출판사업을 시작할 때 삼았던 좌우명이었다. 좋은 책을 만들어 인재를 키우려던 꿈은 비록 좌절되었지만, 책을 통해 사람을 만들려는 꿈만은 반드시 이루고 말겠다는 의지의 표현이었다.

개점 준비에 들어가자 출판계와 서점계로 소문이 퍼져나갔다. 이를 반긴 곳은 출판계였다. 가장 먼저 전화를 걸어온 이는 을유문화사 정진숙사장이었다.

"정말 훌륭한 결정을 하셨습니다. 앞으로 교보문고가 우리나라 출판문화 육성에 크게 기여할 겁니다. 정말 감사합니다."

정진숙 사장은 10여 년 동안 출판문화협회 회장으로 있으면서 출판문화 발전에 기여한 원로 출판인이며, 신용호와 삼성의 이병철 회장 등 기업인들의 친목 골프 모임인 '수요회' 멤버로 친교가 두터운 사이였다. 그리고 덧붙이기를, 출판인들은 한 사람 빠짐없이 환영하고 고마워할 것이지만 서점들의 반대가 걱정이라는 말을 했다.

신용호도 예측하고 있었지만 그가 염려한 것처럼 서점들의 반발이 이어졌다. 서적상연합회 이름으로 대형 서점은 안 된다는 반대 공문이 날아오더니 항의 방문이 이어졌다. 대형 서점이 생기면 작은 서점들을 찾는 고객을 빼앗아가기 때문에 군소 서점이 망한다는 것이었다. 그러나 이들의 주장은 근시안적인 생각이었다.

신용호는 교보문고를 열기로 결정하기 전부터 이 문제를 검토하고, 군소 서점에는 별 지장이 없다는 판단을 내렸다. 대형 서점이 소규모 서점의 영업에 지장을 주지 않는다는 그의 생각은 이랬다.

첫째, 책은 일반 상품과 달라 출판사에서 판매 정가를 책에 인쇄하여 서점에 내보내고, 정가대로 팔기 때문에 구멍가게 서점에서 사든 백화점에서 사든 동일하다. 따라서 광고나 서평 등에서 정보를 얻어 책을 사는 사람은 회사나 집 근처 책방에서 사고, 없을 때만 큰 서점으로 온다. 이런 책의 생리 때문에 큰 서점이 작은 서점에 끼치는 피해가 적다.

둘째, 대형 서점에서는 전시 장소가 비좁아 소형 서점이 취급하지 못하는 책을 전시할 수 있으므로 학술 서적이나 수준 높은 교양 도서의 출판을 촉진하여 학술과 문화 발전에 기여하고, 독서 인구의 저변을 확대하기 때문에 결국 소형 서점에도 도움을 준다.

셋째, 대형 서점이 들어서면 그 주변에 오히려 전문화된 군소 서점이 많이 생겨 서점가가 형성된다. 도쿄의 간다神田 거리는 대형 서점과 소형 서점이 어우러져 있고, 유럽의 유명한 서점가에도 대형 서점은 반드시 한두 개씩 들어서 있다. 이는 대형 서점이 작은 서점을 망하게 하는 것이 아니라 그 반대임을 증명하는 것이 아니고 무엇인가.

이와 같은 내용을 설명하며 교보문고 개점의 당위성을 이해시키기 위해 여러 차례 서적상 대표들을 만나 대화를 나누었다. 하지만 그들은 그의 설명을 이해하고 수긍하면서도 쉽게 물러나지 않았다.

서적상들과의 대화를 시작하면서 신용호는 전부터 알고 지내온 이도선李道先을 교보문고 사장으로 초빙하기로 했다. 이도선이라면 교보문고의 산파 역할은 물론 개점 후에도 뛰어난 역량을 발휘할 적임자라고 판단했기 때문이다.

사장으로 와달라는 부탁을 받은 그는 봄부터 대학에 나가기로 결정되었다며 정중하게 사양했다. 하지만 신용호는 단념하지 않고 간곡하게 그를 설득했다.

"국회의원을 여러 차례 지낸 분에게 서점 사장을 맡아달라고 해서 미안하지만, 이 사업은 단순한 서점을 여는 것과는 차원이 다르기 때문에 특별히 부탁하는 것입니다."

신용호는 서점을 여는 목적이 독서 인구의 저변을 넓히고, 출판문화 발전의 견인차 역할을 하는 데 있으니 동참해달라고 부탁했다. 평소 그의 사업철학과 인품을 잘 알고 있는 이도선은 결국 마음을 바꾸었다. 그리고 정상화될 때까지 운영에 어려움이 없도록 버팀목이 되겠다는 조건으로 교보문고 사장직을 수락했다.

보험회사의 감독 부서인 재무부는 처음엔 서점 개업에 부정적이었다. 서점은 수익이 적은 업종으로 알려져 있는데 적자가 나서 보험 가입자들에게 손해를 끼칠 수 있다며 실무자들은 난색을 표했다. 할 수 없이 이도선 사장은 이승윤 재무부 장관을 찾아갔다. 그리고 당분간 적자가 나더라도 꼭 서점을 해야겠다는 신용호의 의지와 서점 개설에 담긴 속뜻을 설명했다. 이도선 사장의 말에 이승윤 장관은 그런 훌륭한 뜻을 가지고 하는 일이라면 재무부가 어떻게 반대할 수 있겠느냐며 투자 승인을 약속했다.

이처럼 교보문고는 각계각층의 환영과 격려를 받으며 개점을 향해 발걸음을 재촉하고 있었지만 서적상연합회의 반대만은 좀처럼 수그러들지 않았다.

개점을 강행해도 되지만 신용호는 끝까지 그들의 동의를 얻어 모든 사람의 환영과 축하를 받으며 문을 열고 싶었다. 이런 사정을 잘 아는 정진숙 사장을 비롯한 출판계 대표들과 사회 지도층 인사들까지 발 벗고 나섰지만 서적상연합회의 뜻을 바꾸지 못했다.

신용호는 마지막으로 한번 더 그들을 만나기로 했다. 사장인 이도선과 함께 서적상 대표들을 만난 자리에서 이번에는 대형 서점의 필요성과 긍정적인 효과를 말하지 않고 무조건 여러분이 아량을 베풀어달라고 부탁했다. 자신은 서점을 해서 돈을 벌겠다는 것이 아니라 서점을 근거로

사람이 희망, 인재를 키우다

독서운동을 벌여 독서 인구를 늘리는 데 목적이 있으니 이 점을 이해하고 개점에 동의해달라고 간곡히 말했다. 돈을 벌 생각이라면 차라리 세를 놓지 왜 적자가 나는 서점을 하겠느냐고 설득했다.

백발이 성성한 신용호의 간곡한 설득에 그들은 드디어 고집을 접었다. 서적상연합회 대표들의 체면을 세워주기 위해 신용호는 자진해서 월간지 판매만은 당분간 하지 않기로 약속했다. 그러고 나서 홀가분한 마음으로 개업을 기다렸다. 678평의 매장에는 개가식 서가를 세워 책 60만 권을 진열할 수 있도록 꾸몄다.

금싸라기 땅을 책의 천국으로

1981년 6월 1일, 교보문고의 문이 열리자 사옥 준공식과 개업 행사 참석자들은 놀라움을 감추지 못했다. 종로2가에 있던 종로서적과 양우당을 큰 서점으로 알고 있던 그들은 넓고 현대적인 서점에 감탄하며 찬사를 아끼지 않았다. 참석자들은 서가를 돌며 책을 고르는가 하면, 어떤 이들은 신용호에게 다가와 이런 서점을 내줘 정말 고맙다고 인사했다.

"숲에 가면 상쾌한 나무 냄새에 취하듯 교보문고에 들어서면 싱그러운 책 냄새에 취해 한번 들어온 사람은 누구나 책을 사랑하게 될 겁니다!"

그가 잘 아는 한 원로 문인의 감상이었다.

"이처럼 넉넉하고 편안하고 자유스러운 분위기라면 청소년들이 많이 드나들며 책도 사고 친구도 만나는 만남의 광장이 되기에 충분합니다."

문교 정책을 담당한 공무원은 들뜬 목소리로 찬사를 보냈다.

"학술서적이나 전문서적도 독자와 만날 수 있는 넓은 공간이 마련돼 용기가 납니다. 좋은 책 많이 내겠습니다."

하고 인사를 청하는 출판사 사장도 있었다.

정진숙 사장과 함께 서점을 돌아본 이병철 회장이 신용호의 손을 잡고,

"정말 훌륭한 일을 하셨습니다. 외국 서점에서 책을 살 때마다 우리나라도 선진국이 되려면 제대로 된 큰 서점이 여럿 생겨야 한다고 생각해왔는데, 신 회장에게 선수를 빼앗겼군요. 정말 훌륭한 서점입니다. 외국의 대형 서점보다 장점이 더 많습니다. 앞으로 젊은이들이 많이 모여들 겁니다."

하고 소감을 말했다. 그러자 옆에 있던 정진숙 사장도,

"교보문고가 오픈한 오늘은 신 회장만 기쁜 날이 아니라 우리나라 출판계의 경사입니다!"

라며 기쁨을 감추지 않았다.

교보문고는 곧장 세종로의 명소로 자리를 잡았다. 특히 청소년층의 사랑을 받으며 만남의 장소이자 지적 탐구욕을 자극하고 채워주는 지식과 문화의 광장이 되었다.

개점 후에도 신용호는 틈만 나면 교보문고로 내려와 매장을 돌아보며 즐거워했다. 개점 두 달 후 여름방학이 되자 학생들이 몰려들기 시작했다. 매일같이 매장을 돌아보던 그는 다섯 가지 지침을 정리하여 매장 직

원들에게 알리고 이를 실천하라고 지시했다.

첫째, 모든 고객에게 친절하고, 초등학교 학생들에게도 반드시 존댓말을 쓸 것.

둘째, 한 곳에 오래 서서 책을 읽는 것을 절대 제지하지 말고 그냥 둘 것.

셋째, 책을 이것저것 빼보기만 하고 사지 않더라도 눈총을 주지 말 것.

넷째, 앉아서 노트에 책을 베끼더라도 제지하지 말고 그냥 둘 것.

다섯째, 간혹 책을 훔쳐가더라도 도둑 취급을 하여 절대 망신을 주지 말고 남의 눈에 띄지 않는 곳으로 인도하여 좋은 말로 타이를 것.

다섯 가지 지침은 책이 더럽혀지거나 손실되더라도 반드시 지키도록 했다. 그 바람에 직원들은 고달팠지만 찾아오는 고객들에게 교보문고는 완전한 개방형 서점으로 책의 천국이 되었다.

외국서적 코너도 기능을 하기 시작했다. 학술서적과 과학기술서적을 수입해 대학과 연구소, 기업체의 연구 활동에 도움을 주기 위해 문을 연 외국서적 코너는 이도선 사장이 담당 직원을 데리고 직접 미국과 유럽의 저명 출판사를 찾아가 책을 구입해 진열했다.

이처럼 개점 초부터 우리나라 학문 발전과 과학기술 발전에 밑거름이 될 책들을 들여오고 도서 목록을 대학과 연구기관에 배포했다. 때문에 교보문고 외서부는 금세 널리 알려졌고, 도서 구입과 주문이 몰려들었지만 적자 운영은 상당 기간 계속되었다.

그의 소망대로 교보문고는 청소년에게 지식을 파는 독서의 쉼터가 되고, 교양과 학문의 밑거름이 되는 책의 백화점으로 자리를 굳히며 성장하기 시작했다. 그리고 2년이 지나자 손익분기점을 넘어섰다. 영업 전망을 회의적으로 보았던 경영진도 그의 선견지명에 고개를 숙였다.

혹자가 나기 시작하자 신용호는 이 과실만은 다른 데 쓰지 말고 비축해두도록 했다. 출판계의 발전에 맞추어 교보문고를 확장하고 교보문고가 펼쳐나갈 독서 인구의 저변 확대에 사용해야 한다고 생각했다.

예측한 대로 개장 때는 여유 있던 매장이 3~4년이 지나자 부족해지기 시작했다. 신간이 늘어나고 방문 고객 수가 꾸준히 증가했기 때문이었다. 매년 확장을 거듭해 개업 8년째인 1988년까지 매장 면적을 배로 늘렸다. 연차적으로 늘리다 보니 미관상 거슬리는 점도 많았다. 그러자 신용호는 매장 전체를 전면적으로 개보수하고 디자인을 다시 하는 계획을 세우도록 지시했다.

교보문고가 작성한 계획은 제대로 개보수를 하려면 일단 책을 모두 출판사에 반품하고 최소한 8개월 동안 문을 닫아야 하는 엄청난 난공사였다. 예산도 그동안 벌어들인 이익금 전액을 투자해야 했다.

계획서를 놓고 의견이 엇갈렸다. 8개월이라곤 하지만 1년이 걸릴 수도 있는 공사 기간 동안 문을 닫으면 고객들에게 불편을 줄 뿐만 아니라, 앞으로의 영업에도 영향을 줄 위험이 있다는 것이었다. 서점 업무에 숙련된 수많은 직원을 해고했다가 다시 채용할 수도 없고, 그렇다고 놀리면서 1년씩이나 월급을 줄 수도 없으니 부분적으로 작업을 해나가자는 의견과 모든 것을 감수하고 전면적인 보수를 하자는 의견이 양립했다.

신용호는 양측의 의견을 경청하고 나서 1년 후에 제2의 창업을 한다는 생각으로 완전히 새로운 디자인을 하여 면목을 일신하자는 의견을

사람이 희망, 인재를 키우다

내놓았다. 직원들은 한 사람도 해고하지 말고 교육을 시키면 되고, 필요한 사람은 해외 연수도 보낼 수 있는 기회라고 말했다. 그리고 교보문고 매장의 장점을 아는 고객들이라면 1년 정도는 참아줄 것이라고 장담했다.

결국 1991년 6월부터 이듬해 5월까지 만 1년 동안 문을 닫고 전면적인 개보수 작업을 했다. 공사를 끝낸 교보문고는 완전히 새로운 모습으로 다시 태어났다. 매장 면적은 1,692평으로, 진열할 수 있는 책은 178만 권이었다. 개관 당시의 세 배였다.

제2의 탄생으로 경쟁력이 높아진 교보문고는 매출량도 현격하게 향상되었다. 연간 판매 부수가 782만 권으로 하루 평균 2만 1천7백 권이 판매되고, 방문자는 연간 1천5백만 명에 하루 평균 4만 5천 명에 달했다.

교보문고를 확장, 개점한 뒤 약속한 대로 신용호는 독서 인구 저변 확대를 위한 독서운동을 다각도로 전개해 나가도록 독려했다. 초기에는 독서 인구 10배 늘리기 운동을 시작해, 유명 작가와 저자들을 모시고 매달 전국의 중고등학교를 돌며 '명사 문학 강좌'를 여는 한편 각종 독서 심포지엄과 '저자와의 대화' 프로그램을 운영하는 등 독서 의욕을 높이는 '책사랑운동'을 지속했다.

1994년부터는 모회사인 교보생명과 연계하여 '1천만 명 독서 인구 저변 확대운동'을 시작했다. 이 운동을 위해 도서정보지 『지구촌 책정보』를 제작했다. 매달 출판되는 단행본 중에서 양서 4백 권을 골라 내용을 소개하고 서평을 실어 독자들이 책을 고르는 데 참고하도록 매월 2만 부씩 인쇄하여 무료로 배포했다.

교보생명의 설계사들이 정보지를 받아볼 대상자를 발굴하고, 우송료를 교보문고에서 부담한 이 운동은 우리나라 독서운동의 새로운 장을 열었다. 그 밖에 독서운동의 일환으로 많은 비용을 들여 각종 도서 전시회를 주관했다.

광화문 교보문고를 통해 독서운동의 지평을 연 신용호는 지방 사옥에도 지역점을 개설했다. 서울과 마찬가지로 지방 서점들의 반대를 겪었지만, 시간을 갖고 설득해 교보문고 지방점을 지역의 문화공간으로 만들었다.

교보문고는 독학 시절에 하숙생들에게 빌려 읽은 책으로 세상에 대한 눈을 뜨고, 인생을 설계했던 신용호의 오랜 꿈이 담긴 공간이다. 자신처럼 꿈을 가진 청소년들이 책을 통해 큰 그릇이 되고, 이 나라와 인류에 공헌해주기를 염원하는 메시지이기도 하다.

사람이 희망, 인재를 키우다

제7부

꿈과 희망을 담은 건축 의지

"어떤 어려움이 있어도 이곳에 사옥 부지를 확보해야 합니다. 너무 비싸게 사서도 안 되지만 헐값으로 사들여서도 안 됩니다. 개중에는 금싸라기 땅이니 버티면 값을 올려줄 것으로 알고 터무니없는 가격을 요구하는 사람도 있을 것입니다. 그러나 그런 분들과 감정적인 대립은 절대로 하지 마세요. 커다란 꿈을 가지고 짓는 사옥인데 남의 원성이 깃들어서는 안 됩니다. 끝까지 순리대로 설득해야 한다는 점을 명심하기 바랍니다."

사옥은 기업 이미지를 창출한다

1971년 초, 보험업계 최초로 보유 계약 1천억 원을 돌파하고, 제2의 창사운동을 시작하면서 신용호는 사옥 건축을 추진하기 시작했다. 그가 생각하는 사옥은 단순한 건물이 아니었다. 안정된 업무 공간의 확보를 목적으로 하는 일반 기업의 사옥과 달리, 국민교육을 지향하는 기업의 지향점에 걸맞게 한국인의 꿈과 희망이 실현되는 공간으로서의 역할을 갖추어야 했다.

고객이 맡긴 보험료를 운용하는 것은 보험회사에게 중요한 일이다. 따라서 자산 운영을 다각화하는 것은 물론이고, 경제 상황에 대한 정확한 예측을 바탕으로 한 투자와 관리에 뛰어난 전문 인력을 활용하고 있다. 이런 차원에서 신용호는 사옥을 통해 고객에게 안정적인 금융(보험)회사의 이미지를 심어주고자 했다. 사옥의 군건하고 안정감 있는 위용을 통해 사세社勢를 고객에게 인식시킴으로써 그들이 안심하고 재산을 믿고 맡길 수 있는 회사라는 점을 부각시켜야 한다고 생각했다.

더불어 사옥을 비롯해 앞으로 회사가 소유하게 될 건축물은 장기적이

꿈과 희망을 담은 건축 의지

며 부가가치가 높고 효율적인 자산 운용의 성과를 거두어야 한다고 생각했다. 때문에 그가 생각하는 사옥은 기업 이미지의 창출을 비롯해 자산 운용과 직원들의 자긍심 고취 등 여러 가지를 담은 상징적인 의미가 있었다.

젊은 시절, 중국 대륙을 여행하며 동서양의 건축물을 보고 그 아름다움과 웅장함에 충격을 받았던 신용호는 건축에 대한 관심이 남달랐다. 그에게 있어 건축물은 단순한 공간이 아니라, 실용 예술이었다. 문학이나 음악과 같은 순수 예술이 정신을 일깨우는 작품이라면, 건축물은 감상하면서 직접 사용하는 완벽한 종합 예술품이라고 인식했다. 그와 더불어 사옥에 자신의 철학과 대한교육보험의 경영이념을 접목시켜야 한다고 생각했다. 그것은 성실함에서 비롯되는 단순함과 실용성이었다.

사옥 건축에 대한 기본적 구상이 잡히자, 신용호는 틈나는 대로 외국의 주요 도시를 돌아보며 자신이 원하는 기능과 감각을 갖춘 건물을 머릿속에 그려나가기 시작했다. 또한 사옥이 들어설 부지를 어디로 정할 것인지 고심하기 시작했다. 아무리 고심해도 개업식 때 약속한 대로 서울에서 제일 좋은 자리는 광화문이 있는 세종로 동쪽이었다.

그렇게 생각한 데는 분명한 이유가 있었다.

첫째, 세종로 사거리 동쪽 시작점에는 1914년에 세운 도로원표道路元標가 있다. 도로원표는 동서남북으로 뻗어나간 모든 도로의 기점으로, 이 지점부터 거리가 측정된다. 따라서 세종로는 우리 국토의 지리적 중심지이며 한반도의 정기精氣가 모이는 배꼽에 해당되는 지점이다.

둘째, 세종로에서 광화문에 이르는 거리에는 조선조 5백 년 동안 정치의 중심이었던 육조六曹의 관아가 위치했다. 왕궁을 중심으로 좌우로 육조가 있었는데, 광화문의 동쪽 첫째 관아가 의정부議政府였고, 그 남쪽에는 내무부에 해당하는 이조吏曹, 이웃에는 서울시청 격인 한성부漢城府와 재경부인 호조戶曹가 자리했다. 서쪽은 교육부와 외무부인 예조禮曹, 감사원인 사헌부司憲府 등이 있었다. 또한 세종로는 우리나라 상업의 중심지였던 육의전이 시작되는 종로 거리와 맞닿아 있었다.

신용호는 광화문 일대를 수없이 걸으며, 역사와 조상들의 숨결을 느끼면서 회사의 이미지와 어울리는 터가 어디인가를 숙고했다. 그러던 중 발길이 호조(조선시대 재정을 맡아보던 중앙 관아)가 있었던 세종로 동쪽에 머물렀다. 한국전쟁 당시 서울 수복 직후 호조의 전통을 이어 한동안 재무부가 있던 자리였다.

이곳에 한때 기로소耆老所가 있었다는 점도 그의 마음을 잡아끌었다. 임금이나 정2품 이상의 전현직 문관으로 70세 이상이 된 나라의 원로들에게만 기로소에 들 자격이 주어졌는데, 이는 가문의 영광이었다. 기로소의 원로들은 영수각靈壽閣이라 명명된 건물에서 국사를 자문했는데, 여생을 나라에서 책임지고 보살폈다. 따라서 원로들의 지혜를 활용하는 이상적인 보험이라고 할 수 있었다.

지적도를 놓고 세종로 동쪽 종로 1번지를 중심으로 약 3천 평을 사옥 부지로 결정한 신용호는 성품 바르고 끈기 있는 사원들을 선발했다. 재무부가 이사 간 뒤로 들어선 전매청을 비롯한 공공기관이 소유한 토지가 수십 필지였지만, 사유지가 무려 1백여 필지로 지주만 1백여 명에 달했기 때문이었다.

지주들을 설득시키면서 원만하게 부지 매입을 달성하려면 외유내강한 성품의 소유자들이 적임이라고 생각했다. 때문에 부지 매입을 착수하기 전, 담당 사원들을 불러 당부했다.

"어떤 어려움이 있어도 이곳에 사옥 부지를 확보해야 합니다. 너무 비싸게 사서도 안 되지만 헐값으로 사들여서도 안 됩니다. 개중에는 금싸라기 땅이니 버티면 값을 올려줄 것으로 알고 터무니없는 가격을 요구하는 사람도 있을 것입니다. 그러나 그런 분들과 감정적인 대립은 절대로 하지 마세요. 커다란 꿈을 가지고 짓는 사옥인데 남의 원성이 깃들어서는 안 됩니다. 끝까지 순리대로 설득해야 한다는 점을 명심하기 바랍니다."

물론 어려움이 많을 것이라는 생각은 신용호도 하고 있었다. 소유주들 중에는 엉뚱한 욕심을 부리는 사람이 한둘이 아닐 것이다. 그래서 부지 매입 기간을 넉넉히 잡았다. 예상했던 대로 부지 매입은 난항이었다. 공공기관 부지는 쉽게 타결되었지만 개인 소유 부지는 하나같이 시가보다 터무니없이 많은 돈을 요구하며 버텼다.

직원들의 노력은 실로 눈물겨웠다. 한 사람의 건물주를 열 번이고 스무 번이고 찾아가 설득하고 또 설득했다. 시세보다 높은 가격을 제시해도 그들의 욕심은 한이 없었다. 신용호 자신도 수없이 직접 나서서 건물주들을 만나 설득했다. 회사 직원이 보는 앞에서 무릎을 꿇고 사정한 일도 있었다. 그럴 때마다 직원들은 자신들이 하겠으니 돌아가라고 등을 떠밀었지만 허약한 모습을 보이면 직원들의 사기가 떨어질 것 같아 참고 또 참았다.

회사는 비약적인 성장을 하고 있었지만, 사옥 건축을 위한 부지 매입에는 우울한 날이 계속되었다. 인내심이 강한 그로서도 불면으로 뒤척이는 날이 많아졌다. 그러던 중 가슴에 맺힌 답답함을 풀어주는 단비가 내렸다.

맏아들 창재가 서울대학교 의과대학에 입학한 것이다. 독학으로 학교 문턱도 드나들지 못한 자신과 달리 명문 대학에 떡하니 입학한 아들이 대견했다.

신용호는 창재의 입학식이 있던 날, 모처럼 일찍 귀가해 아들과 속 깊은 대화를 나누었다.

"의업의 길은 험난하다. 사람의 생명을 다루는 일이 어찌 간단할 수 있겠느냐."

"……."

이제 갓 대학생이 된 창재는 아버지의 말씀에 자세를 고쳐 앉았다.

"애비는 서양 의학도 한의학도 문외한이지만, 책에서 세조 임금이 의사를 여덟 가지로 나눈 것을 기억하고 있다. 첫째인 심의心醫, 둘째인 식의食醫, 셋째인 약의藥醫를 제외한 나머지는 모두 나쁜 의사라고 했다. 그만큼 좋은 의사가 되기는 힘들다. 그러니 학업에 정진해야 한다."

"명심하겠습니다."

세조는 환자의 마음을 헤아려 마음의 병까지 치료하는 심의, 먹을거리로 병을 낫게 하는 식의, 약으로 병을 고치는 약의를 제외한 나머지 다섯 부류, 즉 혼의昏醫, 광의狂醫, 망의妄醫, 사의詐醫, 살의殺醫는 환자를 제대로 보지 못해 병을 치료하기는커녕 병을 더하거나 없는 병도 만드는 악의惡醫라고 『의약론醫藥論』에서 꼬집었다.

그는 인간의 몸은 소우주라는 한의학의 철학에 공감하고 있었다. 그러므로 소우주인 인간의 몸과 마음을 연구하는 의학은 결국 우주와 세상의 질서를 깨치는 학문이라고 여겼다. 따라서 아들이 의학을 통해 세상의 질서를 깊이 있게 이해하고 통찰하는 큰 인물이 되길 바랐다.

헌헌장부軒軒丈夫가 된 아들의 모습에서 위로를 받은 신용호는 또다시 직원들에게 부지 매입을 독려했다. 많은 건물주들이 그들의 성실한 자세와 합리적인 가격 제시에 동의했지만 일부 땅 주인들은 4~5년 동안의 설득에도 요지부동이었다. 때마침 서울특별시에서 이 지역을 도시 재개발 사업 지구로 지정했다. 재개발지구로 지정되면 건물주가 부당한 가격을 요구하며 재개발을 막는 건물은 법에 의해 강제로 매입할 수 있었다. 그러나 원한을 사선 안 된다고 생각한 신용호는 순리로 문제를 풀어나가기 위해 인내심을 가지고 노력했다. 마지막까지 버틴 건물주를 설득하기 위해 몇 년에 걸쳐 수백 번을 찾아가기도 했으니, 매듭을 푸는 데 꼬박 7년이라는 기나긴 세월이 필요했다.

부지 매입이 난항에 봉착하면 신용호는 머리를 식히기 위해 남산으로 향했다. 월출산에 비교할 수는 없지만, 남산에 오르면 야간열차를 타고 처음 경성 땅을 밟았던 시절로 돌아가 젊음의 패기를 회복할 수 있었다.

어둠에 싸인 서울은 생동하고 있었다. 네온사인과 자동차에서 내뿜는 불빛들이 각양각색의 물줄기가 되어 흐르고 있었다. 머지않아 한반도의 중심에 꿈과 희망의 공간을 쌓아 올릴 것이라는 생각을 하자, 지주들로부터 당한 냉대도 봄눈처럼 녹아내렸다.

하지만 지주들의 탐욕은 쉽게 떨쳐낼 수 없었다. 신용호는 홍귀달洪貴達의 남산 '헛가리집'을 떠올렸다. 연산조 때 판서를 지낸 홍귀달의 집은 남산 선비촌에 있었으니, 당호堂號가 허백당虛白堂이라 그의 집이 9만 9,999칸이란 소문이 팔도에 자자했다. 하지만 실상은 단칸 누옥 헛가리집에 불과했다. 부정부패를 용납하지 않았던 지조 있는 선비의 집이 어찌 9만 9,999칸일 수 있었으랴.

분수를 지키는 홍귀달의 삶처럼 성실과 정직은 신용호의 인생철학이었다. 무일푼으로 사업을 일군 그가 성공할 수 있는 힘은 바로 성실과 정직이었다. 그래서 허례허식과 사치를 멀리했다. 그런 신용호가 서울에서 가장 좋은 터에 가장 좋은 사옥을 짓겠다 다짐하고, 이를 실천하는 이유는 사옥을 짓는 것이 아니라 대한교육보험의 고객이자 주인인 한국인들에게 꿈과 희망을 밝히는 공간을 만들려는 의지였다.

홍귀달의 초라한 헛가리집이야말로 선비 정신의 상징이기에, 그는 대한교육보험의 크고 우람한 사옥을 21세기를 위한 교육문화의 요람으로 활용하리라 다짐했다.

부지 매입이 끝날 무렵 신용호는 정부 고위 당국자로부터 만나자는 전갈을 받았다. 사옥을 짓는 동안 정부의 이해를 받을 일이 한두 가지가 아닌 터라 흔쾌히 응했다.

"신 회장님! 부지 매입이 얼추 끝나셨다고요?"

"거의 마무리 단계입니다."

"오늘은 제가 회장님께 좋은 선물을 하나 드리기 위해서 뵙자고 했습니다."

"선물이라니요?"

느닷없는 선물 타령에 신용호는 의아했다.

"회장님도 아시다시피 수출 1백억 달러 시대를 맞아 외국 바이어들이 우리나라에 많이 찾아오고 있습니다."

"그렇겠지요."

"그런데 문제가 많습니다. 바이어들이 편하게 묵을 수 있는 호텔이 턱없이 부족해요."

고위 당국자는 서울 도심에 일제 강점기부터 있던 조선호텔과 반도호텔밖에 없어 수요가 부족할뿐더러 국제회의와 같은 행사를 치르기에는 시설도 미흡한 형편이라고 말했다.

"그나마 현대적 시설을 갖춘 워커힐도 도심에서 떨어진 변두리에 있어 어려움이 있습니다."

"말씀을 듣고 보니, 다소 그런 점도 있겠습니다."

"시간에 쫓기는 바이어들이 손쉽게 일을 볼 수 있도록 정부 청사와 가까운 광화문에 현대식 고급 호텔을 세운다면, 정부의 수출 증대 정책에 협조도 하고 돈벌이도 되는 사업이 아닙니까?"

"……"

그의 의중을 파악한 신용호는 대꾸할 말을 잊었다.

"회장님, 호텔 허가도 내주고 음으로 양으로 도와드릴 테니 사옥은 나중에 짓고 호텔을 먼저 지으시지요."

그는 건설 자금이 없으면 정부가 나서서 융자도 보장하겠다고 장담했

길이 없으면 길을 만들며 간다

다. 하지만 신용호는 흔들리지 않았다. 물론 호텔을 지으면 큰 돈벌이가 된다는 것은 잘 알고 있었다. 그러나 아무리 쉽게 돈을 벌 수 있다 하더라도 국민교육을 창립 이념으로 삼고 있는 대한교육보험이 호텔업에 진출하는 것은 바람직하지 않다고 생각했다.

"말씀은 고맙지만…… 호텔업은 우리 회사의 기업 이미지나 지향하는 바와 맞지 않는 것 같습니다."

신용호의 정중한 거절에도 불구하고 그는 수출만이 나라의 살길이기 때문에 대통령도 앞장서서 총력을 기울이고 있는데, 중앙청 가까운 곳에 선진국 수준의 멋진 호텔을 지어야 한다며 뜻을 굽히지 않았다.

신용호도 물러설 수 없었다. 돈만 생각한다면 호텔도 지을 수 있었다. 그러나 광화문에 사옥을 짓는 것은 대한교육보험주식회사의 꿈의 상징탑을 세우는 것이며, 회사의 백년대계를 위한 터전을 마련하는 것이었다.

거절할 만한 묘안을 찾던 신용호의 머리에 옛 속담 하나가 떠올랐다.

"옛날부터 해서는 안 되는 일을 빗댈 때 '동헌東軒 문전에 주막을 짓는 일'이라고 말합니다. 국가의 정사를 보는 중앙청 문전에 숙박업소를 짓는다는 것은 나라 체면에 먹칠하는 것인데, 그걸 아는 제가 어떻게 돈이 된다고 해서 호텔을 짓는단 말입니까."

대통령 관저가 가깝고 서울의 중요한 관청이 모여 있는 곳에 호텔이 들어서면 나라 체면이 안 선다는 뜻이었다. 오히려 외국인을 위한 고급 호텔은 워커힐처럼 경치가 좋고 조용한 곳이라야 한다는 것을 누누이 강조했다.

광화문 한복판에 호텔 허가를 내주고 건설 자금까지 융자해준다면,

꿈과 희망을 담은 건축 의지

사옥은 나중에 다른 곳에 짓고 적극적으로 호응해오리라 믿었던 그는 신용호의 분별 있는 말에 손을 들고 말았다. 하지만 문어발식으로 기업체를 늘리고 있는 재벌들의 생리를 잘 알고 있는 그는 신용호의 완곡한 거절을 이해하지 못하는 것 같았다.

신용호는 호텔을 짓지 않는 대신 대한민국 1번지에 들어서는 빌딩으로 손색없는 건물을 짓고, 완성되면 단독으로 대사관 건물을 갖지 못하는 작은 나라 외교관들이 대사관 사무실로 쓸 수 있도록 하겠다고 약속했다. 바이어들 대신 각국 대사와 영사들에게 대한對韓 외교의 장을 마련해주겠다는 것이었다. 이때의 약속은 그대로 실천되어 빌딩이 완공되자, 1980년대 국교를 수립한 세계 여러 나라 대사관이 입주하기 시작하여 교보빌딩은 대사관 집성촌이 되었다.

부지 매입도 끝내고 호텔을 지으라는 정부의 권유도 뿌리친 신용호는 빌딩 설계의 세계적 권위자인 시저 펠리Cesar Pelli에게 기본 설계를 맡기기로 결정했다. 펠리는 미국 로스앤젤레스에 있는 그루엔 설계사무소 소장으로 있다가 예일 대학교 건축대학 학장으로 초빙되어 갔는데, 뉴욕의 80층, 90층 빌딩을 열네 채나 설계한 건축가였다.

펠리를 초빙해 설계 계약을 체결한 신용호는 그와 함께 일본으로 갔다. 그리고 미리 보아두었던 빌딩을 하나하나 찾아다니며 함께 관찰했다. 빌딩마다 자신이 좋아하는 특징과 잘못된 점을 일일이 설명하며,

"건물마다 제가 좋아하는 특징과 잘못되었다고 지적한 것을 기억해두었다가 설계에 반영시켜주었으면 좋겠습니다."

라고 부탁했다. 실물을 놓고 건축주의 의견을 설명한 것이다.

펠리는 여러 차례 서울에 와서 현장을 답사하고 그때마다 신용호의 의견을 듣고 이를 설계에 반영했다. 마침내 그의 첨단 건축기법에 신용호의 건축철학을 접목시킨 설계가 완성되었다.

교보빌딩이 완공된 후 펠리는,

"설계는 내가 한 것으로 되어 있지만, 실제로는 신용호 회장이 시키는 대로 서기 노릇을 한 셈이지요."

라고 말할 정도로 신용호의 의견이 많이 가미되었다.

자기가 생각하고 연구하여 옳다고 판단한 것을 합리적으로 설득하여 관철시키는 신용호의 개성이 세계적인 건축학자에게도 예외 없이 작용한 것이다.

기본 설계가 완성되자 실시 설계는 엄이嚴李건축사무소에 맡겼고, 대우개발주식회사를 시공회사로 선정했다. 그리고 1977년 10월 21일에 기공식을 갖고 첫 삽을 떴다.

우여곡절 끝에 광화문 본사 사옥을 예정대로 마무리지은 이후에는 정력적으로 지방 사옥의 건축에 매달렸다. 1984년 11월에 완공된 인천 사옥을 필두로 1988년까지 대전·울산·부산 등에 12개의 사옥을 마련해 지방 사옥 시대를 열었다. 지방 사옥은 규모의 차이는 있으나 5층의 목포와 청주 사옥을 제외하고는 모두 7층에서 10층 사이로 건축했다.

지방 사옥을 계획할 때 신용호는 본사 사옥과 같은 모양으로 지어 사옥 이미지를 통일할 생각이었다. 겉모양뿐만 아니라 기본 구조와 소재, 색상까지 통합해 사옥의 외형만 보아도 한눈에 대한교육보험 빌딩임을 알 수 있게 설계하도록 했다.

'건축물은 건축주의 품격과 인격을 말해준다. 비싼 재료를 써서 지나치게 화려함을 강조한 건물을 보면 사람들은 졸부猝富를 연상한다. 그리고 지나치게 권위적이고 딱딱한 인상을 주는 건물은 사람들이 외면한다. 하지만 자연친화적이고 안정감을 주는 건물은 사람들의 마음을 편안하게 해주고 친근감을 느끼게 한다.'

신용호는 이 말을 건축미학으로 머리에 담고 본사 사옥을 지었고, 지방 사옥들도 본사 사옥의 축소형으로 통일했다. 또한 안팎으로 여유 있는 공간을 만들고 반드시 나무를 심어 조경하는 것도 잊지 않았다.

이렇게 본사 사옥의 축소형으로 지은 초기의 지방 사옥들은 회사의 공신력을 높이고, 대내적으로는 조직의 일체감과 응집력을 높이는 효과를 거두었다. 그러나 1990년대 이후에는 시대 변화와 건축문화의 발전에 맞추어 지방 사옥들을 다양한 모습으로 지었다. 그 대표적인 건축물이 강남 교보타워다.

철학과 예술을 연계시킨 교보타워

광화문 교보빌딩을 비롯해 10여 개가 넘는 지방 사옥의 건축을 설계부터 준공까지 진두지휘한 신용호는 어느새 건축 전문가가 되었다. 몸으로 부딪치며 배워나가는 오랜 습관으로 자연스레 건축물에 대한 안목은 물론이고, 공사 현장에서 산전수전을 다 겪어 현장소장에 버금가는 실무를 깨쳤다.

이즈음 신용호는 마음속 깊이 야심 찬 구상을 하기 시작했다. 경제 성장과 도시 팽창으로 서울이 강남과 강북의 두 개 생활권으로 재편되는 것을 유심히 살폈다. 1980년대 들어 개발된 강남은 강북과 다른 문화를 만들어냈다. 전통과 현대가 어우러진 강북과 달리, 신도시답게 세련된 외양과 개방적인 분위기를 뿜어내고 있었다.

신용호는 강남에 교육보험을 상징하는 예술적인 구조물을 하나 세우는 것이 미래 지향적인 회사의 도전 정신을 구현하는 것이라고 판단했다. 이런 생각은 차츰 구체화되어, 1988년 창립 30주년을 맞아 그는 강남에 대한교육보험의 이미지를 창출할 수 있는 예술적인 건축물을 짓겠다는 생각을 밝히고 이사회의 승인을 받았다.

여러 후보지 중에서 강남과 강북을 잇는 중심축인 강남대로의 번화한 지점을 입지로 선택했다. 신용호는 부지 매입을 시작하면서 설계를 준비했다.

광화문 교보빌딩의 설계는 미국의 세계적인 건축가 시저 펠리에게 맡겼지만 이번에는 유럽 쪽 건축가에게 설계를 맡기고자 했다. 기능 위주의 미국식 건물들이 들어선 강남 거리에 고전적인 예술성이 배어 있는 유럽식 건축 개념을 도입한 건물을 짓고 싶었기 때문이다. 그는 건축 관련 서적을 뒤져가며 여러 후보자의 업적을 비교 검토했다. 이렇게 해서 선택한 건축가가 마리오 보타Mario Botta였다.

마리오 보타는 예일 대학 등에서 학생을 가르치며 건축 설계와 건축 디자인을 하는 스위스 출신의 건축가로 샌프란시스코 현대미술관과 이탈리아 로베레토 미술관, 도쿄 와타리움 미술관 등을 설계하고 디자인한 세계 10대 건축가 중 한 사람이었다. 그가 설계하고 디자인한 도쿄와 샌프란시스코의 두 건축물을 직접 보고 마음에 들었던 기억을 되살리며 신용호는 보타를 모셔오라고 지시했다. 그러나 그를 초빙하는 것은 쉽지 않았다.

"세 번이나 초청했는데 바쁘다는 핑계를 대며 오지 않습니다."

직원의 보고를 듣고 난 신용호는 이렇게 말했다.

"한두 번 초청한다고 달려오면 세계적인 건축가가 아니지. 더구나 1인당 GNP가 겨우 5천 달러 수준인 나라에서 자신의 예술성을 알아주는 사람이 있으리라곤 생각지 않을 거야. 그러나 지성이면 감천이라고 하지 않는가. 계속 노력해봐요."

쉽게 물러서지 않는 그의 집념은 결국 보타를 서울로 데려오는 데 성공했다.

"발전해 나가는 서울의 강남 중심에 새로운 상징을 세우고 싶어 선생을 꼭 만나려고 했습니다."

단순히 빌딩을 짓기 위해서가 아니라 '새로운 상징을 세우고 싶다'는 말에 보타의 마음이 움직였다. 신용호의 말이 계속되었다.

"건축물은 복잡한 도시 안에서 사람들이 공동의 추억을 담을 수 있는 장소가 되었으면 좋겠습니다. 건물을 지을 강남의 중심 교차로는 자동차만 붐비는 곳이 아니라 사람의 기쁨과 고통이 합류하는 곳입니다. 때문에 그곳에는 인간의 기쁨과 고통을 모두 끌어안는 구조물을 세우고 싶습니다. 서울에서 가장 인상적이며 튼튼하고 예술적인 건물을 올리고 싶습니다. 욕심을 좀 더 부린다면 뉴욕의 엠파이어 빌딩처럼 코리아 하면 떠오르는 상징물을 세우고 싶으니 도와주십시오."

신용호는 보타와 함께 한국의 전통적인 건축미를 느낄 수 있는 명소를 다니며 자신의 건축철학을 틈틈이 설명했다. 교육보험이 실천하고 있는 생명과 삶의 존엄을 추구하는 정신을 담는 건물을 짓고 싶다는 것, 건축은 문화요 역사이기 때문에 높은 품격을 지닌 공간을 창조해야 한다는 것, 천편일률적인 주변 건물과 차별화된 예술적인 건물을 짓고 싶다는 것 등 이야기는 끝이 없었다. 그러는 동안 보타에게는 신용호에 대한 신뢰와 존경심이 싹텄다.

"맡겨주신다면 잘해보겠습니다."

만난 지 여러 날이 지나 보타는 드디어 같이 일하겠다는 의사를 표했다. 힘들게 이끌어낸 결정이었다. 그러나 아무리 세계적인 건축가일지라도 신용호는 그가 설계한 대로만 건물을 지을 순 없다고 생각했다. 계약하기 전에 솔직히 할 말은 하고 넘어가야 한다고 생각했다.

"나는 매사에 완벽함을 추구하는 사람입니다. 설계를 고쳐달라고 하면 몇 번이고 고쳐준다는 약속을 해주어야 합니다."

보타는 뜻밖에도 신용호의 제안에 이의를 달지 않았다.

"건축가는 합리적인 의견이라면 건축주의 의견을 작품에 담아야 한다고 생각합니다. 그리고 회장님의 건축에 대한 철학과 애정이 마음에 듭니다."

신용호도 자신보다 나이가 한참 아래인 젊은 건축가가 마음에 들었다.

보타가 첫 드로잉을 시작한 것은 1989년이었다. 그리고 1년 후에 첫 설계도가 나왔다. 지하 8층, 지상 25층의 설계도를 검토한 신용호는 그

297
꿈과 희망을 담은 건축 의지

를 불러 수정할 곳을 지적하고 고쳐달라고 했다. 이렇게 고치기를 세 번, 네 번, 다섯 번……

이미 땅 파기가 거의 마무리되고 있는데 설계도가 나오지 않자, 현장에서는 연일 아우성이 들려왔다. 그러나 신용호는 미동조차 하지 않았다. 설계도의 수정이 열 번을 넘기고, 시간도 6~7년이 지나자 사내에서도 이를 걱정하고 우려하는 소리가 나왔다. 하지만 그는 이렇게 말했다.

"열 번이 아니라 스무 번이라도 상관없어요. 자꾸만 좋은 아이디어가 나오는데 어떻게 그것을 버린단 말입니까. 서양에서는 교회를 짓는 데 몇백 년이 걸린 것도 있어요. 건물은 한번 지어놓으면 다시 고칠 수 없습니다. 훌륭한 예술품을 지으려면 이렇게 공을 들여야 하는 겁니다!"

신용호는 이처럼 태연했다. 열 번씩이나 다시 설계해야 하는 보타가 지쳐서 일을 중간에 포기하면 어쩌나 걱정하는 임원도 생겼다. 걱정하는 임원에게 보타는 이렇게 말했다.

"회장님이 지적하시는 것은 모두 합리적입니다. 그걸 알기 때문에 나도 열심히 고치는 것입니다."

신용호는 미안한 생각이 들면서도 한편으론 역시 세계적인 건축가는 다르다는 생각을 했다. 어느 분야에서나 최고의 경지에 이른 사람은 보통 사람이 이해하지 못하는 인격과 성실성을 갖추고 있음을 마리오 보타에게서 확인하는 것 같았다.

첫 드로잉을 시작한 지 10년 만에 정확히 17번째 설계도를 받아본 신용호는 마침내 흡족한 표정으로 'OK' 사인을 보냈다. 두 완벽주의자의 합작품이 완성된 것이다.

설계도가 완성되고 나서 브리핑을 받은 임원들 사이에 한 가지 의견이 제기되었다. 설계도는 두 개의 단단한 쌍둥이 빌딩으로 이루어져 있고, 타워 사이의 공간을 투명한 유리 다리로 연결하고 있었다. 이 사이를 메워 사무실을 만들면 실용적일 것이라는 의견이었다.

신용호는 바로 그 점이 이 건물의 자랑이라고 강조하며 이렇게 설명했다.

"공간을 메우면 교보타워는 육중하기만 한 흉물에 지나지 않아요. 투명한 유리 공간을 통해 도시의 에너지와 햇빛을 건물 안으로 끌어들이도록 설계되어 있습니다. 벽돌 타워는 유리 다리를 보호하는 모습을 하고 있어서 마치 인간의 육체가 그 속에 있는 심장을 보호하고 있는 것을 상징하고, 유리 다리는 바깥 도시와 연결하는 창窓 역할을 합니다. 이 심장으로 도시의 에너지와 햇빛이 들어와 사람의 피가 온몸으로 퍼져나가듯 건물 안을 채워나간다고 생각해보면 이해할 수 있을 겁니다."

실용적인 이용가치만 생각한다면 도저히 발상조차 할 수 없는 설계였다. 이처럼 철학적 의미와 예술적 상상력을 건물에 담느라 10년 동안 그렇게 여러 번 설계를 수정한 것이다.

설계도가 확정되자 강남 교보타워로 이름 지은 이 건물의 건축 작업은 속도가 붙었다. 건축이 진행되는 동안에도 신용호는 작은 것 하나 소홀함이 없었다.

필생의 큰일이라고 생각했기에 벽돌까지 직접 골랐다. 마음에 들 때까지 몇 번이고 벽돌을 다시 굽게 하여 곰삭은 붉은색 벽돌을 만들어낸 뒤에 보타에게 보내 동의를 구했다. 벽돌은 흙과 불과 태양의 산물이라고 신용호는 생각했다. 이 원초적인 재료로 이루어진 곰삭은 붉은색 벽돌을 사용하면 오래 묵은 건물의 미덕을 발산한다고 믿었다.

이렇게 자신의 철학과 정열과 정성을 쏟은 강남 교보타워가 완성 단계에 접어들자 신용호는 건물 안팎에 설치할 미술품의 선택과 배치까지 보타에게 맡겼다. 건물과 조화를 이루고, 건물의 예술적 이미지를 부각시킬 수 있는 작품을 골라 설치하게 한 것이다.

자신이 설계한 건축물의 예술 디자인을 맡은 보타는 국내 메이저 갤러리들과 전문업체가 낸 1백여 점의 작품 제안서 중에서 유근상과 홍승혜의 작품을 선택했다. 교보타워 정문 밖에 세워진 유근상의 「코리아 판타지」는 원통 기둥 148개를 세운 작품으로, 철골 콘크리트에 70가지 색상의 유리 조각을 모자이크처럼 붙인 가우디풍의 조각 작품이다.

더불어 지하 1·2층에는 광화문의 교보문고보다 매장 면적이 큰 국내 최대, 최고의 교보문고 강남점을 개장해 지식의 광장을 마련했다. 교보 사옥이면 어디에나 서점을 개설해 책 읽는 국민을 만들겠다는 신용호의 평생 고집이 또 한번 꽃을 피운 것이다.

교보문고 강남점은 매장이 광화문 본점보다 넓은, 축구장 두 개를 합한 면적이었다. 엄청난 양의 신간들을 진열한 서가는 책을 찾는 데 불편이 없도록 분야별로 진열했다. 그리고 서점 이용이 익숙지 않은 고객들을 위해 '북 마스터 전문 상담실'을 개설하여 고객 서비스에 만전을 기했다.

지하 1층 중앙에 설치한 베스트셀러 전시관은 산뜻함과 쾌적함을 강조하여 화랑에 온 듯한 분위기를 연출했으며, 장르별 베스트셀러의 흐름을 여유 있게 살펴볼 수 있도록 꾸몄다. 지하 2층에는 우리나라 서점 사상 처음으로 어린이들이 책과 친해질 수 있는 '어린이 정원'을 만들었다. 어린이들이 안전하게 앉아서 책을 읽으며 놀 수 있는 공간으로, 부모가 안심하고 아이를 놔두고 책을 고르러 갈 수도 있게 꾸몄다. 젊은 주부들을 위해 고안한 아이디어였다.

2003년 5월, 10여 년 만에 강남 교보타워가 준공되고 교보문고 강남점이 문을 열었다. 하지만 정작 신용호는 몸이 불편해 오래 머물 수가 없었다. 일찍이 혼자 둘러보고 돌아오는 길에 교보타워의 복고적이면서 정중한 아름다움을 바라보며 그는 자신이 마지막으로 담은 인간 사랑의 메시지가 오래도록 이곳을 찾는 사람들에게 따뜻하게 전해지기를 기원했다.

마음의 근본을 닦는 계성원

1978년 10월, 벼 이삭이 노랗게 익은 천안시 유량동 황금빛 들길에 차를 세운 신용호는 오후의 따가운 가을 햇볕이 쏟아지는 태조산太祖山을 다시 한번 쳐다보며 동행한 간부들에게 말했다.

"볼수록 마음에 드는 산입니다. 멀리서 보는 산 모양도 유연하고 성채처럼 듬직해요. 저 두 개의 능선이 만나는 아늑하고 양지바른 곳에 연수원이 들어선다고 생각해보세요."

높고 푸른 가을 하늘 아래 태조산의 부드러운 능선이 그림처럼 선명하게 눈에 들어왔다. 동행한 간부 사원들과 함께 산을 바라보며 연수원 부지 문제가 이제 해결됐다고 생각하니 마음이 가벼웠다. 지난 1년 동안 연수원 부지를 고르느라 신용호는 많은 발품을 팔았는데, 높은 산에 올라 후보지를 조망하려다 독사에 물릴 뻔한 일도 있었다.

백두대간에서 뻗어내린 차령산맥의 정기가 맺힌 태조산은 천안의 진산鎭山이다. 고려 태조가 이곳에서 군사를 키웠기에 유래된 이름이다. 이 태조산의 좌청룡 우백호가 감싼 터에 계성원이 있다. '보험인 사관학교'라는 별칭을 받고 있는 교보생명의 교육의 산실이다.

창업 초부터 신용호는 인력 양성은 회사 발전의 동력을 키우는 것이라 생각해 끊임없이 사원 교육에 심혈을 기울였다. 보험업은 제조업과 달리 라이프스타일을 설계해주는 일이기 때문에 설계사들의 보험에 대한 지식이 곧 경쟁력이었다.

이를 깊이 인식하고 있는 터라 사원 교육에 남다른 열정을 쏟았다. 그 결과 교보생명은 '보험인 양성소'라는 평가를 들었지만, 아쉽게도 제대로 된 자체 교육 연수 시설은 아직 갖추지 못해 많은 인원을 대상으로 하는 종합적인 교육 훈련은 외부의 연수 시설을 빌려 사용하고 있었다.

1970년대 후반에 이르러 보유 계약 1조 원 시대가 열리고 사세가 비약적으로 성장하자 신용호는 기존 연수원의 개념을 초월한 독특한 연수 시설을 꿈꿨다. 21세기 보유 계약 1백조 원, 2백조 원 시대를 이끌어갈 인력 양성의 요람을 만들어야 한다고 생각한 것이다. 더불어 교육 연수 기능과 함께 사원들의 휴식과 정신 수양의 도장으로서도 부족함이 없는 첨단 기능을 갖춘 시설을 만들겠다는 마음을 키우기 시작했다.

길이 없으면 길을 만들며 간다

신용호는 교육연수원 이름을 '계성원啓性院'이라고 지었다. 그는 계성원의 이름을 지은 이유를 이렇게 설명했다.

"인재 개발과 육성의 기본은 지知와 정情과 의意로 구성되어 있는 사람의 '마음'이라는 프로그램을 스스로 관리할 수 있도록 만들어주는 데 있습니다. 그럼에도 불구하고 현실은 일정 분량의 지식을 전달하고 그것을 실천하라고 요구하는 교육에 그치기 때문에 실질적으로 마음을 관리할 수 있는 교육은 하지 못하고 있는 것입니다. 이래서는 교육이 제대로 됐다고 할 수 없습니다.

미래를 위한 교육은 지식의 전달뿐만 아니라 마음이라는 프로그램을 관리함으로써 자주적인 학습 능력을 기를 수 있도록 도와야 하고, 지적 성취를 통해 인생과 사업을 스스로 열어나갈 수 있는 바탕을 만들어주어야 합니다. 자주적인 학습 능력을 키워 자신의 지적 성취를 이루기 위한 자각을 '계성적 자기 계발'이라고 생각합니다. '계성'은 슬기와 지능을 열어 깨치게 한다는 '계啓'자와 만물이 가지고 있는 본바탕이라는 뜻의 '성性'자가 합친 것으로, 만물의 이치를 스스로 깨쳐 터득하고 마음의 근본을 새롭게 한다는 뜻입니다."

재미 건축가 김태수가 기본 설계를 하고, 국내 종합건축사무소 '심원'에서 실시 설계한 계성원은 대지를 선정한 지 10년 만인 1987년 5월에 준공되었다. 약 2만 평의 대지에 지상 7층, 지하 4층의 총 9,588평의 연수원 건물과 잔디 운동장, 인공 저수지가 위용을 드러냈다.

자연친화적인 건축물을 지어야 한다는 신용호의 고집으로 계성원은 태조산의 능선과 조화를 맞춘 S자형으로 지어졌다. 또한 나무 한 그루도 함부로 자르지 말라는 지침에 따라 공사 기간도 지체되었다. 그렇게 완공된 계성원의 모습은 자연과 건축물, 그리고 인간이 하나가 되는 이상적인 형태를 갖추게 되었다.

보험업은 굴뚝 없는 산업이다. 모든 것이 사람(판매자)과 사람(고객)의 인연으로 시작되어, 사람(인력 관리)을 챙기는 것으로 끝난다. 때문에 신용호는 인재 양성이야말로 회사의 앞날을 좌우한다고 여겼다. 따라서 계성원의 완공은 체계적인 인재 발굴과 인재 교육의 토대를 쌓는 의미를 가졌다.

신용호는 계성원의 문을 열자 회사의 미래를 짊어진 간부들을 상대로 특강을 했다. 강의장에 있는 교육생들뿐만 아니라 강연하는 그도 긴장과 뿌듯함으로 가슴이 설렜다. 그는 '타조와 독수리'를 강의 주제로 삼았다.

"지도자는 타조형과 독수리형이 있습니다."

카랑카랑한 목소리가 울리자 교육생들은 잔뜩 긴장한 표정이 되었다. 이 나라 보험업계의 큰 산인 그의 말은 곧 보험업의 바이블이었기 때문이다.

"타조는 지상에서 가장 빠른 동물 중에 하나입니다. 따라서 실무에 능한 사람을 이에 비유할 수 있습니다. 그러나 타조는 제 앞에 천 길 낭떠러지가 있는 줄도 모르고 마냥 달리므로 지혜롭다고 할 수 없습니다."

교육생들은 신용호의 간결하면서도 핵심을 지적하는 비유에 공감하며 강의에 빠져들었다.

"타조에 비해 독수리는 하늘 높이 떠서 세상을 바라보기 때문에 가는 길이 뚜렷합니다. 실무에는 약하지만 높고, 멀리, 깊게 보는 안목을 가졌습니다."

그가 거대한 교보생명의 조직을 이끌며 항상 강조했던 리더십이 바로 독수리형 지도자이다.

우리 조상들은 대대로 땅에 의지하며 살아온, 극소수의 보부상을 제외하면 한 곳에 대를 이어 붙박이를 하며 살아온 정착 민족이다. 그래서 남보다 뛰어나거나 남이 하지 않는 일을 벌이는, 소위 튀는 행동을 싫어했다. '높은 가지 바람 타며, 솟아난 말뚝은 두들겨 박으라'는 속담이 바로 농경 사회를 사는 삶의 지혜였다.

신용호는 이러한 정착 사회의 행동 양태에 반기를 들었다. 세계가 한 울타리가 된 경쟁 사회에서 남보다 뛰어나고 남과 다르지 않으면 살아남을 수 없다고 보았던 것이다.

강의를 마친 신용호는 문득 '나를 키운 건 8할이 바람이다'라는 서정주의 시구를 떠올렸다. 그를 키운 것은 독서와 여행이었다. 책을 통해 얻은 지식과 진리를 여행길에서 만난 자연과 사람들에게서 확인하고 깨쳤다.

교육생들과 함께 강의장을 나선 신용호는 계성원 좌우측 문인 연진문研眞門과 창원문創元門으로 향했다. 계성원 입구를 자신을 갈고닦으라는 연진문과, 창조적인 으뜸 일꾼이 되라는 창원문으로 이름 지은 것은 신용호가 지향하는 인재 양성의 요체였다.

개원 직후인 1987년 7월 7일, 세계 보험회사 대표와 학자들 219명, 국내 보험회사 대표 및 간부와 학자들 4백여 명을 초청한 세계보험협회IIS 서울총회가 계성원에서 개최되었다. 마침 신용호가 보험 노벨상인 세계보험협회의 '세계보험대상'을 수상한 후여서 초청자의 96퍼센트가 참석하는 성황을 이루었다. 개원한 지 얼마 안 된 계성원을 찾은 세계 각국의 보험인들은 하나같이 "세계적으로 자랑할 만한 연수원이다!"라며 감탄했다.

그들의 찬사를 입증하듯, 미국의 앨라배마 대학은 대학 연수원 건물의 설계 고문으로 신용호를 추대했다. 1989년 2월에는 계성원이 미국 건축가협회 및 코네티컷 주 건축가협회가 선정한 '1988년 미국 외 건축물 중 최우수 건축물'로 선정되어 '최우수 디자인상'을 받음으로써 세계 건축가들에게도 널리 알려졌다. 자신이 공정에 깊이 개입한 건축물이 이처럼 국제적인 인정을 받자 신용호는 열심히 생각하고, 공부하고, 연구하며 노력하면 전문가가 아니어도 얼마든지 좋은 성과를 거둘 수 있다는 것을 확인했다.

— 제8부 —

공익사업에 대한
남다른 사랑

기금을 확보한 후에는 본격적으로 재단 설립을 검토하기 시작했다. 1년 가까이 여러 각도로

검토하고 심사숙고를 거듭하며, 각계 인사들을 만나 우리나라의 미래를 위해 반드시 발전해

야 함에도 소외된 분야가 무엇인지를 파악했다. 그리고 마침내 농촌·문학·환경과 교육 분야

의 지원을 위한 공익재단을 설립하기로 결정했다.

이력서의 학력란에 '배우면서 일하고, 일하면서 배운다'라고 썼던 신용호는 학교 교육만큼 중요한 것이 사회 교육이란 신념을 갖고 있었다. 끊임없이 변화하는 세상에서 올바른 삶을 살아가기 위해선 배움의 끈을 놓지 않아야 한다는 생각이었다.

이는 인재 양성과 사람이 곧 재산이라는 경영철학과도 맥락을 같이하는데, 신용호는 학력學歷이 아닌 학력學力을 중시했다.

"실천하는 학식을 학력學力이라 합니다. 그런데 요즘의 젊은이들은 학력學歷만 집착합니다. 학력學歷에 의존하면 사회생활에서 가장 소중한 인간됨을 망각하고 구렁텅이에 빠지고 맙니다."

뿐만 아니라 직원들에게 항상 학력學力을 키우라고 강조했다. 우연한 기회에 소설가 이문열의 대구매일신문 입사에 관한 일화를 듣고, 호탕하게 웃으며 앞으로 학력學力을 중시하는 사회가 될 것이라고 말했다.

1980년대 초, 『사람의 아들』이라는 소설로 혜성처럼 나타난 이문열은 대구매일신문사 면접을 볼 때, '학력이 어떻게 되느냐'는 질문을 받았다.

이에 가정 사정으로 검정고시로 중고등학교를 마치고 서울대 국어교육과를 중퇴했던 그는 '학력學歷은 없지만 학력學力만큼은 남들에 비해 적지 않다'고 대답해 합격하였다.

교보생명 창립 이후, 국민교육진흥과 민족자본형성이라는 화두를 구체화하고 이를 실천했던 신용호는 창립 30주년을 보내면서 그동안 마음속에 간직해오던 공익사업을 구체적으로 검토해볼 때가 되었다고 생각했다.

휴전 후 폐허 속에서 교보생명을 창업해 3백만 명 가까운 학생들에게 입학금과 학자금을 지급했다. 이를 통해 상급 학교에 진학해 교육받은 고급 인력이 1960년대 후반부터 눈부신 경제 성장의 주역으로 활약해오고 있었다. 따라서 신용호 자신은 학교 문턱에도 가보지 못했지만, 누구보다 한국인의 교육 수준을 드높인 인물이 되었다.

창업 당시 80달러에 불과했던 1인당 국민소득은 6천 달러를 넘어 1만 달러를 바라보게 되었고, 이와 같은 경제적 성장은 먹고사는 생존이 아니라 삶의 질을 추구하는 시대를 열어가고 있었다.

신용호는 교육보험을 통해 인재를 양성하고, 이를 통해 경제 성장을 이룩한 우리나라가 앞으로 지식과 교양과 품격을 갖춘 문화 민족으로 한 단계 도약해야 한다고 생각했다. 그러지 않고서는 아무리 국민 1인당 소득이 2만~3만 달러의 잘 사는 나라가 된다 해도 균형 잡힌 문화생활을 할 수 없을뿐더러, 행복해질 수도 없기 때문이다. 우리 문화를 다듬고 키우면서 새로운 선진 문화를 받아들여 삶을 풍요롭게 하는 문화 민족이 되어야 행복한 선진국이 된다는 믿음을 갖게 되었다.

1990년, 이런 그에게 그동안 품고 있던 생각을 실천에 옮길 수 있는 기회가 찾아왔다. 그해 8월과 12월, 재무부에서는 '보험회사 잉여금 및 자산 재평가 적립금 처리 지침'과 '보험사 공익사업 추진 방안'을 마련하여 보험사들이 공익사업에 돈을 쓸 수 있는 길을 열어주었다.

이 조치는 그동안 문화 발전을 뒷받침하는 공익재단 설립의 재원 마련을 모색하던 신용호의 고민을 일시에 해소해주었다. 마침 전년도에 실시한 자산 재평가에서 발생한 차액이 적립되어 있었고, 이 돈을 합법적인 공익재단 설립 기금으로 사용할 수 있게 되었기 때문이다. 신용호는 곧바로 자산 재평가 적립금 중 3백억 원을 공익재단 기금으로 적립하고 재무부의 승인을 받았다.

기금을 확보한 후에는 본격적으로 재단 설립을 검토하기 시작했다. 1년 가까이 여러 각도로 검토하고 심사숙고를 거듭하며, 각계 인사들을 만나 우리나라의 미래를 위해 반드시 발전해야 함에도 소외된 분야가 무엇인지를 파악했다. 그리고 마침내 농촌·문학·환경과 교육 분야의 지원을 위한 공익재단을 설립하기로 결정했다.

여느 대기업들이 보통 '문화'라는 이름의 포괄적인 재단을 설립하는 것과 달리, 신용호는 보다 구체적인 사업 방향을 정하고 공익재단 설립 준비에 들어갔다. 막연히 재단을 설립해 두서없이 일을 벌이다 보면 실효를 거두기 어렵다고 보고 이 세 분야를 집중적으로 지원하기로 결정했다.

더불어 교보생명이 설립하는 공익재단은 단순히 이윤을 사회에 환원하는 운영 형태가 되어서는 안 된다고 생각했다. 기업 이미지를 목적으로 하는 공익재단의 운영은 배고픈 사람에게 그때그때 물고기를 던져주는 것과 다르지 않다고 생각했다. 진정한 기업의 사회봉사와 이윤의 환원은 배고픈 사람에게 낚싯대를 구해주고, 물고기 잡는 방법을 가르쳐주는 것이라고 생각했다.

이렇게 방향을 정한 후 한 분야씩 순차적으로 공익재단을 설립해 나가기로 했다.

첫 번째로 농촌문화재단을 설립했다.

신용호는 농촌에서 태어나 힘들게 소년 시절을 보냈기 때문에 농촌에 대한 애정과 관심이 남달리 강했다. 그래서 그는 농촌이야말로 조상들의 삶의 터전이고 농업은 민족의 생존을 지켜준 산업이기에 농촌이 잘되고 농민이 잘살아야 나라도 잘된다는 생각을 가지고 있었다.

농촌은 삶의 근간이다. 인간은 빌딩이 없어도, 첨단 기기가 없어도 살 수 있지만 먹지 않고는 살 수 없다. 그러나 우리 농촌은 예나 지금이나 낙후되고 소외된 지역으로 밀려나 있어 그의 마음을 항상 아프게 했다. 1971년부터 시작된 새마을운동으로 옛날에 비해 많이 좋아졌다지만 소득 수준이나 문화 수준은 도시에 비해 많이 뒤떨어져 있었다. 게다가 산업화의 물결을 타고 젊은이들이 도시로 나가 농촌 인구는 계속 줄어들고 있었다.

이런 농촌이 유럽 선진국의 농촌처럼 소득도 많고 문화생활도 누릴 수 있게 되어야 선진국 대열에 들어설 수 있다고 항상 생각하고 있었다. 물론 근본적인 대책은 국가가 세워야 하겠지만 농촌을 사랑하는 그로서는 선진국처럼 소득도 많고 문화생활도 누릴 수 있는 우리 농촌을 만드는 데 조금이나마 보탬이 되고 싶었다.

농촌문화재단의 설립을 구상한 뒤에는 농촌이 발전하고, 농촌을 잘살게 하는 데 기초가 되는 일이 무엇인가를 찾기 위해 많은 사람을 만나 자문을 받았다. 그중에서 신용호의 계획을 반기며 적극적으로 자문에 응한 사람은 류태영柳泰永 박사였다.

류태영 박사는 농업 선진국인 덴마크에서 농과대학을 나오고 이스라엘의 히브리 대학에서 박사 학위를 취득하여 선진 농업국의 사정을 잘 알고 있었다. 초창기 새마을운동을 이끈 학자로 건국대학교 농과대학 학장으로 있었다. 류태영 박사를 초대한 신용호는 다음과 같이 물었다.

"농촌 출신으로 사업을 해서 조금 성공한 제가 농촌을 위해 도울 수 있는 일이 무엇일까요?"

"유치한 답변이지만, 돈이 있으면 방법은 많습니다."

"박사님은 그런 돈이 있다면, 무엇을 하고 싶습니까?"

"농업 분야에는 새 품종을 개발하는 육종 외에도 재배·사육·가축·포장·유통 등이 있지만 우리나라 여건상 육종이 제일 좋다고 생각됩니다. 제게 돈이 있다면 육종연구소를 세우겠습니다."

류태영 박사의 대답을 들은 신용호는,

"육종연구소처럼 정부에서 하고 있는 일과 겹치거나 부딪치지 않는 방법은 없겠습니까?"

하고 물었다.

사업가로 살아오면서 권력의 부당한 처사를 수차례 겪었던 터인지라 공익재단만큼은 정부의 견제나 간섭을 받지 않고, 순수한 설립 취지를 유지하고 싶었다.

"박사님! 정부의 간섭을 받지 않으면서 농촌을 발전시킬 좋은 아이디어를 생각해주세요."

류태영 박사가 돌아간 뒤, 신용호는 어떻게 하면 계획하고 있는 세 가지 분야의 공익재단들이 외풍을 타지 않고 처음 취지대로 운영될 수 있을까를 골똘히 생각했다. 신용호가 이처럼 권력의 부당한 횡포를 우려한 것은 그동안 수차례 씁쓸한 아픔을 겪었기 때문이었다.

해방 직후, 자유당 정권의 농간으로 한국제철의 문을 닫으며 하루아침에 빈털터리가 되었고, 사옥을 지으면서 건물의 목을 자르라는 어처구니없는 압력을 받았던 그는 1980년대에도 그와 같은 곤혹을 겪었다.

1980년 봄, 5·18광주민주항쟁이 일어나자 신용호는 기업가로서뿐만 아니라, 광주가 지척인 영암 출신인지라 무고한 시민들의 희생을 염려하며 하루속히 상황이 진정되기를 기다렸다.

한 치 앞을 예측할 수 없는 안개 정국과 정변으로 인해 대한교육보험도 풍랑을 겪고 있었다. 신용호는 대한교육보험의 선장으로 거친 파고를 헤치며 악전분투하고 있었다. 3·15부정선거로 촉발되어 4·19와 5·16으로 이어졌던 1960년대의 위기 상황과 유사했다. 영업손실도 손실이려니와 광주를 비롯한 전라남도 전역에서 활동하는 직원들이 염려되어 잠을 이룰 수가 없었다.

연일 비상 회의를 주재하며 상황을 예의 주시하던 신용호는 광주 지사가 미흡하나마 업무를 개시한 6월 초가 돼서야 안도의 숨을 내쉴 수 있었다. 그러나 정변은 끝난 것이 아니었다.

6월 말, 대한교육보험의 박성복朴盛福 사장이 신군부 실세인 보안사령부

간부의 호출을 받았다. 공채 출신으로 40대에 사장에 발탁된 박 사장은 강단 있는 보험맨이었다.

"박 사장님! 언론 통폐합에 협조 좀 해주셔야겠습니다."

"저희야 보험회사인데…… 언론 통폐합과 관계가 있겠습니까?"

"거두절미하고 말씀드리지요. 대한교육보험에서 소유하고 있는 MBC 방송국의 주식을 국가에 기부해주시지요."

"……"

박 사장은 할 말을 잃어버렸다. MBC 주식은 개인 재산이 아니라, 회사의 자산이자 가입자들의 재산이다. 사유 재산과 기업의 경제 활동이 보장된 나라에서 국가가 강압적으로 재산을 탈취할 수는 없었다.

"회사의 자산은 제 임의로 처분할 수도 없고……"

"언론 통폐합은 제5공화국의 통치 이념입니다. 협조해주시는 것이 기업도 살리고, 나라 발전에도 도움이 되는 길입니다."

회사로 돌아온 박 사장은 신군부의 요구 사항을 보고했다. 박 사장의 보고를 받은 신용호는 권력의 부당함에 착잡한 심정이 되었다. 민주화가 이루어지지 않는 나라에서 기업 활동을 해야 하는 어려움을 절감했다. 몇 달간 신군부의 부당함에 저항하던 박 사장은 결국 회사와 가입자들을 위해 주식을 기부하자고 건의했다.

"회장님! 더 이상 버티다간 무슨 꼴을 당할지 모릅니다. MBC 주식을 갖고 있는 현대건설과 럭키금성(현 LG), 동아, 미원(현 대상), 해태가 모두 기부하기로 했답니다. 억울하지만 넘겨줘버리시죠. 군대를 동원해 정권까지 잡은 저들의 요구를 거절한다면 회사가 풍비박산 날 수 있습니다."

박 사장의 말은 과장이 아니었다. 실제 5공 정권은 산업 합리화를 이유로 멀쩡한 국제그룹을 해체시키는가 하면, 자신들의 눈 밖에 난 기업의 소유권을 다른 사람에게 넘기거나 강제로 합병시키는 일을 손바닥 뒤집듯 거침없이 자행했다.

그렇게 해서 대한교육보험은 MBC 주식 10만 주(액면가 1억 원)를 빼앗기고 말았다. 당시 대한교육보험을 비롯한 7개 회사가 갖고 있던 MBC 주식은 70퍼센트로 실질적 가치가 수천억 원에 달했다.

하지만 정권의 치졸하고 부당한 처사는 그것으로 끝나지 않았다. 전두환 정권이 들어선 지 얼마 되지 않아, 신용호는 집에서 안기부 요원의 달갑지 않은 방문을 받았다. 삼청동 국무총리 공관 뒤편 언덕배기에 있는 그의 집은 아늑하고 전망이 좋았다. 뒤로는 북한산의 아름답고 장쾌한 산세가, 앞으로는 서울 시내가 한눈에 펼쳐져 월출산 자락을 연상시키는 집이었다.

안기부 요원들은 침실까지 샅샅이 살펴보더니 다짜고짜 집을 팔라고 요구했다.

"이 집에서 잘살고 있으려니와, 팔 생각도 없습니다."

"안기부에서 꼭 필요해서 그럽니다. 국가의 중요한 기밀 사항을 보는 안가安家로 쓸 계획이니 꼭 파셔야겠습니다."

"글쎄…… 팔 생각이 없습니다. 그러니 다른 곳을 알아보시지요."

막무가내로 떼를 쓰는 안기부 요원을 겨우 돌려보낸 신용호는 불길한 생각을 떨칠 수 없었다. 우려했던 대로 다음날 회사에 찾아온 안기부 요원은 그가 만나주지 않자 임원들을 불러 매매 계약을 다그쳤다.

백주대낮에 날강도를 만난 심정이었지만, 안기부 요원들에게 시달리는 임원들을 더 이상 바라볼 수 없어 결국 보금자리를 넘겨주었다. 권력에 맞서 싸울 수 없는 사업가의 처지를 한탄할 수밖에 없었다. 평생 법과 원칙을 지킨 그로서는 도저히 용납할 수 없는 일이지만, 회사를 지키기 위해 희생을 감수했던 것이다.

영원히 기억에서 떨쳐내고 싶은 악몽이 떠오르자, 공익재단에 대한 걱정도 커질 수밖에 없었다. 신용호는 틈틈이 공익재단에 대한 구상을 기록한 수첩을 펼쳐 들었다. 빼곡하게 아이디어가 적힌 수첩을 바라보는 동안 가까스로 악몽에서 벗어날 수 있었다.

수차례 만나 대화를 나누며 공익재단 운영에 대한 신용호의 생각을 이해한 류태영 박사는 새로운 아이디어를 제시했다.

"농촌의 소득 향상을 위해 연구하는 사람들을 발굴하여 연구비를 주고, 삶의 질을 향상시키기 위해 노력하는 사람을 찾아내 상을 주는 등의 일을 하면 좋겠습니다. 농촌 소득 증진과 농촌문화 향상을 위해 일하는 사람들을 격려하고 의욕을 북돋아주는 겁니다. 그리고 힘이 닿는다면 농민을 선발하여 농업 선진국에 연수를 보내 공부를 하고 오게 할 수도 있고, 할 일은 많습니다……"

이야기를 듣는 동안 신용호는 류태영 박사의 생각이 자신과 같다는 것을 알았다. 농촌 발전을 위해 일하는 사람들의 의욕을 높여주고, 선진국에 농민들을 보내 연수를 시키자는 의견에는 전적으로 공감했다.

류태영 박사의 협조를 받아 설립 작업을 마치고, 1991년 10월 '대산농

공익사업에 대한 남다른 사랑

촌문화재단(현 대산농촌재단)'이 정식으로 출범했다. 재단 이사회에서 신용호의 아호인 대산大山을 재단 이름으로 결의했으므로 이를 받아들였다. 우선 50억 원을 기금으로 출연하고, 곧 50억 원을 추가로 출연하여 1백억 원의 기금을 조성했다.

신용호는 대산농촌재단의 창업 이념을 첨단 농업 진흥, 농업구조 개선, 복지 농촌 건설로 정하고, 농업 관계 연구 지원사업, 농촌문화 창달사업, 농민 교육사업, 영농인 육성을 위한 장학사업, 대산농촌문화상 등 5개 사업을 주요 사업으로 정했다.

농업 관계 연구 지원사업은 산학 공동 연구 과제와 농촌 현장에서 실제로 이용할 수 있는 과제를 선전하여 연구비를 지원하는 것으로, 농업을 학술 연구와 접목시켜 미래의 농업 발전 기초를 다지기 위한 사업이다. 1992년부터 2003년까지 10년 동안 총 481개 연구 과제에 29억여 원의 연구비를 지급했으며, 연구 성과는 『대산논총』을 발간하여 대학과 농업 관련 연구소에 배포했다.

농촌문화 창달사업은 매년 전국의 농학 계열 대학교수들의 심포지엄 개최를 지원하고, 관련 학회와 단체의 세미나는 물론 순수한 농촌문화 창달을 돕는 행사를 지원하는 사업으로, 매년 10여 개의 세미나와 심포지엄을 지원하고 있다.

농민 교육사업은 농민들에게 해외 농업 연수와 국내 모범 농업 연수를 알선하는 사업으로, 2003년에 이르기까지 7천여 명의 농민에게 선진 농업기술을 습득시켜주었다. 1992년, 농민들이 일본과 네덜란드 등 화훼 선진국을 돌아보며 농업기술을 체험한 것으로 시작된 이 사업은 매년 지속되고 있다. 1997년에는 무려 130명의 농민이 이스라엘에서 신기술과 농산물 유통 등 선진화된 농축산업을 배웠다.

영농인 육성을 위한 장학사업은 미래의 유능한 영농인을 육성하는 것으로, 2003년까지 대학생 295명에게 21억여 원의 장학금을 지급했다. 장학금을 받은 대학생의 절반 이상이 농업 관련 연구소와 관련 공무원으로 근무하고 있다.

대산농촌문화상은 첨단 농업기술 진흥, 농업구조 개선, 농촌교육 및 농촌문화 창달, 유공 농업 공직자 등 4개 분야에서 공이 큰 개인과 단체를 선정하여 매년 수여하는, 국내 농업 분야에서 가장 큰 상이다. 그래서 한국의 농업 노벨상으로 불리고 있다.

제1회 수상자인 유달영 박사를 비롯해 우리 농촌의 미래를 밝히는 개인과 단체가 이 상을 수상했다. 제8회 수상자는 충북 음성에서 고추 농사를 짓던 이종민 씨였다. 대한민국 신지식인 1호로 선정되기도 한 그는 끊임없는 고추 재배에 대한 연구와 실험으로 '고추 박사'가 되었다. 국내 최초로 비가림 고추 재배 기술을 개발해 수확량을 5배 이상 올릴 수 있도록 했으며, 매년 9월에 수확이 끝나는 일반 노지 재배와 달리 이듬해 2월까지 고추를 수확해 해마다 3만 명 이상의 농민들이 그의 농장을 방문하고 있다. 대산농촌문화상은 명성을 좇기보다 실제를 중시하는 신용호의 철학이 녹아든 상으로, 대산농촌재단이 여타의 재단과 다르다는 것을 명확하게 보여주는 사례라고 할 수 있다.

신용호는 초대 이사장을 맡아 재단의 기반을 다져놓은 뒤 물러났으며, 정태경과 류태영, 이중효를 거쳐 현재는 오교철이 이사장으로 재단을 운영하고 있다.

대산농촌재단은 우리 농촌이 밝고, 풍요롭고, 행복한 문화의 꽃을 피우는 전원이 되기를 열망한 신용호가 민족의 생명과 젖줄에 바친 희망의 거름이다.

문화의 핵심, 문학의 체계적 지원

신용호는 책을 사랑하고 문학과 예술을 사랑했다. 책은 그의 삶에서 스승이며 친구였다. 그는 책에서 얻은 지식을 여행에서 확인하며 세상을 깨쳤고, 사업가의 안목을 키워나갔다.

그는 어려서 병마에 시달리느라 학교를 다니지 못하고, 일찍 고향을 떠나 목포로 이주하여 코흘리개 친구가 드물었다. 성년이 되어서는 고향을 떠나 중국 대륙과 전국을 오가며 사업을 펼친 까닭에 친구를 사귈 틈이 없었다. 그래서 사회에서 만나 교분을 쌓은 지인들이 대부분이었다. 출판문화에 대한 애정과 열정이 깊은 을유문화사의 정진숙 사장과 예술적 취향이 마음에 맞았던 월전月田 장우성張遇聖 화백 등 예술가들과 격의 없이 지냈다.

천일독서 시절 신문에 연재된 이광수와 홍명희의 소설을 읽으며 작가의 꿈을 키우기도 했고, 음악가였던 셋째 형 용원의 영향으로 음악을 가까이했다. 그 덕에 성격에 예술가적 기질이 묻어나는 것은 물론이거니와 예술적 안목도 남달랐다.

특히 월전은 신용호의 예술적 안목을 높이 평가한 인물로, 작품이 완성되면 그에게 먼저 보여주며 평을 부탁했다.

어느 날, 화실에 들른 신용호는 월전이 막 완성한 그림을 보고 구도상 한쪽이 텅 비어 여백의 무게 때문에 균형을 잃고 있는 느낌이라고 말했다.

순간 월전은 당혹스러움을 느꼈지만, 찬찬히 살펴보니 그의 지적에 수긍이 갔다. 그래서 갈대밭 한쪽에 달이 떠 있는 그림의 한쪽 여백에 귀뚜라미를 그려 넣고서 무릎을 쳤다.

"아무것도 없는 여백을 보며 무겁게 느꼈다니, 신 회장은 대단한 안목을 가졌소."

"허허! 내가 그림을 어찌 알겠소. 문외한의 눈에 이상한 것은 전문가가 보기에도 그렇지 않겠소."

이처럼 예술에 대한 식견을 가졌기에 신용호의 예술과 예술가에 대한 사랑도 유별났다. 특히 자신의 인생에 강렬한 태양으로 남아 있는 이육사와의 인연으로 인해 시를 사랑했다. 시집에서 좋은 시를 골라 액자에 넣어 걸어놓고 볼 수 있도록 디자인을 하고, 수만 부씩 인쇄하여 모든 임직원과 설계사들에게 연말 선물로 나누어주기도 했다. 때문에 그가 애송하는 고은高銀 시인의 시 「낯선 곳」이나 「들국화」는 교보 가족이면 모르는 사람이 없었다.

예술을 사랑하는 그인지라 항상 문학인과 예술가들의 창작의욕을 북돋아주고 싶어 했다. 이런 문학에 대한 애정은 대산문화재단 설립으로 열매를 맺엇다.

대산농촌재단을 설립한 다음 해인 1992년 12월, 신용호는 '대산문화재단'을 설립했다.

민족문화의 창달과 한국문학의 세계화를 지원하기 위해 설립한 대산 문화재단은 창작 문학 창달, 민족 문화 진흥, 국제 문화 교류 증진을 창립 이념으로 삼았다. 특히 문학 부분을 집중적으로 지원해 체계적이고 전문성 있는 문화사업을 한다는 점에서 여느 문화재단과는 달랐다.

신용호는 우리말과 우리글의 암흑기였던 일제 강점기를 경험한 세대인 까닭에 우리 문학의 발전은 국력의 성장이라고 인식했다. 문학작품에는 한국인의 정서가 오롯하게 남아있기 때문에 책을 통해 지식을 깨치는 것뿐만 아니라, 한국인으로서의 가치관을 심어줄 수 있다고 생각한 것이다. 특히 문학은 예술의 핵심이자 정신문화의 정수이기에 문학인에 대한 지원은 곧 한국인의 정신문화를 향상시키는 열쇠라고 여겼다. 더구나 21세기 문화의 시대를 대비해 우리 문학의 토양을 굳건하게 하는 것은 우리나라를 문화 민족으로 거듭나게 하는 사업이라고 믿었다.

교보문고 입구에 노벨상 수상자들의 사진을 걸어두고, 한국인 수상자의 자리를 비워두었던 신용호는 어떤 부분보다 노벨문학상 수상을 간절히 염원했다. 의학·평화·물리학 등 다른 분야의 수상도 당연히 기대하고 반길 일이지만, 문학 부문에서 수상자가 나온다는 것은 이를 계기로 한국인을 단숨에 '책 읽는 국민'으로 만들 수 있다고 보았기 때문이다. 그만큼 책과 문학을 소중하게 생각했다.

발족 당시 신용호는 55억 원의 기금을 출연하고, 이후 116억 원으로 기금을 확충했으며 초대 이사장을 맡아 구체적인 사업 내용을 직접 확정하고 운영기반을 다졌다.

신용호가 선정한 한국문학의 발전과 세계화를 위한 대산문화재단의 주요 사업은 대산문학상 시상을 비롯해 대산창작기금, 한국문학 번역 지원, 국제 문학 교류, 대산청소년문학상 등 5개 분야였다. 이 5개 분야는 재단 발족 이래 매년 빠짐없이 실행되었으며, 이듬해 해외 한국문학 연구 지원사업을 새로이 시작했다.

해를 더할수록 지원사업은 전문화, 체계화되어가며 외국 문학 번역지원, 전국청소년연극제, 대산대학문학상 등이 추가되었다. 또한 서울국제문학포럼과 탄생 100주년 문학인 기념문학제 등 문화계에 커다란 반향을 일으킨 기획사업들이 정례화되었다.

대산문학상은 해마다 단행본으로 발표된 시·소설·희곡·평론·번역(번역 부문은 한국문학작품의 외국어 번역)을 대상으로 가장 문학성이 뛰어나며 한국문학을 대표할 수 있는 작품을 선정하여 시상하고 있다. 지금껏 백낙청·유종호(평론), 이청준·박완서(소설), 고은·황동규(시) 등 우리 문단의 거목들이 수상했다. 대산문학상은 상금뿐만 아니라 심사 과정도 엄격하고 공정해 가장 권위 있는 문학상으로 자리 잡았다. 특히 수상작을 외국어로 번역, 출판하여 외국에 소개함으로써 한국 현대 문학을 세계인들에게 알리는 데 크게 기여하고 있다.

대산창작기금은 장래가 촉망되는 역량 있는 신진 문인을 발굴·양성하고 건전한 창작 풍토를 조성하기 위해 매년 시·소설·희곡·평론·아동문학 등 5개 부문에서 신진들을 선정하여 창작지원금을 지원하는 제도이다. 대산창작기금은 젊은 작가들이 문학인으로서 본격적인 활동을 펼치는 디딤돌이자 자신의 작품 세계를 다시금 평가받는 관문으로 자리매

김을 하고 있다. 시인 문태준, 소설가 김별아, 희곡작가 이윤택, 평론가 유성호 등 2백여 명의 문인들이 지원을 받았다.

한국문학 번역 지원은 한국문학의 세계화와 민족문화의 선양을 위해 우리 문학작품을 번역, 해외에 널리 보급하고 우수한 번역가를 양성하는 사업이다. 영어·불어·독어·서반아어 등 세계 주요 외국어로 번역을 지원하고 있다. 노벨문학상과 같은 세계적인 문학상을 수상할 가능성이 있는 우리 문학작품과 전년도 대산문학상 수상작을 번역, 출판한다.

이 사업을 통해 그동안 국제 독서시장에 알려지지 않았던 우수한 우리 문학작품들이 본격적으로 해외에 소개되기 시작하였다. 특히 한국문학이 제대로 소개되지 않았던 독일이나 프랑스 등 유럽 국가 독자들이 우리 문학작품을 읽게 하여 한국문학이 노벨문학상 수상에 한 발짝 다가설 수 있게 했다. 더불어 한국문학의 국제화를 통하여 국위를 선양할 수 있는 계기를 마련했다.

해외 한국문학 연구 지원은 해외에서 한국학(주로 한국문학)을 연구하고 있는 단체나 개인을 지원하여 한국학 연구를 활성화하는 것이다. 한국학 연구가를 양성하여 우리 문학과 문화를 세계에 널리 알리는 데 기여하고, 러시아어·중국어 등 다양한 언어로 한국문학을 번역 소개하는 데 지원하였다.

국가 간의 문학 교류 활성화를 위한 국제 문학 교류사업으로는 국제 학술회의, 국제 문학 포럼, 해외 저명 문인 초청 강연회, 해외에서의 한국문학 소개 행사, 국가 간 문학인 교류사업 등을 주관하거나 지원하고 있다. 우리 문학을 세계에 널리 알리고 해외의 수준 높은 문학을 발전적으

길이 없으면 길을 만들며 간다

로 수용하기 위한 이 사업은 1993년 스웨덴 스톡홀름 대학의 스타판 로센 교수 초청 강연회와 토론회를 시작으로 고은 시인의 독일 5개 도시 순회 강연과 작품 낭독회(1996) 등 매년 국내외에서 문학 행사를 개최하고 있다. 특히 1997년 세계적인 문호 알랭 로브그리에의 초청 강연을 계기로 매년 한국과 프랑스 간의 작가 교류를 정례화하기로 하는 등 미국, 영국, 멕시코를 비롯한 세계 여러 나라와 수준 높은 문학 교류사업도 펼치고 있다.

대산청소년문학상은 내일의 한국문학을 이끌어갈 문학 영재를 발굴·육성하기 위해 시행하는 문예 장학사업으로 청소년을 대상으로 하는 최대의 문학상이다. 전국 중고등학생을 대상으로 매년 시(시조)와 소설을 공모하여 우수작을 뽑는다. 우수작으로 선정된 학생들을 문인들과 함께하는 계성원에서의 문예 캠프에 참여케 하고 백일장을 통해 수상자를 선정한다. 또 수상자들의 문학적인 교류와 창작 의욕을 자극하기 위하여 동인 활동과 동인지 발간을 지원하고 있다. 재단에서는 이 청소년문학상을 받는 문학 영재들이 미래의 한국문학을 빛내는 문사로 자라나도록 아낌없이 지원하고 있다.

1995년부터는 필요에 따라 재단이 직접 사업을 기획하고 주관할 수 있도록 기획사업을 시작했다. 기획사업으로는 '해방 50주년 기념 한국 현대 문학 심포지엄'(1995), '문학의 해 기념 문인 모습 및 작고 문인 육필 전시회'(1996), '한국문학의 외국어 번역 국제학술회의'(1996), '2000년을 여는 젊은 작가 포럼'(1998), '현대 한국문학 100년 심포지엄'(1999), '서울국제문학포럼'(2000, 2005, 2011, 2017) 등을 개최했다. 서울국제문학

포럼은 세계적으로 저명한 해외 문인들이 많이 참석하여 세계 문학계의 주목을 받은 행사로 각광을 받았다.

1999년에는 일반 독자들에게 문학에 대한 다양하고 유익한 읽을거리를 제공하기 위해 문학교양지 『대산문화』를 창간했다. 이 밖에도 우리 문학 발전과 세계화를 위한 다양하고 전문성 있는 사업을 체계적이고 지속적으로 펼침으로써 높은 사회적 평판을 받고 있다. 이처럼 대산문화재단은 한국문학의 발전과 세계화를 위한 든든한 버팀목이 되었다. 이에 힘입어 신용호가 작품을 애송하며 해외에 적극 소개한 고은 시인과 황석영, 이승우 작가 등 한국 문인들이 유력한 노벨문학상 수상 후보로 떠오르고 있다.

신용호는 대산문화재단을 설립한 다음 해인 1993년, 서울대 의대 교수로 재직하고 있던 아들 신창재에게 재단 이사장을 맡도록 권유했다. 한창 제자들을 가르치는 데 열정을 쏟고 있던 신창재는 아버지의 부름에 적지 않게 고민을 했다. 학교에 남고 싶은 마음이 강렬했기 때문이었다. 하지만 아버지의 뜻을 받들어 대산문화재단을 통해 대산과 교보생명의 정신과 문화적 가치를 온전히 이어받고 기업의 사회적 공헌을 올곧게 펼치고 싶다는 생각을 품게 되었다.

신용호는 아들이 이사장에 취임하자 자신의 사업철학을 수시로 들려주며, 모범적이며 선구적인 문화재단 운영을 독려했다. 신창재는 부친의 뜻을 받들어 현재까지 이사장을 맡아 문학을 지원하는 세계적으로 신망 받는 문화재단으로 대산문화재단을 키워가고 있다.

우리나라는 1980년대 후반부터 경제 규모가 커지면서 난개발로 인한 자연 파괴와 각종 쓰레기, 공장 폐수, 배기가스 등의 배출이 늘어나 오염이 심각해지고 있었다. 연수원인 계성원을 지을 때 산줄기의 흐름을 거역하지 않겠다는 생각으로 건물을 S자형으로 설계할 만큼 자연을 사랑하는 신용호는 날로 심해지는 환경 파괴와 공해의 심각성을 보고만 있을 수 없었다.

그는 환경 문제를 '생명 교육'과 접목시켜 꾸준히 계몽하고 연구해야한다고 생각했다. 환경을 파괴하면 인간이 생존할 수 없다는 사실을 모든 국민이 깨달아 위기의식을 갖도록 하고, 자라나는 세대에게 환경 보존의 소중함을 가르쳐 미래에 대비해야 한다는 입장이었다. 통제하고 규제하는 물리적인 환경 보호 활동은 정부의 몫이지만 민간이 할 수 있는 부분은 바로 이런 것이라고 생각했다.

대산문화재단을 설립한 다음 해 갑자기 찾아든 병으로 두어 해를 대수술과 건강 회복에 보낸 신용호는 교원대학교 총장을 지낸 신극범을 이사장으로 초빙하고, 1997년 4월 세 번째 공익재단인 교보생명교육문화재단(현 교보교육재단)을 설립했다. 우선 50억 원의 기금을 출연한 뒤다시 1백억 원 규모로 늘릴 계획을 세웠다.

교보교육재단은 교보환경문화상, 환경 연구와 환경 보호사업의 지원, 교사들의 연구 지원, 중고등학교 환경 글짓기 대회 주관, 특수학교에 대한 장학사업, 그리고 교육 및 환경 심포지엄 지원을 사업 목표로 정했다.

교보환경문화상은 환경 관련 분야에서 헌신적으로 일하고 있는 개인이나 단체를 수상자로 선발하고 시상하였다. 수상 범위와 상금으로는 국내 최초이자 최대인 종합 환경문화상이다. 첫 번째 수상자는 부와 명예가 보장되는 의사라는 직업을 내팽개치고 환경운동에 앞장선 서한태 박사였다.

환경 연구와 환경 보호 지원사업은 환경 문제 연구자들의 의욕을 높여주고 있으며, 환경 글짓기 대회는 청소년들에게 환경의 중요성을 인식시키고 생명에 대한 외경심과 도덕성을 함양시켜주었다.

교육 및 환경 심포지엄은 매회 주제를 정하고 우수한 개인이나 단체에 연구비를 지원하여 연구열을 고취하는 제도로, 사업 연도마다 지원 요청을 접수받아 심사위원회의 심의를 거쳐 대상자를 선정 지원하고 있다.

교보교육재단은 발족 후 환경 개선과 환경 교육의 씨를 뿌리며 이 씨알에서 싹이 돋고 줄기가 자라도록 정성을 쏟았다. 최근에는 타인을 배려하고 나눔과 생명을 소중히 여기는 인재를 키우는 일에 매진하고 있다. 신용호는 당장 눈에 띄는 수확도 없고, 그래서 아무도 하려고 하지 않는 이 같은 사업이야말로 이웃과, 크게는 국민과 인류의 미래를 위해 소중한 일이라고 확신했다.

세 가지 공익재단을 모두 발족시키고 난 그의 마음은 가벼웠다. 더구나 어려운 대수술을 받고 건강을 회복하는 가운데 교보교육재단을 발족시켰기 때문에 개인적으로 그 의미가 크다고 생각했다. 특히나 자신의 생명이 소생한 뒤 태어난 교보교육재단에는 더 많은 애정이 갈 수밖에 없었다.

신용호는 자기를 내세우는 것을 싫어했다. 남이 알아주고 칭찬해주기를 바라지도 않았다. 오로지 끊임없이 창조적인 발상을 통해 배우고 생각하고 성실하게 일하는 것만이 기업인으로서 갖추어야 할 올바른 자세라고 생각했다. 이런 자세로 교육보험을 창안하여 교보생명을 창립했고, 회사를 키우고 발전시키기 위해 정열과 정성을 바쳐왔다. 이는 어디까지나 한 기업인으로서의 창립 정신과 경영철학을 실현하기 위한 노력의 결실일 뿐, 칭찬을 받기 위해 한 일은 아니었다. 때문에 정부에서 주는 저축 관계 표창이나 국민훈장 포상은 받았지만 대학에서 주겠다는 명예박사 학위는 정중하게 사양한 일도 있었다.

그러나 세계대학총장회의의 '왕관상'과 세계보험협회의 '세계보험대상', '세계보험 명예의 전당' 수상자로 결정되었다는 소식을 접했을 때는 감회가 남다르지 않을 수 없었다. 180년의 역사를 가진 미국 남동부에 있는 명문 앨라배마 대학으로부터 '보험의 대스승'과 '최고 명예교수'로 추대되었다는 소식을 들었을 때도 기쁨을 감추지 않았다. 남다른 자부심과 긍지를 가지고 자신의 모든 것을 바쳐온 보험 부문에서 세계적인 권위를 자랑하는 최고의 상이었기 때문이다.

1976년 세계대학총장회의에서는 세계 최초로 개발한 교육보험 상품으로 국민교육진흥에 기여한 공로를 높이 평가하여 신용호에게 '왕관 상王冠賞'을 수여했다. 학술적으로 최고의 권위기관인 세계 대학 총장들의 모임에서 그의 업적을 보험업계보다 먼저 평가한 것이다.

1983년에는 세계 보험 종사자들과 보험학자들로 구성된 세계보험협회가 신용호에게 '세계보험대상'을 수여했다. 이 상은 보험인에게 주는 상으로는 세계에서 가장 권위 있는 상으로 평가받고 있다. 때문에 '보험의 노벨상'이라는 별명이 붙어 있는데, 이 상을 받은 보험인은 노벨상을 받은 사람처럼 세계적인 권위와 명성을 얻는다.

1972년에 제정한 이래, 신용호가 수상하기까지 11년 동안 수상자가 여섯 명밖에 배출되지 않았을 정도로 심사 기준이 엄격했다. 따라서 신용호가 수상자로 결정되는 과정 역시 까다롭고 엄격했다. 3차에 걸쳐 신중하게 심사하여 수상자를 결정하는 이 상은 1차 심사에서 세계 각국의 보험인들 중 대상자 21명을 선정한다. 2차 심사에서는 이 21명의 후보에 대한 인물과 사상, 업적, 성공도, 공헌도 등 전문적인 평가 정보를 4개월 동안 심사하여 수상 후보자를 8명으로 좁힌다. 그리고 3차 심사에서 이 8명을 비교 심사하여 최종 수상자 1명을 결정하는데, 신용호가 심사위원 16명 중 15명의 지지를 얻어 1983년도 '세계보험대상' 수상자로 선정된 것이다.

이처럼 까다로운 심사위원회가 수상 이유로 밝힌 그의 공적은 다음과 같았다.

첫째, 대한교육보험주식회사를 설립한 신용호 창립자는 세계 최초로 교육보험이라는 특종 보험을 창안하여 지금까지 오직 보험만을 위해 외길을 걸어왔고, 앞으로도 보험과 함께할 것임이 분명하다.

둘째, 신용호 창립자는 24년이라는 짧은 기간 동안 세계적으로 유례가 없는 보험사업의 질적·양적 성장을 이루었으며, 앞으로도 그 이상의

길이 없으면 길을 만들며 간다

결과가 기대된다.

셋째, 신용호 창립자는 국민교육진흥의 구현 및 선진 지식의 빠른 보급을 도모하고자 교보문고를 설립함은 물론 교육보험의 도입을 희망하는 나라에 우정 어린 지원과 봉사를 조건 없이 제공하고 있어 국제적으로 훌륭한 성과를 가져올 것이 분명하다.

시상식은 1983년 6월 26일부터 사흘간 싱가포르의 샹그릴라호텔에서 85개국 보험업계 대표와 학계 인사 등 8백여 명이 모인 가운데 성대하게 베풀어졌다. 신용호는 아내와 함께 시상식에 나갔다. 전년도 수상자이자 독일의 재보험사인 '뮌헨 레'의 클라우스 게라더볼Klaus Gerathewohl 부회장이 금메달을 걸어주며 수상을 축하했다.

게라더볼 부회장에게 감사의 뜻을 표한 그는 수상 소감을 밝혔다.

"우리나라는 한국전쟁으로 인해 수많은 고통의 긴 세월을 보내기도 했지만, 이제는 선진화를 위하여 전심전력하고 있습니다.

저는 평범한 국민의 한 사람으로서 교육보험 제도를 창안하여 국민들의 자녀에 대한 교육비 부담을 조금이나마 덜어주었습니다. 학부모들의 자녀 교육에 대한 열의는 저의 가슴에 깊이 파고들어 우리나라 젊은 세대를 교육시키는 것이 바로 조국의 영광된 미래를 약속하는 길이라는 확신을 갖게 해주었습니다. 또한 장래가 촉망되는 수많은 젊은이들이 진학하여 보다 나은 장래를 설계하는 것을 보고 진심으로 기쁜 마음과 자부심을 느끼게 되었습니다. 보험인으로서 사회에 대한 봉사를 통해 이처럼 가슴 설레는 경험을 할 수 있다는 사실이 어찌 기쁘지 않을 수 있겠습니까?

여러분이 보내주신 축하와 성원은 저의 조국과 우리의 보험산업에 커다란 명예를 주었습니다. 앞으로도 보험 본래의 사명을 다하기 위해 최선을 다할 것을 이 자리에 모이신 여러분에게 약속하겠습니다."

떨리는 목소리로 소감을 밝히는 신용호의 가슴속에 파노라마처럼 그의 인생 역정이 흘러갔다.

시상식이 끝나고 그를 인터뷰한 UPI는 '특출하고 개성 있는 보험인'이라는 평가 기사를 곁들여 수상 사실을 전 세계에 알렸다.

'세계보험대상'을 수상하고 귀국하자 회사는 각계 저명인사 7백여 명을 초대하여 수상 기념 리셉션을 열고 그동안 성원해준 모든 사람들에게 감사의 뜻을 표했다.

세계보험대상을 받은 지 13년 후인 1996년, 신용호는 세계보험협회로부터 또 하나의 큰 상인 '세계보험 명예의 전당'에 헌정되었다. 이 상은 보험 이론과 실천 면에서 세계적으로 공인된 인사의 공적을 기리기 위해 제정된 것이다. 수상자에게는 노벨상 수상자를 칭할 때 사용하는 '영예의 상징인 월계관상을 받은 사람'이라는 의미의 'Laureate'라는 칭호가 주어지고 사진과 공적, 경영철학이 세계보험 명예의 전당에 영구히 보존되는 영광스러운 상이다.

시상식은 1996년 7월 8일, 네덜란드의 암스테르담에서 열린 제32차 세계보험총회에서 거행됐다. 리처드 머레이Richard M. Murray 세계보험협회 명예위원회 위원장은 신용호의 수상 공적을 소개하면서 "세계 어느 곳에서도 찾아볼 수 없는 새로운 보험 분야인 교육보험을 창안하여 기존의 사망보험·건강보험·연금보험·단체보험의 4대 영역 외에 교육보험이라는 독창적인 영역을 개척함으로써 보험의 영역을 사회보장 측면으로까지 확대 발전시키는 한편, 보험시장의 불모지였던 한국에 개인보험을 정착, 발전시켜 보험업계의 성장 발전의 전환점을 마련하고 국가의 근대화 발전 모델을 제시한 업적이 세계적으로 인정된다"라고 밝혔다

이렇게 하여 신용호는 세계보험협회가 주는 보험의 노벨상 두 개를 모두 석권했다. 이 두 개의 상을 수상한 사람은 신용호를 포함해 전 세계에서 세 명뿐이라 수상의 의미가 컸다.

세계보험협회는 1997년 멕시코에서 열린 제33차 세계보험협회 정기 총회에서 '신용호세계보험학술대상Shin Research Excellence Awards' 제정을 공식 발표했다. 이 학술대상은 세계 최초로 교육보험을 창시하고, 이를 시범적으로 경영하여 보험산업 발전의 새로운 모델을 제시한 신용호의 공적을 기리기 위해 제정된 것이다.

총회에서 세계보험협회 회장인 딘 오헤어는 '신용호 창립자의 공로를 영원히 기리기 위해 이 상을 제정하게 되었다'고 의의와 배경을 밝혔다.

이 상은 전 세계 92개국 1천3백여 회원 단체의 보험 지도자와 기업 대표, 저명한 학자 등 보험인들이 1년 동안 발표한 모든 보험 관련 연구 논문을 대상으로 세계적인 보험 전문가로 구성된 소위원회가 1차 심사를 통해 후보 논문을 선정한다. 그런 다음 최종적으로 수석 심사위원회가 선정한 6명의 최우수 학술 논문 발표자에게 수여하는 상이다.

수상자에게는 소정의 상금과 함께 보험 분야 최고 석학이라는 영예가 주어진다. 동시에 선정된 연구 논문은 매년 총회 의사록에 게재하여 각국의 보험 관계자, 기업인, 언론인 등에 배포함으로써 보험산업 발전에

도움을 주도록 했다.

'신용호세계보험학술대상'은 1998년 제1회 수상자를 낸 이래 매년 시상하고 있다. 신용호는 이 상의 주인공으로 인류의 보험 역사에 영원히 남게 되었다.

한편, 신용호 사후에 설립된 대산신용호기념사업회는 해외보다 늦었지만 2006년 '대산보험대상'을 제정했다. 보험산업 발전과 학술 연구 부문의 수상자를 시상하는 이 제도는 국내 보험 및 보험 서비스 분야의 선진화와 국제적인 경쟁력을 높이는 데 기여한 개인이나 단체를 추천받아 수상자를 선정한다.

1983년 신용호를 '보험의 대스승Insurance Mentor'으로 추대했던 앨라배마 대학에서는 1994년에 다시 '최고 명예교수'로 격을 높였다. 경영대학 교수들이 추천하고 전체 교수 회의에서 심사했는데 '동서고금에 유례가 없는 교육보험을 창안하여 개발도상국의 교육 효율을 높인 신용호의 공적이 학생들에게 사표가 된다'고 추대 이유를 밝혔다. 180년이라는 오랜 역사를 가진 이 대학의 다섯 번째 명예교수였다.

직접 한국을 방문해 최고의 명예교수 추대식을 주관한 존 비클리 교수는 신용호의 공로를 이렇게 평가했다.

"신용호 선생의 창의력은 저희가 도저히 따라갈 수 없습니다. 여러분도 함께 느꼈으리라 생각되지만, 이분은 항상 쉬지 않고 새로운 것을 추구합니다. 그래서 국민의 지식 축적과 도덕성 함양에 지대한 관심을 가지고 교보문고를 창립한 것입니다.

교보문고는 청소년들의 공간이라고 간단히 이야기합니다만, 이는 세계적으로도 그 유례를 찾아볼 수 없는 교육문화 공간입니다. 다른 나라 어디에도 교보문고와 같은 문화 공간이 있다는 것을 나는 알지 못합니다. 또한 지방도시에도 이와 같은 문화 공간을 만든다는 이야기를 듣고 크게 감명 받았습니다. 신용호 선생은 문화재단은 물론, 농촌을 돕고 발전시키는 재단도 만들었습니다.

신용호 선생은 초인적인 의지를 가진 인물입니다. 뒤를 꾸리는 사람이 아니라, 무엇이건 앞장서서 일을 꾸며나가는 기관차입니다. 이 정신이야말로 교보 직원 여러분에게 계승되어 길이길이 발전하고 국가 사회의 원동력으로 작용하리라 믿습니다."

추대사는 행사에 참석한 교보생명 임직원들에게 크나큰 긍지와 자부심을 안겨주었다. 당시 신용호는 대수술을 한 직후여서 불편한 몸이었지만 미국 명문 대학에서 직접 찾아와 '보험의 대스승'에 이어 '최고의 명예교수'로 추대해주는 것이 감사하고 송구스러울 뿐이었다. 이는 '세계보험대상'이나 '세계보험 명예의 전당'과는 다른 차원의 영광이었다. 앨라배마 대학의 석학 교수들이 자신의 업적과 경영철학을 교육적인 차원에서 높이 평가해주었다는 점에서 학교 문턱에도 가보지 못한 그에게는 생애 최고의 보람이었다.

신용호는 1996년 '금관문화훈장'을 받았다. 기업인으로서는 최초의 수훈이었다. 직접 문학·예술 분야의 창작 활동은 하지 않았지만, 1천만 독서 인구 저변 확대운동과 대산문화재단을 통해 한국문학과 문화의 질적 향상을 위하여 노력한 공로가 높이 평가되어 수훈의 영광을 누릴 수 있었다. 원로 문학인이나 예술인들도 받지 못한 이 훈장을 받은 그의 감회는 남달랐다. 평생 문학과 예술을 사랑하고 문학인과 예술가를 아끼고 지원한 결과로서 이 훈장은 고이 간직하고 싶었다.

신용호의 금관문화상 수훈은 문화재단 운영의 모범적 사례를 정부가 평가했다는 점에서도 의의가 있다. 기업 이미지를 위해 형식적으로 문화재단을 설립하고, 관련 단체나 행사에 찬조금을 주는 것으로 운영되는 대부분의 문화재단들과 달리 대산문화재단은 뚜렷한 사업 목적과 전문적인 운영을 통해 21세기 문화 시대에 우리 문학의 경쟁력을 높여주었다. 그 결과 사업 성과가 미미한 문화재단들과 달리 대산문화재단은 우리 문학의 질적·양적 성장은 물론이고, 세계화 등에 괄목할 만한 성과를 거두었다.

신용호는 2000년 1월, 아시아생산성기구APO가 선정한 '2000년 APO 국가상'을 수상했다. 아시아생산성기구는 아시아·태평양 지역의 생산성 향상을 도모하기 위해 1961년에 발족한 경제협력기구로 5년마다 18개 회원국(현재 21개 회원국)에서 각각 한 명씩 선발하여 'APO 국가상'을 시상하고 있다.

'APO 국가상'의 수상은 보험업계가 아닌 생산성 분야의 전문 권위자들이 신용호를 경영의 선각자로 평가했다는 점과, 아시아·태평양 지역 국가의 정부를 대신하는 APO로부터 업적을 공인받았다는 데 의의가 있다.

이 밖에 신용호는 1996년 연세대학교 상경대학 경영학과 학생들이 국내 경영인들 중에서 투표로 뽑는 '기업의 사회적 임무를 수행한 가장 존경하는 기업인'으로 선출되어 제1회 '기업윤리대상'을 받았다. 미래의 주인공이 될 젊은이들의 순수한 격려에 감사하며 시상식에서 4백여 명의 학생들에게 특강하면서 신용호는 이런 말을 했다.

"기업은 사회라는 큰 테두리 안에서 사회 구성원과 함께하는 공동 운명체입니다. 기업의 이윤 추구는 기업의 궁극적인 목표가 아니라 사회적 책임을 수행하기 위한 수단에 불과한 것이라고 나는 생각합니다."

학생들은 그의 경영철학에 열렬한 박수를 보냈다. 신용호도 학생들의 순수한 열정에 마음속으로 박수를 보냈다.

그리고 1999년부터 국내 일부 대학에서는 신용호의 경영철학과 기업 정신을 주제로 강좌를 개설하기 시작했다. 1999년 숭실대학교에서는 '신용호의 경제 사상과 경영철학' 강좌가 개설되었고, 2002년엔 순천향대학교, 2003년엔 원광대학교, 2004년에는 건양대학교가 그 뒤를 이었다.

공익사업에 대한 남다른 사랑

— 제9부 —

끝나지 않은 도전의 길

신용호와 더불어 이 땅에 교육보험의 역사를 개척하고, 21세기 글로벌 시대를 맞아 교보생명의 미래를 일구어낸 교보인들은 비록 창립자의 육신은 한 줌 재가 되어 떠났지만 그가 남긴 경영철학과 인생관은 가슴에 오롯하게 남았다고 생각하며 그를 떠나보냈다.

어린 시절 호된 병마를 물리친 이후 신용호는 58세 때 교통사고로 다리 수술을 받고 회복한 것을 제외하고는 보약 한 첩 먹지 않고도 건강하게 살아왔다. '일을 안 해서 죽지, 일을 해서 죽는 사람은 없다'는 그의 생활철학이 건강의 비결이었다.

신용호의 운동은 주로 골프였다. 처음에는 사치스런 운동이라는 사회통념과 시간을 너무 많이 낭비한다는 생각 때문에 주변의 끈질긴 권고를 받아들이지 않았다. 그러나 골프가 운동이 많이 되고 정신 건강에도 좋을 뿐만 아니라, 필드에 나가 있는 동안 맑은 공기를 마시며 산적한 과제를 여유 있게 생각할 수 있다는 것을 안 뒤 골프를 치게 되었다. 삼성의 이병철 회장 등이 멤버로 있는 '수요회'와 '칠십지우회' 회원들을 따라 정기적으로 골프장을 찾기 시작했다. 무엇이든 한번 시작하면 철저하게 끝장을 보는 성격이어서 골프에도 열과 성을 다했다.

건강에 자신을 가지고 정력적으로 노년을 보내던 신용호에게 뜻밖에도 암이라는 병마가 찾아들었다. 1993년, 77세가 되던 해였다. 그해 3월 건강검진 때 그를 진찰한 회사 의무실 김강석 박사가 아무래도 이상하니 정밀 검사를 받아보라고 권했다.

김 박사의 말을 전해 들은 장남 신창재와 맏사위 함병문은 정밀 검사를 받도록 준비했다. 당시 서울대학교 의대 교수로 있던 신창재와 함병문은 서울대학교 의과대학 동문으로 미국 하버드 대학 의과대학 부속병원에서 연구를 하고 귀국해 서울 아산병원의 담도외과 전문의로 있는 이승규 박사를 찾아갔다. 사진을 본 이승규 박사는 틀림없는 간문부 담도암이라고 말했다. 담도암 중에서도 간과의 연결 부위인 간문부에 생긴 암은 수술이 까다롭고, 성공하더라도 완치가 불가능할 뿐 아니라 생존 기간은 잘해야 1년밖에 안 된다며 안타까워했다.

우리나라에서 이 수술을 처음 시도한 이승규 박사도 지금까지 겨우 다섯 명밖에 수술을 해보지 않아 자신이 없다며, 일본이나 미국으로 갈 것을 추천했다. 이 박사는 여러 가지를 분석한 끝에 일본 나고야 대학교 의과대학의 유명한 담도암 전문 외과 의사를 소개하며, 그에게 수술을 받는 것이 가장 좋은 방법이라고 권했다.

신창재는 서울대 의대 교수인 매부 함병문과 상의해 정밀 검사 결과를 아버지에게 알려드리기로 했다. 나쁜 일이라고 해서 우물쭈물 미룰 일이 아니었다. 남다른 건강을 유지하곤 있었지만 나이 많은 어른이기 때문에 사후를 대비해서 생각해둔 일이 많을 터이므로 정리할 시간을 드리는 것이 도리라고 생각했던 것이다.

아들의 설명을 들고 난 신용호의 마음은 착잡했다. 그야말로 아닌 밤중의 홍두깨였다. 자신이 암에 걸릴 줄은 꿈에도 생각해보지 않았다. 가끔 명치뼈 아래에 통증을 느꼈지만 나이가 들어 그러려니 하고 대수롭지 않게 생각했다. 근심이 가득 찬 아들의 얼굴을 보며 신용호는 정밀 검사 결과를 받아들일 수밖에 없었다. 창재는 자기 아들이면서 의학박사이고 서울대학교 의과대학 교수로 재직하고 있지 않은가. 의사 아들의 말을 믿지 않는다면 누구의 말을 믿을 수 있겠느냐는 생각이 들었다.

"바쁠 테니 가서 일을 보아라. 이 문제는 내가 좀 더 생각해보고 결정을 하련다."

혼자가 된 신용호는 마음의 안정을 찾지 못했다. 암 중에서도 가장 어려운 간문부 담도암에 걸렸다는 사실을 인정하고 싶지 않았다. 77세라는 적지 않은 나이가 되었지만 죽음이 가까이 와 있다는 생각은 해본 적이 없었다. 머리도 맑았고 몸도 건강하여 골프장에 나가 18홀을 돌고도 가뿐했기 때문이다.

암에 걸렸다는 사실에 마음속엔 어두운 그림자가 드리워졌지만 신용호는 교보문고와 교보생명이 공동으로 시작하는 '1천만 명 독서 인구 저변 확대운동' 준비를 직접 점검하며 바쁜 나날을 보냈다.

신용호가 변함없이 일에 매달리자 아들과 사위는 이승규 박사를 데리고 와서 병의 내용을 다시 한번 설명하며 수술을 권했다. 이승규 박사는 나고야 의과대학의 전문의는 수술 경험이 많아 미국의 유명 의사보다 성공률이 높으니, 좋은 결과를 볼 수 있을 것이라는 희망적인 이야기를 했다. 이승규 박사의 설명을 들으며 신용호는 피할 수 없는 운명의 벼랑 끝에 내몰려 있음을 실감했다.

그러고는 눈을 감고 생각에 잠겼다.

한동안 무거운 침묵이 흐른 뒤, 이윽고 결심한 듯 이렇게 말했다.

"그렇다면 나고야 의과대학에 가서 수술을 받겠습니다. 오늘부터 이 박사님이 내 주치의가 되어주세요…… 나는 박사님이 하라는 대로 하겠습니다!"

신용호의 눈에는 목숨을 걸고 마지막 도전을 하겠다는 결의가 나타나 있었다. 수술하지 않으면 1년을 살기 어렵고, 수술하더라도 성공 여부를 확신할 수 없다면 앉아서 죽는 것보다는 죽음과 정면으로 부딪쳐보고 싶었다.

수술을 받으러 일본으로 가기 전에 신용호는 이승규 박사에게 다시 정밀 검사를 받았다. 고령이기 때문에 수술을 감당할 수 있을지 체크할 필요가 있었다. 이승규 박사 또한 일본에 함께 가서 수술 현장에 입회하기 위해서는 수술 전의 환자 상태를 면밀히 점검해둘 필요가 있었다.

나이가 들면 누구나 한두 가지씩 갖게 마련인 성인병이 하나도 없고, 정신력이 강하여 노령이지만 수술을 받는 데는 큰 지장이 없다는 정밀 검사 결과가 나왔다.

수술 일정을 잡은 신용호는 일본으로 건너갔다. 수술 날짜는 5월 6일로 잡혀 있었다. 주치의 이승규와 신창재가 동행했다. 수술 전날, 그는 아들과 조용히 할 이야기가 있다며 주변을 물리쳤다. 그리고 비행기를 타고 오면서, 수술실에 들어가기 전 아들에게 분명히 다짐해두겠다고 생각한 이야기를 꺼냈다.

"여기 오기 전에도 만일의 경우를 준비하라고 네게 일러두었지만 수술실에 들어가기 전에 다시 다짐을 해두어야겠다. 혹시 수술이 잘못되더라도 네가 있어 다행스럽다. 만일 내가 수술 후에 잘못된다면 네가 회사에 들어와서 내 대신 교보생명을 더 큰 회사로 키워라."

"아버님답지 않게 왜 약한 말씀을 하십니까. 아버님의 몸 상태와 의지라면 충분히 이겨내실 수 있습니다."

"죽음 앞에선 누구나 겸손해야 한다. 아무쪼록 국민교육진흥과 민족자본형성이라는 회사 창립 이념을 잊지 마라."

신용호는 이야기를 마치고 아들의 손을 잡았다. 교보생명은 이미 1975년 자신이 회장 자리를 내놓고 명예회장으로 물러난 뒤부터 전문경영인 체제로 운영하고 있으므로 큰 어려움은 없을 것이다. 더구나 아들 창재는 생명을 다루는 의사답게 매사에 꼼꼼했고, 자신을 닮아 정직하고 성실했다. 정직과 성실, 그리고 인간을 귀하게 여기는 마음가짐과 의학을 통해 얻은 인간과 세상에 대한 통찰력으로 창립 이념을 계승하여 발전시켜 나갈 것이란 믿음이 생기자 마음이 편안해졌다.

5월 6일 아침, 신용호는 수술실로 들어갔다. 마취 전문의인 사위도 달려와 주치의 이승규 박사와 함께 수술에 입회했다.

열 시간 이상이 걸린 대수술은 일단 성공적이었다. 그러나 수술이 끝난 지 하루가 지나도록 옆구리에 박은 배액관에서 출혈이 멈추지 않아 출혈의 원인인 비장을 절제하는 수술을 다시 받아야 했다. 오랜 마취 시간과 연이은 수술에 몸이 약해질 대로 약해진 신용호는 중환자실에서 고통과 싸워야 했다. 강인한 정신력이 아니었으면 소생이 어려웠다는 의사의 말에 그는 "수고 많으셨습니다! 감사합니다!"라는 말을 되풀이했다.

나고야 대학병원 중환자실 생활 3개월은 상상할 수 없는 고통의 나날이었다. 오직 정신력 하나로 극심한 고통을 참고 극복하는 싸움의 연속이었다. 참기 어려운 고통과 답답함 속에서도 신용호의 머리는 맑았다. 육체는 늙고 힘이 없어 어쩔 수 없지만 정신력으로 고통을 이겨야 한다는 생각으로 마음을 편안하게 가지려고 노력했다. 의사에게 진심으로 감사하며 의사가 시키는 것은 무엇이든 철저히 실행하고, 하지 말라는 것은 아무리 참기 어려운 것이라도 절대로 하지 않았다. 의사를 믿지 않으면 병과 싸워 이길 수 없음을 신용호는 누구보다 잘 알고 있었다.

중환자실에서 일반 병실로 돌아와 몇 주간 어느 정도 기력을 회복한 후에 한국으로 돌아와 곧바로 주치의 이승규가 있는 서울 아산병원에 입원해 계속 치료를 받았다. 신용호의 회복 속도는 주치의도 놀랄 정도로 빨랐다. 일본에서 돌아온 지 3개월이 지나자 퇴원해도 괜찮을 정도로 회복되어 있었다. 나이를 생각하면 의사도 예측하지 못한 기적 같은 일이었다.

신용호가 퇴원한 것은 11월 초였다. 퇴원하는 날 주치의에게,

"죽은 목숨 살려주어 정말 고맙습니다. 열심히 노력해서 건강을 회복하겠습니다."

라고 인사했다. 주치의에 대한 감사와 삶에 대한 강렬한 의지가 담겨 있었다.

6개월 만에 집으로 돌아온 신용호의 건강은 하루가 다르게 좋아졌다. 아내의 지극한 정성과 그의 정신력이 합친 결과였다. 겨우내 몸을 회복하며 안정을 취한 그는 해가 바뀌어 담장에 개나리가 노랗게 피어나자 골프장에 나갔다. 주치의가 정해준 운동량에 따라 골프채를 들고 조심스

럽게 필드를 걸어다녔다. 새로 돋아나는 푸른 잔디가 자신의 재생을 반기는 것 같았다. 겨우내 움츠렸던 생명이 소생하듯 그의 몸도 생을 되찾고 있었다.

수술을 받은 후로 2년 넘게 신용호는 매월 한 차례씩 정기 검진을 받으며 가벼운 운동으로 건강을 되찾아가고 있었다. 그러면서도 전문 경영인들의 자문에 응하며 자신의 경영철학과 창립 이념을 일깨워주는 일에 소홀함이 없었다.

지인들을 한자리에 초청한 송수연

주치의로부터 이제 일상적인 생활을 해도 좋다는 말을 들은 것은 암 판정을 받은 지 3년여 만이었다. 주변의 모든 사람들이 그 나이에 그렇게 큰 수술을 받고서도 살아남은 것은 기적이라고 말했지만, 신용호 자신은 기적이라고 생각지 않았다.

집도의와 주치의의 노력이 물리적으로 암덩이를 제거하고 목숨을 건져주었지만 신용호의 절제와 노력도 한몫했다. 그만큼 주치의를 믿고 지시 사항을 철저히 지켰다. 그리고 정신 건강을 위해 틈만 나면 평소 좋아하는 서양 고전 음악을 들었다. 주치의의 허락을 받고 회사 일을 시작한 뒤에도 이 생활 수칙만은 꼬박꼬박 지켰다.

장남인 신창재와 교보생명 임원들은 신용호의 건강 회복과 팔순을 축하하기 위해 팔순 송수연을 열겠다고 허락을 구했다. 그전까지 회갑은 물론이고 칠순도 장조카만 데리고 선영에 들러 조상들을 참례하는 것으로 대신했기 때문이었다. 허례허식을 싫어하는 그의 성품을 익히 알고 있기에 미리 허락을 구했던 것이다.

신용호는 장남을 비롯한 자식들은 물론이고 회사의 임직원들도 수연 한번 열어주지 못해 항상 아쉽고 송구스럽게 생각하고 있다는 것을 알고 있었다. 이번 팔순도 그냥 넘긴다면 자기가 죽고 난 뒤에도 자식들이 죄의식에서 벗어나지 못할 거라는 생각이 들었다. 신용호는 처음이자 마지막 수연이니 초대할 만한 사람을 모두 모시고 제대로 하라고 일렀다. 죽을병이 들었다가 살아난 사람의 팔순 잔치이니 좀 크게 하더라도 험담할 사람은 없을 것이라고 생각했다.

1996년 9월 23일, 신라호텔에서 열린 송수연에는 재계·관계·학계·문화계·지인 등 각계의 수많은 사람들이 참석하여, 그의 건강과 장수를 축하해주었다. 특히 세계보험협회에서는 존 마이어홀츠 John Meyerholz 회장이 직접 참석하여 축사를 해주었다.

신용호는 내빈들에게 이렇게 인사했다.

"저희 회사의 창립 이념인 국민교육진흥과 민족자본형성을 보다 크게 이루는 일이 국가 사회에 보답하는 일이기에 죽는 순간까지 노력하겠습니다. 그리고 제가 죽더라도 자식들에게 반드시 창립 이념을 계승하여 더 크게 성취하라는 유언을 하려고 합니다. 그러니 제가 저 세상으로 떠난 뒤에도 지켜보시며 잘 지도해주십시오."

자신이 살아 있는 한 열심히 노력하는 것은 물론, 대를 이어 국민교육진흥과 민족자본형성의 창립 이념을 보다 크고 훌륭하게 성취시켜 국가에 공헌토록 하겠다는 의지를 공개적으로 밝힌 것이다.

신용호의 인사말은 공개적인 유언이었다. 모두들 숙연한 표정이 되었다. 특히나 아버지의 뜻을 받들어 의사의 길을 걷는 대신 새롭게 회사 경영에 참여해야 할 운명에 놓인 신창재는 막중한 책임감에 입술이 바짝 타들었다. 하객들은 신용호의 인사말을 음미하며 침묵에 빠져들었다.

적막을 깬 것은 화단의 원로이자 오랜 친구인 월전 장우성 화백이었다. 백발이 성성한 그가 마이크를 잡았다.

"오늘 이 자리에 나와서 80세의 생생한 대산의 모습을 보며 인간 승리와 삶의 보람이 무엇인가를 다시 한번 생각해봅니다. 옛글에 '송무백열松茂柏悅'이라는 말이 있습니다. 소나무가 무성하면 잣나무가 기뻐한다는 뜻이죠. 친구의 한 사람으로서 흐뭇한 심정으로 이 문자를 빌려 대산의 건강과 장수를 비는 박수를 보냅니다."

송수연은 음악회로 이어졌다. 신용호는 중요무형문화재 제57호인 경기민요 보유자 이춘희 명창의 민요 공연과 창을 들으며, 호암 이병철 회장과 정기적으로 국악 감상회를 열고 「흥부가」를 듣던 생각을 했다. 하지만 그는 10년 전 먼저 세상을 떠나고 없었다.

문득 이제 자신도 죽음을 받아들일 준비를 해야 한다는 생각이 들었다. 죽음 자체는 두렵지 않았다. '인생 칠십 고래희人生七十古來稀'라고 했는데 80세를 살지 않았는가. 교보생명과 교보문고를 반석 위에 올려놓아 평생의 소망을 이루지 않았는가. 공익재단들도 제 역할을 하고 있지 않은가. 이제 남은 것은 필생의 마지막 숙제인 강남 교보타워 완공뿐인데……

신용호는 애송하던 고은 시인의 「들국화」를 가만히 읊조렸다.

갈 곳이 있는 사람은
얼마나 행복한가
돌아올 곳이 있는 사람은
또 얼마나 행복한가

뚜벅뚜벅 돌아오는 길
마음 깊이
하늘도 아스라이
드높으신지

내 조상 대대의 산자락이거든
밭머리거든
거기 불현듯 손짓하기에
어떤 이름도 붙일 수 없는
들국화
한 송이
한 송이와 더불어
얼마나 행복한가

아스라이 신용호의 눈가에 이슬이 맺히더니, 우렁우렁 월출산이 운무를 걷어내고 솟아올랐다. 월출산에 이르는 길마다 들국화가 무성했다.

　　신용호의 건강에 다시 위기가 찾아왔다. 나고야 의과대학 병원에서 수술을 받은 지 8년이 지난 2001년, 갑자기 몸이 나빠진 그는 주치의가 근무하는 서울 아산병원에 다시 입원하여 검진을 받았다. 재발을 걱정하던 암이 간으로 전이되고 있다는 놀라운 결과가 나왔다. 남다른 열정과 감사한 마음으로 성실하게 살면서도 한편으로는 항상 조심하고 있던 일이 현실로 나타난 것이다. 주치의는 나이로 보아 수술이 어려우므로 고주파 치료를 받아야 한다고 했다.

　　날마다 되풀이되는 고주파 치료는 고통스러웠다. 특수 바늘을 종양 부위에 꽂고 고열을 일으켜 암세포를 죽이는 이 최신 간암 치료법은 국부 마취를 하기 때문에 치료 중에는 통증을 크게 느끼지 않지만 치료가 끝나고 병실에 돌아오면 몹시 힘들고 고통스러웠다. 그러나 신용호는 말없이 다시 병마와 싸우기 시작했다. 마지막 순간까지 최선의 노력을 기울이는 것은 병에 대한 저항이라기보다 생명을 지키겠다는 인간으로서의 성실한 자세라고 생각했다.

　　주치의는 정성을 다해 치료에 임했다. 결과가 좋아 일단 종양을 없애는 데는 성공했지만 장기간의 치료에 체력은 현저히 떨어져 있었다. 젊은이도 힘들다는 고주파 치료의 고통을 정신력으로 지탱하는 데 한계가 있다는 것을 신용호는 잘 알고 있었다.

　　병원에서 퇴원하던 날, 신용호는 부축을 받지 않으면 보행이 어려울 정도로 쇠약해져 있었다. 주치의는 몸조리를 잘하면 기력을 회복할 수 있다는 희망적인 이야기를 해주었으나 이번에는 회복이 어려울 거라는 예감이 들었다. 가족들의 표정에서도 희망의 빛은 찾을 수 없었다. 재발한 암은 젊은 사람도 6개월이나 1년을 넘기기 어렵다는 의학적인 통념을 알고 있기 때문이었다. 더욱이 자신은 85세의 고령이 아닌가.

성북동 집으로 돌아온 신용호는 방으로 들어가기 전, 거실 의자에 잠시 앉았다. 볼품없는 나무 의자였다. 원형의 나무 테가 허리까지만 받쳐주는 작은 간이 의자로 사무실에서도 애용하던 아주 소박한 의자였다. 푹신한 소파에 앉아 있으면 정신이 해이해진다고 생각해 오래전부터 이의자를 애용한 덕분에 신용호의 자세는 앉으나 서나 항상 꼿꼿함을 유지할 수 있었다. 혼자 있을 때는 이 의자에 반듯하게 앉아 생각에 잠기기도 했고, 손님을 만날 때도 손님은 소파에 앉게 하고 자신은 항상 이 의자에 앉아 이야기를 나누었다.

신용호는 의자에 앉아 정원 좌우에 늘어선 소나무들을 잠시 바라보았다. 소나무 뒤쪽 멀리 남산 자락으로 시선을 옮겼다. 정원에 있는 10여 그루의 소나무는 그가 가장 아끼며 항상 바라보는 친구였다. 이제 소나무와 벗하며 병마와 싸울 수밖에 없다는 생각이 들었다.

다음날부터 신용호는 의자에 반듯하게 앉아 정원의 소나무와 남산을 바라보며 생각에 잠기고, 음악을 들으며 쉬는 생활을 시작했다. 좋아하는 쇼팽이나 바흐의 음악을 듣기도 했지만, 매번 음반을 바꾸는 것이 번거로워 FM 라디오의 클래식 채널을 고정시켜놓았다. 거실에 들어설 때마다 아름다운 선율의 숲 속으로 들어가는 상쾌함을 느꼈다. 매일 오전한 시간은 〈국악의 향기〉 프로가 있어 좋아하는 창도 가끔 들을 수 있었다. 생애 처음으로 시간에 구애받지 않고 좋아하는 음악에 푹 잠기는 시간을 가질 수 있다는 게 위안이 되었다. 더불어 아내와 지난 일을 회상하며 담소를 나누는 즐거움이 있었다.

오후에는 책을 읽었다. 눈이 침침해 직접 읽지는 못하고 아르바이트 학생이 매일 한두 시간 정도 책을 읽어주는 독서였다. 학생이 돌아가면 그날 읽어준 책 내용을 곱씹어 생각하며 사색에 잠겼다. 딱딱한 책보다는 수필집과 명상록을 주로 읽었고, 감명받은 책은 수십 권씩 사다 놓고 문병 오는 사람들에게 나누어 주었다.

주치의의 지시에 따라 약을 먹고 운동도 했다. 운동은 남산 자락이 건너다보이는 소나무 정원을 천천히 산책하는 수준이었지만 그것조차 힘이 들었다. 음악으로 마음을 깨끗이 하고 독서와 사색으로 두뇌의 운동을 하고 산책으로 육체의 운동을 하며 병마와의 싸움을 계속해나갔다.

주치의가 예측하는 생존 기간이 6개월 정도라는 것을 눈치로 알고 있었지만 신용호는 열심히 노력하면 1~2년은 살 수 있을지도 모른다는 희망을 가지고 있었다. 얼마가 될지 모르는 유예 기간을 추하지 않게 살기 위해 최선을 다해야 한다고 생각했다. 강남에 짓고 있는 강남 교보타워 준공과 그 지하에 들어설 국내 최대의 현대식 서점인 교보문고 강남점의 개장을 직접 보고 싶다는 희망을 버릴 수 없었다.

신용호의 소원은 자신의 마지막 열정과 꿈이 담긴 강남 교보타워의 준공을 보고 눈을 감는 것이었다. 때문에 그는 도면을 펼쳐놓고 생각에 잠기기도 하고 공사 책임자를 불러 진행 상황을 묻기도 했다. 2003년 봄이 되면 건물이 준공되고 교보문고의 개장도 가능하다는 말에 새삼 의지를 다졌다.

'그때까지는 살아 있어야 하는데······.'

남들은 6개월밖에 못 사는 병이라는데 2년을 살아내야 한다고 생각하니 불안했다. 그래서 시간을 지켜 약을 정확하게 복용하고 운동도 열심히 하며 무너지기 쉬운 몸을 간수하기 위해 노력했다.

어느덧 겨울이 가고 봄이 왔다. 정원 잔디에 생기가 돌고 햇볕에 온기가 느껴졌다. 고주파 치료를 받고 퇴원한 지 10개월이 넘었지만 몸은 더나빠지지도 그렇다고 많이 좋아지지도 않았다. 6개월 정도의 시한부 인생이 근 1년을 버틴 것이었다. 한 달에 한 번씩 받는 정기 검진에서도 별다른 증상은 나타나지 않았다. 검진을 받을 때마다 주치의로부터 이상없다는 말을 들으면 기분이 좋았다. 그때마다 한없이 고마워 주치의 이승규 박사에게

"감사합니다. 열심히 노력하겠습니다."

라며 깍듯이 인사했다.

신용호는 차분하게 인생을 마무리해 나갔다. 인연을 맺었던 사람들에게 감사의 인사를 전하기도 하고, 집으로 초대해 함께 식사를 하며 지난날을 회고했다. 그러면서 회사와 자식들을 부탁했다. 특히 1996년 11월 입사해 경영 수업을 한 끝에 수년 전 교보생명 회장에 취임한 아들 신창재에게 지난 삶을 들려주며, 인생과 사업의 경험을 남김없이 전수했다.

"너에게 막중한 책임을 물려주었구나."

"······."

신창재는 항상 강인했던 아버지가 앞날을 암시하는 말을 하자, 숙연

한 모습을 보였다.

"의사나 선생이나 사업가나 모두가 사람을 귀히 여기고, 사람마다 가진 재능을 발휘하게 하는 것이 소임이라는 것을 명심해라."

"항상 잊지 않고 있습니다."

"경영자는 나무를 보는 사람이 아니라 숲을 보고 산을 보아야 한다. 작은 것도 소홀히 해서는 안 되지만 항상 멀리 보며 회사를 이끌어야 한다."

높이 날며 멀리 보는 독수리형 지도자야말로 바로 신용호의 리더십이었다.

다시 한번 힘겨운 겨울이 가고 봄이 찾아왔다. 강남 교보타워의 준공과 교보문고 강남점 개장이 5월 3일로 정해졌다는 보고가 들어왔다. 고주파 치료를 받은 지 만 2년이 되고 있었다. 소원이 이루어진다고 좋아하며 신용호는 그날을 기다렸다.

길은 언제나 어디에나 있다

꼭 살아서 보고 싶었던 것, 생애 마지막 작품이라 생각하며 모든 정성과 노력을 쏟은 강남 교보타워의 준공을 직접 눈으로 확인한 신용호의 마음은 흐뭇했다. 그리고 행복했다. 신용호는 신창재와 임원들을 불렀다. 가슴 졸이며 기다리던 마지막 일을 매듭지은 만큼, 기력이 남아 있을 때 교보생명의 미래를 논하고 싶었다.

신창재를 비롯한 임원들은 그의 부름이 의미하는 것을 잘 알고 있었다. 모두들 송수연에서 밝힌 공개적인 유언을 다시금 확인시키는 자리가 될 것이라고 생각했다.

"교보생명을 창업한 지 45년, 이제 회사도 장년의 나이가 되었군요."

신용호는 어느 때보다 평온했다. 창립 시절을 회고하듯 잠시 눈을 감았다 뜨고는 임원들을 하나씩 둘러보았다.

"교보생명은 나의 분신이었습니다. 물론 교보 가족 모두의 분신이지요. 나에게 남은 소망이 하나 있어 여러분을 불렀습니다. 교보생명은 교보 가족들이 꿈을 키우는 토양이고, 인생의 행복을 꽃피우게 하는 영양소입니다. 부디 교보생명을 교보 가족들의 젊음과 지혜와 정열이 어우러지는 터전으로 만들어주세요."

신용호는 모처럼 예전의 강인했던 모습을 되찾은 듯, 교보생명에 대한 자신의 숙원을 털어놓았다.

신용호는 교보생명이 교육보험으로 시작해, 이제는 모든 사람이 미래의 역경에서 좌절하지 않도록 도와주는 사명을 갖게 되었다고 정의했다. 이러한 사명을 실천하는 방법으로 고객 지향과 정직과 성실, 그리고 도전 정신을 꼽았다. 계약자에 대한 봉사를 우선하는 기업 운영, 세상에 '거저'와 '비밀'은 없다는 정직과 투명성, 맨손가락으로 생나무를 뚫는 의지와 개척자적인 도전 정신이었다.

이 세 가지는 다름 아닌 그의 인생철학이자 삶의 좌우명이었다. 세계 최초로 교육보험을 창안해 국민교육에 단단한 버팀목이 되었고, 민족자본형성으로 한국 경제의 도약에 밑거름이 되었던 그의 삶은 곧 교보생명의 성장사였기 때문이었다.

길이 없으면 길을 만들며 간다

마지막 소원을 이루고 자신의 철학을 남김없이 전해주었기 때문이었을까…… 여름이 되자 기력이 점점 더 떨어지는 것 같았다. 불면증이 심해져 수면제를 복용했지만 효과가 없었다. 사고력도 많이 떨어졌다. 2년 전 검진 때 뇌 단층 촬영을 한 주치의가 뇌조직이 건강한 60대처럼 젊다고 했던 말이 생각났다. 그러나 사고의 지속성마저 쇠퇴했음을 자각할 수 있었다. 8월에 접어들면서는 독서도 중단하고, 일주일에 한두 번 하던 작가와의 대담도 그만둘 수밖에 없었다.

좋아하는 거실 의자에 나가 앉아 소나무를 바라보며 음악 감상을 할 수도 없었다. 날마다 기력이 떨어지는 것을 확연히 느낄 수 있었다.

희미한 의식 속에 자주 어머니의 모습이 떠오르고, 어릴 때 병마와 싸우며 바라보던 암갈색의 월출산이 환영처럼 펼쳐졌다. 영암의 고향집에 불던 대나무 숲의 청량한 바람이 불어왔다. 인생의 스승인 신갑범과 이육사를 모시고 베이징에서 마시던 술 향기가 코끝을 적셔왔다. 떨리는 마음으로 육사에게 독립운동 자금을 건네던 그날 밤의 달빛이 그를 감싸고 있었다.

삶을 마감할 때가 왔다는 것을 직감한 신용호는 눈을 감고 조용히 마지막 순간을 기다렸다. 그리고 생각했다. 이 세상에 태어나 나름대로 최선을 다했다는 안도감과 나라에 도움이 되는 사업을 하기 위해 평생 최선을 다했다는 만족감이 들자 몸과 마음이 편안해졌다.

이렇게 시간이 흘렀다.

맑고 청명한 2003년 9월 19일 오후 6시 1분. 서울대학교 병원에서 신용호는 세상과의 인연을 조용히 거두었다. 신용호의 가슴에 우뚝 솟아 있던 월출산이 안갯 속으로 모습을 감추기 시작했다. 사라지는 월출산이 안타까워 땀을 뻘뻘 흘리며 뛰어가는 어린 용호의 뒷모습이 아련했다.

신용호는 깊은 잠에 젖어들듯 조용히 눈을 감았다. 그리고 다시는 눈을 뜨지 않았다.

86년 48일간의 도전과 창조의 생애였다.

대산이 떠나자, '우리나라 금융 경제를 살려놓으신 분이고 금융계의 거목이시다'라는 배찬병 생명보험협회장의 아쉬움처럼 조문객들의 발길이 인산인해를 이루었다. 패트릭 케니Patric Kenny 세계보험협회 회장 등 전 세계에서 조문객이 신용호의 뜻을 가슴에 새기기 위해 영안실을 찾았다.

문상객들은 신용호의 넓고 깊은 삶을 화두로 이야기를 나누며 그와 함께했던 지난날을 회고했다. 강원용 목사는,

"잊을 수 없는 세 가지 사건이 있습니다. 민주화운동을 하고 있을 때 아카데미하우스로 돈 봉투를 보내주셨습니다. 기업하는 사람이 정권에 찍히면 회사는 물론이고 자신까지 끝장일 텐데 대단한 용기였습니다. 두 번째는 교회당을 짓고 있을 때 거액의 헌금을 건네주셨습니다. 자신은 불교 신자이지만 종교의 벽을 넘나들던 큰 그릇이셨습니다. 세 번째는 '세계 노인의 해'에 외롭고 쓸쓸한 노인들의 실상을 알리기 위한 비디오 제작에 3천만 원을 흔쾌히 주셨습니다. 잘 아는 사회운동가의 계획을 듣고 나서 서로 전화 한 통화했을 뿐인데, 아무 조건 없이 돈을 내놓으셨습니다."

라고 회상했다.

시인 고은은,

"이분은 한 인간이라기보다 하나의 완벽한 예술작품입니다. 예술작품이 아니면 모든 것을 거부하는 존재지요. 이런 분이 만약 예술 분야에 계셨다면 놀라운 예술 세계를 개척했을 것입니다."

라며 신용호의 삶을 조명했다.

월출산에서 태어나 북한산 자락에서 세상과 인연을 다한 신용호의 운구는 죽음을 각오하고 지킨 광화문 교보빌딩과 필생의 마지막 작품인 강남 교보타워를 거쳐 충남 예산의 선영에 묻혔다.

신용호와 더불어 이 땅에 교육보험의 역사를 개척하고, 21세기 글로벌 시대를 맞아 교보생명의 미래를 일구어낸 교보인들은 비록 창립자의 육신은 한 줌 재가 되어 떠났지만 그가 남긴 경영철학과 인생관은 가슴에 오롯하게 남았다고 생각하며 그를 떠나보냈다.

한국 보험과 세계 보험사에 영원히 살아 있는 전설로 기억될 그가 떠나던 날, 광화문글판에 실린 천상병 시인의 시구가 사람들의 가슴을 적셨다.

'바람에도 길은 있다. 나는 비로소 나의 길을 가느니, 길은 언제나 어디에나 있다.'

시구처럼 한국 보험의 큰 산이었던 대산 신용호는 바람이 되어, 새로운 세상을 향해 먼 길을 떠났다.

지은이 정인영 鄭麟永

소설가. 1933년 충북 옥천 출생. 성균관대학교 국어국문학과를 졸업하였으며 『현대문학』에 소설 「나갈 길 없는 지평」, 「음상」을 추천받아 등단했다. 주요 작품으로 「아담의 한계」, 「교묘한 영지」, 「때묻은 날개」, 「황색순환대」, 「수인의 계절」, 「영의 환영」, 「육문」 등의 단편과 전작장편 『손자』 등이 있다.

길이 없으면 길을 만들며 간다

개정판 1쇄 발행 2017년 6월 20일
개정판 4쇄 발행 2023년 8월 30일

지은이 정인영
감 수 곽효환
기 획 대산문화재단

펴낸이 안병현

본부장 이승은 **총괄** 박동옥 **편집장** 임세미

책임편집 정혜림 **마케팅** 신대섭 배태욱 김수연 **제작** 조화연

펴낸곳 주식회사 교보문고
등록 제406-2008-000090호(2008년 12월 5일)
주소 경기도 파주시 문발로 249
전화 대표전화 1544-1900 **주문** 02)3156-3665 **팩스** 0502)987-5725

ISBN 979-11-5909-607-5 03810
책값은 표지에 있습니다.

이 책의 초판은 ㈜알에이치코리아에서 발행되었으며,
그 간기柬記는 다음과 같습니다.
초판 발행 2006년 9월 28일, 7쇄 발행 2014년 3월 10일